文芸社セレクション

夜勤

～夜に産まれた者だけが戦う世界～

友浦 乙歌
TOMOURA Otoka

文芸社

夜勤～夜に産まれた者だけが戦う世界～／目次

夜勤

～夜に産まれた者だけが戦う世界～

序　章

「いやあああ!!　はあっ、はっ……まだっ！　まだ！　産めない！　日が！　はあっ、はあ、出てからあああ！　はぁ、日が出てからじゃないと！　だめなの——!!」

　分娩室に妊婦の激しい息がこもっている。

「滝本さん、無理ですす！　日の出までまだ二時間もあるんですよ!!　深く息をしてっ」

　正しい呼吸法をするように諭す助産師に抵抗するように、滝本と呼ばれた妊婦は分娩台の上で身じろぎする。生まれてくる赤ん坊の頭はもう見えていた。

「いけません！　力を抜いて！　赤ちゃんが苦しいわ」

「だめえええ」

「子宮口が全開です！」

「よし行くぞ！」

　助産師が手元のボタンを操作すると分娩台が変形し、足を開かせようとする。「足をここに載せて！　開きますよ！」妊婦は首を横に振りながら台の上で暴れ、逆に足を閉じようとする。

「諦めて！　言うとおりにして！　産みなさい！　赤ちゃんが死んじゃうわ！　滝本さん——お母さんだって——」

「まだ出せないっ！　まだ――うああっ、はっ、は……」

「よし産まれるぞ……っ」

医師が言ったそのとき、助産師に両手で抱えられながら赤ん坊は頭を出し肩を出し両足をぴんと伸ばしてするするすると出てきた。ぽかんとあけた口からは、ほぎゃあほぎゃあと産声を上げて。

ＡＭ３：５０。

春もまだ遠いこの日、あたりは真っ暗闇の夜だった。

そんな闇を引き裂くような元気な声を、母親はどこか遠くを見つめて聞いていた。

「ご、ごめんね……お母さん、おまえを太陽の下に産んであげられなかった……」

今日、夜の住人がまた一人、静寂に包まれる中誕生した。

曇りガラスの小窓の向こうに、黒い影が通っていった。


「滝本さん。申し上げづらいことですが……」

滝本明美（たきもとあけみ）と札の入れられた病室にて、ベッドのそばに歩み寄った医師が複雑な顔をして告知をしていた。

「やはり、赤ちゃんは夜生まれですね……。皮膚の検査結果も、日光への免疫反応がないことを示しています」

ＰＭ１１：００。

一度話し始めた医師は、もう調子を取り戻したように、淀みがなかった。

出生直後の一度きりの機会に抗体がつくられず太陽光の有害線から身を守れないとか、戦後のオゾン層バリアの破壊がなければどうだの、研究は今後も進んでいくだのと、型通りの説明が続く。だが、もう耳には入ってこなかった。

「そう……ですか……」

滝本明美は、陽の射し込む窓の外へ目を向けた。

「抱かせては……いただけないのでしょうか？」

「規則ですから、すみません」

夜が明けても隣には、個室にしてはやや広めの空間ががらんと広がっているだけだった。お腹の中で十月十日温め続けた我が子は、もういないのだと思い知らされる。いや、きっとこの産院のどこかにはいるのだろうが、手放すしかないのだ。

夜に産まれることのないよう、ずっと祈ってきた。

「安産守り」とは別に、「昼守り」だって、名のある神社まで時間をかけて受けに行ったのだ。上の子は二人とも無事昼に産まれてきてくれたというのに。いやむしろ確率的には、そろそろ仕方がないと言われるだろう。三人連続で昼に産まれるなど、よほど運が良くなければ叶わない。上二人だけでも、昼に産まれてくれて幸運だと思わねば罰が当たる。そんなことわかっている。でもそれでも、母として割り切ることなどどうしてできよう。

あの子が一体、どんな人生を歩むのか、自分の目で見届けることは叶わない。

ただ、願うだけ。一縷の望み、希望を。なんとか、生きて――。

昼生まれと夜生まれ。産まれた時に日の光を浴びたかどうかで、その後の人生は決まる。産まれた瞬間に日の光を浴びたものは、太陽に対してなんの影響も受けないが、浴びなかった者は、一生において直射日光が猛毒となる。したがって、夜にしか生きられない。

免疫説、体内時計説、遺伝子変質説など、さまざまな仮説が立てられているものの、その原因やメカニズムは完全にはまだ解明されていない。太陽が完全に出ていない状態――地平線に太陽が半分以上隠されている夕方や朝方や夜の間に産まれた者は、太陽の下では生きられない体になるのだ。たとえ赤ん坊の命が危険な場合でも、人工的に出産時間を操作することは禁じられている。

日の出ている時間は、夏は約十三時間、冬は約十一時間。一年を通して平均すると十二時間となる。一日二十四時間のうちの半分。確率は二分の一。

太陽が出ているときに産まれたかどうか。

それで一生を、昼に生きるか夜に生きるかが、決まる。

夜に産まれた者は――

第一章　夜　勤

東京都新宿区、AM0：26。

人は消え、高層ビルはどれも冷たい装甲をまとい、静かな銀色の林と変わり果てた深夜。どこかで銃声が聞こえる。だが、かすかでだいぶ遠い。

さっき一瞬見かけた猫みたいなやつか？

ビルの下の草陰に潜んでいる滝本一琉（たきもといちる）は、舌で下唇を濡らし、親指で切り替えレバーを安全の「ア」から単射の「タ」へと倒す。静まり返った暗闇の中で、カチッ、カチッ、カチッと乾いた小さな音が、三回だけ立つ。そして銃を構えた。狙いを定めて、いつでも撃てるように。一琉の班に支給されている八九式小銃。その右側部にある切り替えレバーの安全位置「ア」の次は、連射の「レ」、次が三発制限点射の「3」、その次が単発で撃てる「タ」だ。待ちの状態から、よく使う単射モードに切り替えるためには、レバーをぐるっと二七〇度も回さないといけない。「レ」が最短距離にあるのはいい。大急ぎで安全位置を解除しなければならない状況というのは、至近距離で敵と出会ったような切羽詰まる時だ。正確な狙いをつける余裕もなく、フルオートマチックの連射がいるのだから。だがこの間にある「3」が邪魔だ。この小銃が作られた時代の流行で取り付けたのだろう。一琉はこんなもの一度だって活用したことがなかった。無駄撃ち防止のためというが、敵に出くわして焦って撃ちまくるやつは三発ごとに制限されたって結局は撃ちまくる。逆に連射モードであっても二、三発撃って止めることは誰にでもできるのだ。要は訓練次第なのだから、だったら物理的に余計なものは挟まないでもらいたかった。

　指先で切り替える小さなレバーの「タ」までの通り道の中で、一回かくんと「3」に引っかかる、というだけの細かい話。だが、コンマ数秒のことにも神経質にならざるを得ない。やはり焦るのだから——撃たなきゃならない時というのは、いつでも。

　ひゅうと肌寒い風が吹く。眼前には最小限の明かりと、ひたすらの暗闇。どこから敵が出てくるものか。一琉は、緊張に圧迫される精神を鎮めるために、配置されている班員の位置を脳裏で描いていった。今自分のいるビルと隣のビルの隙間を二手に分かれてふさいでいるのが野並宏平(のなみこうへい)と加賀谷彰太(かがやしょうた)。薄暗い街灯を付けたあの電柱の陰には、棟方法子(むなかたのりこ)。街路樹に登って上から狙うのが委員長こと寺本和美(てらもとかずみ)で、その下の陰に隠れているマシンガンが有河七実(ありかわななみ)。夜に紛れるための迷彩服——黒色の学生服に似た夜勤兵軍服をまとっているから姿が見えないだけ。

　落ちつけ、落ちつけ。

　大丈夫だ。今まで何度もやってこられた。同じことを今日も全力でするだけだ。

　細く息を吐き、少し銃を下げる。

　黒光りする愛銃ハチキュー。手になじんでくると、わりと軽くて小回りが利くことに気が付く。八九式だからハチキュー。腰のホルスターには拳銃ベレッタ92F、ポーチには手

榴弾、右足のホルスターには旧型の太陽光線銃もある。旧型ってのは、古いという意味じゃない。強いってことだ。史上最高に栄えた文明が一度滅び、復興途中の現代となってはもう製造法不明の遺産。過去の文明最盛期に作られていて、太陽光をほぼ百パーセント再現しているらしい。壊したり失くしたりしたら叱られる程度じゃ済まされない。現代の戦闘がこれに依拠しているにもかかわらず、今後は減るのみだからだ。ま、今日も出勤前にしっかり手入れしたし、問題はないはずだ。充電満タンだし、替えの水素カートリッジもちゃんとある。ほとんどの夜生まれは、中学校の義務教育で基本的な戦闘を教わったら即、基地を出され、敵がいっぱいの戦場に駆り出される。死生を共にし、光線銃以外はどの銃も何度も分解して手入れをし、自分に合わせて少しずつ調整を重ねてきた。八九式小銃の公式愛称は「相棒」だとか。公式にそう高々と掲げられると苦笑してしまうけれど、わからなくもない。

一琉はひとつ深呼吸をすると、成功するイメージを描いて不安にのまれる気持ちを徐々に和らげていった。今日も勝てる。死なない。生きて、夜明けに家に帰るだけ——。そのために、撃つ。

覚悟が固まりかけた、そのときだった。

「わああああああっ」

これは野並の声。同時にダダダダダダという銃声。

（来たか！）

草陰から飛び出す。左へ。野並のいるビルの端の方まで走る。一瞬たりとも尻込みしなかったのは精神統一した成果かもしれない。

慣れているとはいえこの暗闇ではさすがに見えない。ライトを——

同時に自分の身もさらされるが、今まさに襲われている野並から相手の目を離させることになればいい。カッ——とあたり一面が明るくなる。そこには。

これは……山か大岩か。

——は？　なんだこれ。デカすぎる……。

独特の一定のリズムの脈動。

大きなくぼみが鮮やかなグリーンに色を変える。あれは目だ。

大岩のような体からは、何節も折れ曲がっている、大きなかぎづめの付いた細く長い鳥の足が不自然に数本伸びている。ジャガイモに生えてしまった芽が長く伸びたような奇妙さがあった。

こいつは山でも岩でもない。

死獣だ。

一琉はそう認識した途端立ちすくんだ。

これが……俺たちの今夜の敵だっていうのか？　本日の仕事内容？　正気か。田舎でもないのに、こんな馬鹿デカい死獣が、……ありえない！　敵うわけないだろ……こんなの……。東京二十三区に出るのはせいぜい虎ぐらいの大きさまでのはず。ここ一帯は死獣の出現率も低い。だから若手育成を兼ねた初級地域に指定されているんだぞ。それでも獰猛で、焼き殺すまでに死人が――

一琉はごちゃごちゃと言葉でいっぱいになった頭を振った。

つべこべ言っていても仕方がない。今は、来てしまったものはなんとか俺らで対処しないと――！

腰のポーチに手をかけて、やめる。手榴弾では、野並を巻き込む恐れがある。

切り替え装置をぐるっと戻すように回し切って一つ下げ、「レ」の連射に合わせ、小銃を構えた。

ダダダダダダダダ……

撃ち続ける。吐き出された銃弾が点線を描くように敵に穴をあけていく。敵はどぼどぼと体液をこぼしながら鳥の足をムチ打つように暴れさせる。

「ああああああああ」

野並の悲鳴が響き渡る。

「野並っ」

あいつはどうなっている？

対象がでかすぎて見えない。戦っているのか……襲われて……？　どうする……どうすれば……。こんなのに、出くわすなんて……。

そのとき、ギョロリとまたくぼみが開いた。今度はその目は確実に一琉を捉えていた。

全身に冷や汗が流れる。

（躊躇するな！　撃ち続けろ！）

そのときはっと気付いた。下から見えているのは、靴の裏だ。うめき声がする。

「ああっ……助けて……ひいいっ」

死獣が野並の上にのっている。敵は捕食しているのだ。生きたままの野並を。

「うわああっ」

恐怖だった。ライトを消してこの真っ暗闇に紛れて全力疾走で逃げたくなった。ちくしょう。なんで。なんでこんなのがここにいるんだ！

次は俺か？

見つめ合う後ろの目は「そうだ」と言っているようだった。

くそっ。一琉は八九式小銃を手放すと、死獣に向かって駆け出した。おもちゃのような見た目の太陽光線銃を構えながら。間合いを詰めて――ッ。引き金を引く。轟く起動音。光線銃内部で強力な磁場を発生させる音だ。

下敷きになっている野並に当てないよう銃口をやや上に向け――だが完全に当てないというのは無理だ。

「だあーーっ」

あたりが昼の様に照らされ、目が開けられないところを無理やりこじ開ける。撃っている側でさえ皮膚がピリピリする。それにしても近い。近くないと当たらないが。臭気が漂ってくる。焼ける臭い、血の臭い。なにかが頭上から振りおろされる。猛禽類のような足。一メートル半ぐらいまで細く長く高く上がって、勢いよく振り下ろされる様がスローに見える。意外と太くて頑丈そうだ。これ食らったら頭割れるな。だがこうなってはもうこの光線銃を撃ち続ける以外にない。死ね、早く、くたばれ——っ。

あ、だめだ。俺、死ぬ。

そのときこめかみを何かが通った。ぱちんという何かのはじける音がして、見るとその鳥足は途中からちぎれてなくなっていた。援護射撃だ。どうやら仲間に守られているらしい。そして、暗かった視界の部分に、ピカッとまぶしい光とともに新しく景色が広がる。

「加勢するよんっ！」

さらに左からは長い金髪を振り乱し、有河七実が駆けてくる。軽機関銃を置いてすぐ駆けつけてくれたらしい。顔だけ見れば今時のオシャレな女の子だが男の一琉より高身長で怪力持ちの怪物だ。光線銃で近距離照射。そして自分の後ろからまた鋭い銃声が鳴る。

「のりぴーが援護してくれてる！」

「助かる……」

方角的にいって、さっきのも今のも棟方法子か。あんな細いものをよく撃ってくれた。棟方なら間違って自分が撃たれることはないだろうと安心もする。

「やあ——っ。でっかいねーっ」

有河が引きつり笑いを浮かべる。冷や汗で頬に張り付く金髪が光を反射させてきらめいている。

「あそこにいるのはノナミンだね……」

こいつはどんなときでも無理して笑いやがる。

「助かるかな……」

野並の悲鳴はまだ聞こえる。だが、極めて弱くなっている。

有河の頬にきらめいているのは涙かもしれない。

「助けるのよっ！」

声に振り向くといつの間にか後ろに付いていたのは委員長だった。

「もうすぐ応援が来るわ！　救護もね」

長い黒髪をかきあげトランシーバーを耳に当てつつ、右手の光線銃で加勢する。

「加賀谷くん聞こえる⁉」

「あいよー！　光線撃ってるぜー！　ばーんばーん！　ちゅどーん」

トランシーバーで敵の向こう側にいる加賀谷と話しているらしい。木の上から見て状況を把握していたようだ。応援と救護隊も委員長が呼んだのだろう。

一琉は頭の中で状況を整理する。今は自分と有河がこちらから光線銃、その後ろから棟方が普通の銃で援護射撃して、敵の反対側から加賀谷が光線銃、委員長が――

「あたしが敵の懐に飛び込むわ」

そう言って光線銃を切った。

――はあ!?

「それはやめろ！　委員長まで死ぬ」

思わず叫んだ。だが彼女は腰にさげている刀を抜く。夜を切り裂くように、銀の刀身がきらめいた。

「あたしは昼生まれよ」やる気らしい。接近戦。

委員長が昼生まれで太陽光線銃が平気なのは一琉も知っている。昼に生活していた頃からたしなみとして身に付けていた剣道の腕で、死獣戦には不向きだと言われる日本刀も、自分の武器にしていることも。昼生まれの兵士の給与はたしかに夜生まれとは段違いにいいらしいが、だからといって昼に産まれておきながらその生活を捨てて夜の世界に来る精神はまったく理解できない。俺たちのように、兵役義務があるわけでもないのに。

「敵が暴れ狂ってるのがわからないか」

「野並くんを見捨てろって言うの!?」

「野並はもう助からない」

一琉の断言に有河が傷ついた顔で振り返るのがわかったが、誰かが言わなくては。一琉は叫んだ。

「委員長が死ぬのは無駄死にだ！　ここでおとなしく……」

「無駄かどうかは私が決めるわ！　助からないかどうかもまだわからない」

刀身を引き摺るようにして構えると、駆け出す。

馬鹿げている。と一琉は思った。夢見がちの学生的理想主義を揶揄して「班長」ではなく「委員長」と呼ばれているこいつの今みたいな言動はいつものことだが、こんな異常事態にまで勝手な行動ははっきり言って困る、と。

くそっ。勝手にしろと言いたい気持ちは山々だった。だが——一琉は舌打ちして駆け出した。

「止めなくていい。私がいく」

「なっ——!?」

それを制するように背後に現れたのは棟方法子だった。遮光機能の付いたゴーグルを装着しつつ。一琉も、さっきの命の恩人の意見とあっては委員長の様には一蹴できず、反応が遅れる。

「委員長は言うことを聞かない」

同意だが。

棟方は淡々と説明する。「彼女はそれでいい」

それは違う。だが、有無を言わせぬまま、「私が守ればいい」と、言いながら引き金を引く棟方の顔がオレンジ色のマズルフラッシュに二度照らされる。彼女の撃ち込んだ弾は、二発とも正確に敵の眼球をとらえた。敵は奇声を上げ、やみくもにじたばたし始める。その隙に胸元から自分の光線銃を出して一琉に託す。さすがの棟方も片手で光線銃を撃ち続けながらの援護射撃は正確性を欠くのだろう。夜風に乗った火薬の臭いと肉の焦げる臭いが鼻を衝く。

本当に助かる見込みがあるか？　だって、あんな馬鹿でかい死獣に喰われ始めて——

「野並くん！　野並くん——ほらまだ生きてる！　生きてるわ!!」

「融合がはじまっている。右腕と右足が、死獣の中に融け始めている」

委員長と棟方の声。「大丈夫よ。待ってて、今あたしが死獣を斬り離すから——」

光の中で、日除けのために軍服の上着を被せ、死獣と野並の接合部をのこぎりで切るように刀を前後に引く委員長がいた。棟方は、死獣が異物を排除しようとするように伸ばした数十本の鳥足を、一琉と有河の中間位置から一本ずつ撃ち落とす。時に背後を取られ背中をかぎづめに引き裂かれたり、ロープのように長い鳥足にひっかけて転んだり。それでも体勢を取り直して、野並を引き上げようとする委員長を最優先に、守る。

「応援はまだなのか!?」

もしかしたら今ならまだ間に合うのか？　野並はもう無傷というわけにはいかないだろう。でも、あの死獣の捕食方法は、融合だ。噛み切って飲み込むタイプじゃない。照らされて見えた。今、あの死獣は野並と融合するのに、血液は流していない。化学変化かどんな原理か知らないが、死獣に喰われながらも、野並はまだ生きている。奇跡的に。

死獣の一部となる前に、応援が来て光線銃の数が増えれば——死獣は焼け死んで、委員長の被せた上着の下の野並は生きたまま戻ってくるかも。

一琉は棟方に託された光線銃を握りしめ直す。棟方が、一琉に光線銃を託したのは、もしかしたら危険危険と口やかましい一琉に光線銃を二丁持たせて、安全圏を確保させて黙らせるつもりだったかもしれない。

(誤解するなよ。俺だって……)

でも一琉にとっても野並宏平はずっと一緒に国の施設で育ってきたうちの一人だ。彼はのんきでひょうきんなやつだった。こんな暗く悲しい夜の世界の中でも、彼は人を笑わせることにかけては天才的だった。助かるなら、助けたいに決まっている。

(だけど)

そのとき、先ほど射抜かれた死獣の鳥足のちぎれ目に、まるで接ぎ木でもするように、何か太い肌色のものが生えてきた。こみ上げてきた感情を無視して、一琉の理性が理解していく。

ああ、もう。

死獣は、よせ集めでできている。自然物、人工物、生物、そして死骸から。

あれは、死獣が取り込んだ——長く、ろくろ首のように変形した、野並の腕だ。

一琉は両手に持った太陽光線銃を最大放出したまま、隣で、足腰を震えさせながらなんとか光線銃の引き金を絞っている有河に近づいて、片手の光線銃を一丁押し付けた。そして自分は胸から銀色に光る拳銃——ベレッタ92Fを取り出して、

狙いをつけて、撃った。

手首に命中。赤い血を噴き上げて、その手が紅葉のようにカッと開く。乾いた音を立て

て、握られていたものが落ちる。

「あ……ああ……」

すらりと長い足を震わせながら、声にならない声を漏らす有河も、これが一体誰の腕なのかわかっているのだろう。でも、一琉はやった。先ほどその腕の先の手には、彼の愛銃――コルト・ガバメントが握られて、銃口がこちらを向いていたので。

「二班到着！　全員で援護照射!!」

ようやく応援が来た。遅いんだよ!!

取り囲んだ各員が放出する光線銃のまぶしすぎる白い光の中、

「目標、沈黙」

棟方の声が終わりを告げた。

全員が光線銃を撃つのをやめる。強烈な光がなくなり、目がなれるのに時間がかかる。あたりに立ち込める煙が消え、雲のようにぼんやりした白い影が、徐々に実体へと変わっていく。

委員長は、棟方は、野並は。敵は。――委員長は声を上げて泣いていた。

消し炭となった死獣からは野並の焼けた足だけが二本出ていた。正確には、死獣から僅か少し離れた位置に野並の両足が落ちていた。取り込まれた後だ。

「だから……」だから無理だと言っただろうが。

言いかけた一琉を、委員長がキッとにらむ。

俺だって泣きたいよ。

そうだな、おまえの言うとおり、たしかに助かるかもしれなかった。僅かな可能性だったが、たしかにそれはあった。

だけど今、野並は死んだ。まだ敵はどこかから現れるかもしれない。

「悪かった。次に備えないと。もう隠れよう」

委員長は、一琉が野並を殺したとでも言うような目つきで叫んだ。

「うるさい！」

だが、一琉にも言い分はあった。

――どちらかというとおまえの方がうるさい。そのかん高い声が、死獣のうようよする夜の闇に響く。もしかしたらまだ他にもあんなのがいたら？　その声で二次被害が起きたらどうすんだ？　おまえが防いでくれるのかよ。無理だろ。野並だってきっとそんなこと望まないだろうが。

結局野並も救えなかったし、班を危険な目にも遭わせた上、まだ危険にさらす気か。

今回は、訓練地域にこんな大型が現れるわけがないという認識の甘さがこの事態を招いた。悔やむ気持ちがあるなら、二度とこんなことが起きないよう気を引き締めるべきだ。

「一班、状況は」

駆けつけてきた隊長が委員長をちらりと見てから棟方に尋ねる。

「目標は死滅確認。一班、犠牲者一名」棟方は表情を変えず、端的に説明する。

重い沈黙がその場を包む。隊長は短く黙禱を捧げると、鋭く目を光らせてつぶやいた。

「こんな……Ⅲ型が……。どうして都会に――」

本当にそれがわからない。一琉は隊長に、そのときの状況などを詳しく報告する。

呼ばれてきた救護隊は、野並宏平の死亡を確認し次の場所へと急行していく。

委員長だけが、なにもかもどうでもいいというように、冷たくなった野並のそばで刀を離し、手向け花のように一人声を上げていた。


一琉が安全な基地内に入り、その中にあるアパートへの帰路につく時、もう空は白み始めていた。安い集合住宅に吹く木枯らしはどこか寒々しい。袖を通り抜ける今日の風はどこか嫌な気分を掻き立てた。空いた穴をふさぐ何かを探すような気持ちで、一琉は自宅の前の、いつものコンビニに立ち寄った。

「らっしゃらせ～」

度のキツそうな分厚い眼鏡をかけた若い店員にけだるく迎えられる。一琉は陳列された色とりどりのペットボトルの飲み物やガムやソフトキャンディーの菓子のあたりをぼうっと彷徨うだけ彷徨って、結局いつものお茶と弁当だけを配給カードで買って外へ出た。

向こうの方から来たフード付きの灰色の独特な制服を着た隊員たちが、一琉と反対方向に素早くかけていった。これから出勤か。すれちがうとき、なんとなくぞくっとする。あの色はおそらく白んできた空の色になじむようにつくられているのだろうが、死神に見えるという意見もある。彼らは明け方に出勤する死骸処理部隊。夜勤の中では比較的日光に強い人種が集められている。産まれる時、帝王切開など自然分娩以外の出産になってしまうと、昼に産まれてもうまく抗体が作られないことがあるという。その場合もアウト。夜勤として国に連れていかれる。死骸処理部隊にはそういう境遇の連中が多いと聞く。彼らが野並を殺したわけでは断じてないが、彼らがこれから野並の遺体を回収しに行くのだと思うと、死神呼ばわりしてしまう人の気持ちはわからなくもなかった。彼らがいるおかげで、一琉たちがどんなに銃弾と敵を撒き散らかしても、朝日が昇るまでにその薬莢肉塊肉片はすべてきれいに片づけられているのだが。

安全基地内のコンビニ店員も、死骸処理部隊も、夜勤にしては比較的安全度の高い職業だ。死骸処理部隊に関しては、死獣の死骸だと思って回収しようと近づいてみたらまだ息があって襲われたりする事故や、夜と朝との中間の時間にまれに出現する死獣からの不意打ち、それから通常の夜生まれに比べると日に強くはあるものの、のんびりしていると日に照らされる時間が長くなって寿命が縮まるリスクはある。だが少なくとも、今日の野並の様にばっさり殺されることはあまりない。あのグロテスクな惨状と猛烈な臭気をなんとかするのは相当精神に来るだろうが。

連中のおかげで清潔が保たれているのだから感謝しなければいけないというが、しかしまあはっきり言って、撒き散らかされていて困るのは、この地に住む昼生まれだけなのだから関係ないという憤然とした気持ちが一琉にはあった。

そもそも、死に物狂いで自分たちがこの街を守ったとしても、朝日が昇った後の時間は、夜に産まれた一琉は知る由もない。

いや、行こうと思えば行くことはできる。

基地の外。一琉たち夜勤にとって戦場のそこは、今は闇と銀色の鋼鉄に覆われた建物ばかりだが、朝日が昇る頃になると、その鎧を脱ぎ捨てて昼生まれたちが生活する場となる。一琉の持っている知識では、道路には闇にとける黒色の戦車ではなく個人所有の赤や黄色の自動車が走り、太陽にまぶしく照らされた、信じられないほどの色鮮やかな世界を、人々が警戒心のない何食わぬ顔で歩いているのだった。一琉と同年代の人たちはそれぞれの年齢に合った学業を積むためにまだ学校に通っているらしい。銃の出てこない学校生活。体育という科目があって、球で遊ぶだけだとか。弾じゃなくて球。ぬるすぎてびっくりだ。勝負に負けても死ぬわけじゃないくせに、何のために戦ってんだよ。

そして労働と言えば、種類が多すぎて一概には言えないのだそうだ。

昼の文明はすごい。最栄の過去ほどではないにしろ、少なくとも生産能力の低い夜とは比べ物にならないくらいに進んでいる。夜世界に住んでいても、少しなら昼の豊かさを垣間見ることならできる。たとえば配給カード（ＩＤチップが使われている。これも昼社会の技術だ）で国から夜勤兵たちに平等に分け与えられる昼の世界のお手製弁当。その隅にほんのちょこっとあるほうれん草のおひたしひとつとってみても、どれだけの人を介しているか。畑を耕している人もいれば、よくわからないがバイオテクノロジーだとかでその農法を開発する人もいるらしい。調理する人や、それを運搬する人、そしてそれを弁当のおかずの一部として使う弁当屋なんかがあって……。たかだか葉っぱ一枚に、ご丁寧な暮らしですこと。コロッケも焼き玉子もウインナーもがんもどきも花型の人参も漬物も米も、そんな感じでこの箱に集まってきて、どこからはるばる一琉の手元まで流れ着いたのか知らないが、弁当箱は薄いラップに綺麗に密閉されている。破れることなくぴったりと。

昼間の平和に過ぎる世界は、なんだか作り物の別世界みたいで、いまいち実感できない。夜の世界は、労働といえばほとんどが「戦闘」に関わる。そして全部まとめて「夜勤」と呼ばれる。

階級は？　担当地域は？　どんな敵と戦った？　武勇伝は？　傷は？

そして昨日まで生きていたやつが明日には死んでいる。

頼んでもいないのに笑わせてくるあの笑わせ役も、今じゃ泣き声の聞き手一方の亡骸だ。遠くに厳めしい上官が話しているのを見つけては、不意に声を当ててきたり、くだらないことを言っては、そばにいる人間を誰彼構わず笑わせていたことを思い出す。

野並が死ぬのに、あいつがさぼっていたとか、みんなに嫌われていたとか、特別な事情があったわけじゃない。

ただ、たまたまそこにいたのがあいつだったからだ。

突如、真横に音もなくぬらりと現れる死獣。運試しもいいとこだ。

野並はどれほど絶望的で、どれほど怖かっただろう。

――嫌な夜だった。

一琉は足を速めた。

早く帰って忘れよう。早く帰って早く飯食って早く寝て忘れるんだ。あのくそいまいましい綺麗事だらけのバカ委員長のことも、恵まれた昼生まれのやつらのために摩耗するだけの仕事も、死んだ野並のことも。

狭く古いアパートに着いた。ドアの鍵を開けると電気も点けずに靴を踏みつけて歩いていく。感覚だけでたどり着いた布団に倒れ込んだ。八つ当たりするように、敷布団を足で蹴り広げる。

闇とまどろみに溶けるようにして眠りに落ちていく。弁当？　風呂？　もういいや――忘れよう。そして、なにもかも見ないようにしながら明日も生きていけばいい。

ふて腐れたように、一琉はたしかにそう思っていた。

この日までは。

第二章　逢魔が時

眠りは浅かった。一琉はわけもなく目が覚めた。定刻にうるさく鳴らされるラッパよりもずっと早い。ぬめっとした脂汗。歯もなんかガリガリする。体中がだるい。昨日の服のままだ。あのまま寝たんだ。たしか。

何かの夢を見ていた気がした。しかし思い出せない。頭が痛いな……だるい。ああ、のどが渇いた。その欲求だけで無理やり体を起こす。片付いてはいるが、必要な物しか置いていないだけの部屋。窓もない。換気扇さえあれば必要ないからだ。

何かを求めて、ドアへ向かった。今はまだ昼間か？　一瞬よぎる。どうでもよくなった。ガチャリと開ける。目がしみる。漏れてくるのはオレンジ色の光。もっと開けると、ガランとした部屋が焼けるように朱色に染められた。ああ……夕方か。感傷めいたものが一緒に流れ込んできて、一瞬うっとなるが、今ひきこもるのも怖かった。邪魔なものを散らすように、ドアを全開にすると外へ出た。ラジオ放送で、日光指数を確認してから出ないと――。生暖かい風にやんわりと押し戻される。もういいやくだらない。出よう。

人はいなかった。基地内でこんな時間に起きているやつや、ましてや外に出るやつなんてそうはいない。延々と連なる似たり寄ったりの住居と住居の間を歩いていると、だんだん、何をやっているんだ自分は？　と自問自答しそうになる。夜勤基地に建てられているのは、画一的で無味乾燥なアパートばっかりだ。高層ビルだとかカラフルな屋根やソーラーパネル付きの屋根だとかでがちゃがちゃした昼の世界とは違う。基地内で見かけたらそれは国から特別に認可を受けた店か、国直営の何かだ。というのも、夜勤基地は国のものなので、勝手に建て替えたり増築したりすることは禁止されていて不動産屋も存在しない。夜勤は世帯ごとに割り当てられた団地に（大所帯というのは少ないが）住むことになる。限りある安全な基地を夜勤のみんなで分け合いましょう、というわけだ。

（こんな――、掃き溜めのような場所――。どうして、俺は夜に生まれた――）

　頭痛を覚えたようなふりをして、一琉は耳をふさいだ。もちろん、自分の思考の中から生み出される声は消えるわけもなく。

（なにやってんだ俺……帰ろう。気分を変えるべき――そうだ、佐伯さんに声かけて……）

ようやく賢く我に返り、引き返そうとしたその時、ふと、違和感を覚えた。

足を止めた。

道の少し先に人影。――女の子が立っていた。

幻か？　ファンタジーの世界かここは？

別に女の子が立っているだけだ。それなのにそうツッコミを入れたくなるような不思議な光景だった。

　彼女の着ている薄手のワンピースが無限に白かった。透き通るように淡い色をしたセミロングの髪は、一琉の頭の中にしかない春の日差しのイメージ。そして顔の輪郭や、腕や足、腰も、どれもすべてが細くそしてやわらかそうだった。昼生まれなら、「細めの体型」で通るかもしれないが、ここではありえない。見た目が華奢で小柄な部類に入る棟方でも、彼女の横に立てば屈強な兵士に見えるだろう。棟方はそもそもとても強いが。

　ここに来るまで彼女にどうして気付かなかったのだろうと思うほど、彼女は強烈な違和感を放ってそこに佇んでいた。天使か霊的なモノのようにも見える。でも、その唇は桜より赤く、さくらんぼのような潤いがあった。小さいようでくりりとした瞳にはツヤがあっ

た。ただ、足には一切の装飾のない白のスリッパ（おそらく室内用？　なぜ？）を履いていて、ぶかぶかだった。量産されていそうなチープなデザインだった。その子はじっとこちらを見ていた。おそらく、一琉が気付く前から。遠くから。不安げにその目が、いや体が揺れている。ゴミで満杯の焼却炉に誤って運ばれてしまった新品のハンカチーフを彷彿とさせた。きっと、通りかかった夜勤共は自分の境遇を忘れて思わず同情してしまいそうになるのだろう、そんな綺麗であやうい感じだ。彼女はおそらくは、ここの住人じゃないのだろう。ここにいる理由も読み取れないけど。

本能的にもうちょっと近づきたいと思うと同時に、この子からもうちょっと離れたいという嫌悪感を覚えた。

これが、昼生まれの人間か。

美しさは厭味となって口の中を苦くさせた。一歩、引き下がる。嫌悪が勝った。

こいつは敵だ。

劣等感、コンプレックス……なんとでも言え。

正体を言い当てられたところで、今、ここに存在する俺の感情を消すことなどはできないのだから。

すると、彼女が一歩踏み出してくる。一琉はまた下がる。今度は背を向けた。その途端、

「あの……」

声をかけられた。声まで綺麗かよ。色にすれば銀色のような。たった二つの音が、きら

きらして聞こえて、心臓が嫌に跳ねた。まだひどく脈打っている。

「あの、すみません」

「……なんでしょう」

「ここはどこでしょう……？」

「えーと、はい……？」

ぼうっとしたまま、彼女はもう一度訊ねる。

「ここは……どこ……」

な、なんなんだ？　予期せぬ展開に、一琉は面食らってしまった。彼女は寝起きのように、視線を彷徨わせている。もしかして「君さ……迷子？」

「迷子……でしょうか」

いや聞かれても。

「どっから来た？　ここは基地だ。昼生まれなんだろ？」

「昼……？　基地って、ここ……？」

はあ。こいつはちょっと話が通じなさすぎるぞ？　ああ、頭が少々あれな方か。

「ちょっと、本部行こうか」

手に負えん。本部という言葉に首を傾げるから「軍の本部だ。身元を調べて元の場所に返してくれるさ」そう言った時だった。

「だめ……だめ！　だめ！！！」

少女が急に叫び出した。強い拒絶に一琉は驚いて目を丸くする。

（な……なんだよ）

それきり少女は黙り込んでしまう。このまま放置して通り過ぎようかとも思ったが、彼女の目から一筋の涙がこぼれ落ちていくのを見てしまった。

（困ったな……）

そのうち大人が駆け付けてくるかもしれないし、その時にこんな光景を見られたら自分が泣かせたと思われる可能性がある。それは迷惑だなと思いながらも、やはり置いていくのは憚られた。

頭の中で、自分よりずっと大人の親戚が浮かぶ。

「じゃあ……佐伯さんのところに、連れていこうか。大人だし」

少女は大人しく頷いた。一琉はほっと胸を撫で下ろす。

「名前は」

連れて歩きながらそう聞く。名を尋ねるときはまず自分の方からうんぬんというアホなやりとりはなく、彼女は答えた。

「野々原（ののはら）まひる、です」

まひる、ねえ。

夜勤にとってはかなり気に障る名前のような気がしたが、おそらく何も知らずに育った幸せな昼生まれのサラブレッドなのだろう。

「あの、お兄さんは……」

「滝本一琉」

彼女——野々原まひるは、たきもといちる、と練習するように数回唱えると、頭を下げてきた。

「あの、ありがとうございます」

「はあ……、いいえ」

一瞬止めた足をあわてて早めるまひるの様子は、なんかうさぎみたいだと感じた。謎めいてはいるが、幽霊よりはうさぎのほうがまだ理解できる。名前のせいか、真昼の草原をひょこひょこ駆け回る小さな野うさぎのように見えてくる。明るく、穏やかな春の日差しの草原を。

来た道を黙々と引き返す。暮れかかって薄暗くなってきた。ぽつぽつと光がともり始めると、まひるは目で追い、そして一琉がちゃんと横にいることを確認するようにちらっと振り返る。迷子だからだろうか、心細そうにしているが——影絵のように佇んでいた大型用品店なんかにパッとまぶしい明かりが灯るときなど、面白そうに呆けて見ているようにもみえた。

ふん。一般的な夜生まれなら、だいたいどこもこんな景色だ。基本的に基地内の生活用品店は夜から営業開始。反対に居酒屋なんかは明け方白み始めた頃に地下や雨戸を閉め切った場所で開店してくれるし、宿泊施設も併設している。だから狭い基地にすし詰めだろうと、通勤に便利だからと基地内に住むんだ。なんといっても夜に外に出ても安全だから。基地の頑丈な門には門番もいるし、基地内の見張り番の数も多く、死獣が出たら即座に殲滅する。護身のために、常に銃の携帯は推奨されているし(昼の街じゃこうはいかない)。ここは血なまぐさいだけの夜生まれのための夜の街だ。夜勤として働くには住居の割り当てに従うのが一般的だが、決まりはないため夜に生まれたやつでも昼生まれと同じところに住んでもいい。しかし、物価の違いや、昼を中心に動いている不便は当然としても、日が沈んだ後でもシェルターが閉まっちまったらもう身動きが取れなくなるのが困る。ま、夜生まれなら武装して基地まで強行突破できなくもないけど、命が大事ならなるべくしたくはないだろう。

目をぱちぱちさせて周囲を見回す彼女の様子を見ていると、自分までどこか知らない街に迷い込んだような新鮮な気持ちになってくる。この景色をそんなに珍しがるやつもいるんだな。やっぱり夜生まれじゃなさそうだ。こんな治安のいい安全な区域だけじゃ、まだまだ序の口だぞ。もっと奥地には、一生知らない方がいい闇が黒々と広がっている。

そういえば。自分は昨日から飲まず食わずで風呂にも入っていない。昨日戦闘であれだけ動いた後だ。せっかく佐伯のところに行くなら着替えていろいろ済ませて、出勤できる状態で行きたい気持ちがある。家が近づいてきて、一琉はまひるに声をかけた。

「佐伯さんのところに連れて行く前に、うち寄りたいんだけど、待てるか?」

「はい」

信じ切った目なんてしやがって。

「じゃあ、そこで待ってろ。しばらく時間がかかる。中入っても構わんが」

今の時間帯は死獣の出現率も低いし、もし万一出たとしても基地内ならすぐさま駆逐される。

「いえ……ここで」

フン。まあそりゃそうだろう。若い女の子が、一人暮らしの見知らぬ男の家になんて入るもんじゃない。のこのこ付いてきやがったら教えてやってもいいんだぜ。自分がどんなに平和ボケした世界に住んでるかってな。さすがにそこまでは思ってはないのに、心の内側で悪意がどんどんあふれてくるのを感じる。一琉はまひるをアパートの前で待たせ、自分は二階に上がる。

まったく。なんなんだあの女は。迷子……なのか、そうでないのか、本人もよくわかっていないとかそんなこと、あるのか？　いや、俺の方こそ油断は禁物だ。新手の詐欺かもしれない、と悲しいことを考えながら冷水を一気に呷り、急いでさっとシャワーを浴びて着替え、昨日受け取ったコンビニ弁当を持って若干駆け足で外に出る。ドアがばたんと大きな音を立てた。

「……」

アパートの外には誰もいなかった。

第三章　夜勤、わに公園にて

提げた弁当箱をぶらぶらさせながら、一琉は街灯の下をひとり歩いていた。

ライトアップされた看板の群れ。とおりすがる店々から聞こえてくる下品な笑い声。狭い道を行きかう人ごみ。これから出勤するのであろう黒色の制服を着た夜勤兵たちであふれていた。少しさみしい林の向こう、夜勤軍基地本部が見えてくる。ここら一帯に住む夜勤たちの本部だけあって、大きな建物だ。中学校を卒業して二等の階級を貰った十五歳以上の夜勤が主に通う。

(道案内を頼んでおいて、いなくなるとは……)

やっぱり昼生まれは無責任な連中だ。忌むべき忌むべき。

軽くため息をつきながら、いつものように本部に足を踏み入れようとして、視線を上げた。人の流れを無視したように、入り口横に停めたバイクにもたれかかってこちらを見ている男の人がいる。

その人は、こめかみに指を揃えて、気取った敬礼を投げかけてきた。

「よっ」

「……伏兵がいるとは思いませんでした」

「ばーか、来てやったんだよ」

小突かれた。一琉はなんとなく気恥ずかしくなって、視線を逸らした。

佐伯良二（さえきりょうじ）。この人は夜生まれだが軍人じゃない。夜勤の制服姿の一琉と違って、薄手の七分丈のTシャツに、ジーンズ。夜勤兵ばかりの周囲からは少し浮いていた。一重瞼の目、細身で、一琉と並んでいると兄弟に見間違えられることもあるくらい若く見られるが、一琉の母の弟であり、れっきとした三十八歳の叔父だ。まあ、生まれてすぐ国に引き取られる夜生まれの宿命として、昼世界の親族の存在など、無いにも等しいけれど。

まひると名乗る少女はもうどこかへ行ったが、佐伯と会いたくて、出勤する前に、電話を一本入れていたのだ。彼はいつもどこでなにしているかよくわからない人だから、電話になど出ないだろうと思ったけどやっぱり出なかった。が、ここで待ち伏せしていたらしい。

「携帯電話、便利だぞ？」

「そんなの、ただの夜勤は持ってないです、普通」

「持てよ。使い方教えてやる」

佐伯はそう言って煙草に火をつけた。

「昼の社会には浸透しているんですか？　携帯電話って」

「ああ。みんな持ってるな」

「いくらです？」

「んー月に八千円出せれば持てるよ」

「はあ……八千円ですか」

〝円〟では感覚でわからない。

「〝月円〟に換算すると、えーと今日の相場だと百円で四八〇月円だから……ひと月あたり、三八四〇〇月円。夜勤には無理ですね」

こうしてしまえばあとは感覚でわかる。ちなみに、夜勤の一か月分の給料の平均は、通貨の単位を外しても、昼生まれの給料とあまり変わらない。つまり桁違いに安い。そこからさらに国に対して衣食住保障金を払わねばならない。拒否権はなく、〝夜勤は最低限の衣食住が国から配給される〟という形にしてその実、強制徴収システムである。

「シケてんなあ」

同じ国だが、昼と夜では物価が違う。まあ当然と言える。昼の街に近いエリアには充実した便利な高級店が出されていたりするが、夜勤は基本的にお金が足りないからそういう店には行けない。

「死獣のいる夜にしか動けない夜勤は、基本的に生産能力ないですから。戦って、死ぬくらいしか」

「そうだな」佐伯も紫煙を吐きながら肯定する。

人間は生まれながらにして平等なんかじゃない。

昼か夜か。コインの表と裏のように、二分の一。夜を引いてしまった時点で、負けだ。

「佐伯さんのように、昼の街で仕事取っていたら別かもしれませんけど。……軍を辞めて何やってんのか知らないですが」

「まあ、フリーランスってやつ？　いろいろとな」

そう言って、眼鏡でも掛けている振りか、こめかみに人差し指を当ててスタイリッシュな雰囲気をかもしだす。

「カッコつけて言ってますけど、傭兵ですよね？　おそらくは」

「あれっ、ばれてた？」

「知ってますよ。でも、それ以上は知りません」

佐伯は以前、夜勤軍第60連隊に所属していた。中隊長に代わって実質的に中隊指揮をとるなどして、士官昇進も囁かれていたらしい。

「聞かない方がいいこともあるよ。傭兵だからね俺」

今度は瞳の奥が光る。軍人の目だ。

「……」

こんな人だが、それでも一琉の倍もの年数をこの世界で生きている。

この世界で生き抜いているというだけで——自分を表現するときは、どんな言葉を使ったって、サマになるらしい。

「で、何だ。終わったら飲みに行くか？」

言われて、ふと本来の目的を思い出した。

そうか。

生き抜けなかった者の存在を、知っているから、そう見えるのだ。

「おー……？」

黙りかける一琉を窺うように、佐伯はゆっくりとタバコの煙を吐き出した。

「ま……、今日はなんでもおごってやるよ。まとまった金も入ったしなー」

そう言って佐伯は、傍らに停めていた単車のエンジンをかける。

「佐伯さんは今からどうするんですか？」

「俺？　こーみえて俺は、仕事終わりなんだよ。帰って寝る」

佐伯はそう言ってバイクにかかっていた日除けの黒衣を、ぽいっとシートの下に収納する。昼の街からの帰り道らしい。

「じゃ、任務終わったら、直接集合な。『鬼怒屋』でいいだろ」

ばしっと、背中を叩かれる。

「った……。寝坊しないでくださいね」

「そしたら電話で起こしてくれー」

「俺は携帯電話、持ってないですって」

佐伯は薄い頬を動かして笑うと片手を振ってシートに跨り、林の向こうに消えていった。

一琉は舎の入り口から中に入ると、すぐ右手の受付で階級章を提示した。階段を上がり、奥へと進んで二等兵教練隊の始業場所である「教室」のドアをがらっと開けた。音に、数人が振り返る。まだ早いから、来ている夜勤兵はまばらだ。ずらりと並ぶのはひとり一つずつの机と椅子。着ている制服は黒の学ラン、女子は詰襟にスカート+タイツ。全員の年齢も十六、十七そこらだし、この光景は、昼生まれの通う高校のクラスの雰囲気と似ている。違うのは、窓の外の風景か。風が黒い雲を動かしている。その中から東に月がのぼり、宵闇をぼやっと薄明るく照らしていた。窓ガラスがよく反射するんだ。鏡代わりになるよ、なあ。教室の真ん中で黒い窓に向かって化粧を直している女子たち。一琉は席に着いた。

「あーっ！　おはよーん、ちるちる☆」

「ああ……有河」

まぶしい色の巻き髪をふわふわと、絶妙な流さの丈のスカートをぴらぴらと揺らしながら、軽いステップで有河七実がこっちに来る。ふざけた呼称については、何度言っても止めないのでもう諦めた。スキップをするな。男の俺より背が高いくせに。一琉は惜しくも一七〇に若干届かないので、彼女は少なくともその大台には載っているのだろう。一八〇に届くかというところだ。女子で。身長もさることながら、肉体はもっと女離れしている。主に、力の面で――それ以外は、窓にたかる女子たちに負けないキラキラおしゃれ女子だが。

「隣の席の、山本君がね……こころサプリ、分けてくれるって。心、つらかったら」

元気そうなのを思い出し、一琉は聞いた。

「おまえそれ、飲んだのか」

「ううん……あーりぃは、家庭を持つことが、夢だもーん。……だから、いらないっていった」

「そうか」

じゃあ、空元気か。

「有河って、家族、いたんだっけ」

「うん☆　みーんな夜勤だよ！」

「へえ……」

一琉にはなんだか想像できない話だった。一琉だけでなく、ほとんどの夜勤が同じ感想を抱くだろう。

「第203連隊、パパが軍曹で、ママは隣の伍勤。弟二人はまだ中学校と小学校！」

「大家族ってワケか」

「うん☆　みんな夜の住人なの」

有河はにっこり笑って頷く。

夜生まれ夫婦の子が昼に産まれると、昼生まれ家庭に引き取られていくことになるが、夜に産んだなら一緒に住むことが可能だ。だとすると自分が夜に産まれたことも、嬉しいと思うのだろうか。大多数の夜生まれと同じく「国」に育てられた一琉としては、家族というものがどういうものなのか、いまいちよくわからなかった。

有河はもう、もといた女友達の輪の中に戻っている。

教室の隅には、ラムネ菓子のようにこころサプリを貪っている連中。「おい、呑みすぎじゃね？」「また保健室送りになるぜ～」「だってさー呑まないとやってられるかよ」

一琉はそのまま教室中をぐるりと見渡した。

加賀谷はたった今到着したのか、鞄を下ろしている。オールカラーの専門雑誌が今日も重そうだ。棟方は静かに窓際の席について一人ノートを開いている。勉強だろうか。委員長は自主的に黒板をきれいに消している。

みんないつもと変わらなく過ごしているらしい。みんな……か。

教室の広さに比べて、机の数が歪に少ない。

入隊当初は、もう少しにぎやかだったんだが。

欠けた三席。

ここは昼生まれの高校とたしかによく似ている。でも、少し違う。

昼と夜が反対だということと、もう一つ。

ドアの方を向いた時、遅刻気味にあわてて出勤してきた女子と目が合った。

「ねえ滝本くん、野並くん知らない？　彼、今日私と日直なんだけど～」

ある日突然登校してこなくなるやつが――

――永遠に、来なくなるやつが、いることか。

「野並なら、昨日死んだよ」

ＰＭ６：００。

始業のチャイムが鳴った。教官が入室する。

「起立！」

委員長の号令に、一斉に起立する。

さて、夜勤の始まりだ。

夜風がすうっと肌をかすめる。影絵のような木々が揺さぶられて、心をざわつかせるような音を立てた。身を凍らせる冬の北風にはまだ少し遠いけれど、その到来を予感させるような芯を持った風。季節が変わる。一輪の鈴蘭のような街灯が、付近だけを丸く照らしていて、すべり台の上に仁王立ちした委員長の黒いスカートの影が、さらさらとはためいていた。もうすぐまた夜が長くなる。

一琉たち一班は、住宅地の中の公園に身を潜めていた。すべり台、ブランコ、シーソー、回転ジャングルジム。あと、鎮座する動物の形をした遊具。中でもわにが特徴的だ。穴が開いていて、園児なら口の中を通り抜けられる。この遊具にちなんで「わに公園」と呼ばれるようになり、公園名も正式にそう決定したらしい。でも、この動物たちはなんだか闇にはおどろおどろしい。

「まーた昨日みたいなの出るんじゃねえの？」

すべり台の下、八九式小銃を構えて隠れる加賀谷のかすかなぼやき声に、一琉は呆れ混じりに草むらから頷いた。

「……ああ当然、予測できることのはずだよな」

「なー！」

しっ、と、頭上から委員長にたしなめられる。静寂が再び流れた。

（だが本当に……、司令部はなにやってんだよ……。明らかに新宿区に出るはずのない死獣が現れているんだぞ）

あまり当てにならないインカムを、耳に挿しなおす。新宿区夜勤軍本部、司令部からのアナウンスが聞こえてくる。

——「二〇二〇、第一死獣出現。Ⅰ型。淀橋台にて。八班、全班員で対処に当たれ」

始まったな、今日も。

発見された死獣の規模と、被害を受けた死傷者数の報告がいっていないはずはない。あんなデカい敵、未成年の新兵ばかりのここの地域じゃ太刀打ちできない。強力な兵器もない。向こうのシーソーの脇から構える、有河のマシンガンがせいぜいなのだ。

それなのになぜ、昨日と変わらぬ出撃要請なのか。

同じ班の兵士が死んでも、それで休みにはならないことは、何度かの経験で承知している。今日狩れなかった敵はそのまま明日に繰り越されていく。きっちり倒していかないと、自分たちに未来はない。それは理解している。

（でも……）

ここまで無策じゃ、な。

「出た。死獣発見」

棟方の細いがよく通る緊張味を帯びたその声に、すぐさま隣のブランコへと視線を向ける。同時に、銃口とライトも。一瞬まぶしさに目がくらむが、どうやらその影の大きさはそこまでではないらしい。耳から情報が流れ込んでくる。二〇三五、第二死獣出現。一班遭遇。Ⅰ型。中落合、わに公園にて。全班員で対処に当たれ。――今日は一人足りませんけど。

ブランコの向こう側、ぬらっと闇から現れてきたのは、大型犬のような死獣だった。頭部と思しき部分は、犬のような見た目をしていたが、半身は小さい馬。筋肉質でたくましい体躯をしていた。

「棟方、これより敵を焼殺する」

光線銃を構えた棟方の声に、その死獣は、ぐわっ、と歯肉をむき出しにして口を開く。顔がぱかっと割れたかと思うほど大きく。こんな犬はいない。これは動物ではない。危険な死獣だ。

「法子を援護！」

中腰で素早くすべり台を滑り降りた委員長から指示が飛ぶ。一琉と加賀谷は一足先にブランコ周辺へ駆けつける。太陽光線銃で照射する棟方に迫ろうとする死獣の口。涎の糸も切れるほど大きく開くそこに、二人で銃弾をたたき込む。先に立射で撃ち始めていた加賀谷の弾が切れる。膝射していた一琉の方もものの数秒で三〇発を撃ちきった。一琉は立ち上がり、加賀谷の弾倉交換が終わるまで拳銃で援護する。とにかく敵を寄せ付けないことだ。棟方は微動だにせず、敵に太陽光線銃を向け続けている。死獣は口を閉じ、肩を盾にするような姿勢で距離を詰めようとする。後から有河のマシンガンも加わった。委員長は棟方に並んで光線銃を照射。死獣が被弾していく。だが、やつらは黒っぽい血を流しながら、ゾンビのように向かってくるのだ。

「俺も焼く――っ！」

弾を込めた加賀谷が再び小銃を構えるのを見て、一琉はそろそろ光線銃に持ち替えようとした。拳銃と共に取り出していた新しい弾倉だけ、取り替えて――

そこへ、

「やだっ、……死獣発見！」左から有河の悲鳴じみた声。

「はっ!?」

思わず弾倉を落とし、慌ててポーチからもうひとつ取り出す。

「死獣二体目を確認！　どうしよう」

「なんですって！」

委員長が光線銃を照射しながらちらりと有河を振り返る気配。最初に現れたI型が、身じろぐように突進してくる。手早く古い弾倉をスライドさせて新しいものに取り替え、持った弾倉の底で叩いて遊底を前進させて薬室に弾を送り込む。「やるッ！」一琉が撃ち返す。左前足に命中。キャウンと犬のようなうめき声をあげて、I型は一琉たちから再び距離を取った。危ない……。あまり敵から目を離せないのでここは委員長に任せておく。

「あっちはⅡ型はあるわね……」

「まじかよ」

小銃を連射していた加賀谷が振り返った。

委員長は一瞬考え込むと、

「あたしは二体目を照射するわ！　加賀谷くんとアーリーはあたしの援護に来て！」

「「了解！」」

ま、このⅠ型相手なら自分と棟方だけで対応しきれるだろう。さっさと始末して二体目の撃退に加わろう。委員長たちが外れて広くなった空間を利用し、間合いを取り直す。死獣に太陽光を当て続ける棟方。焼かれながらも飛びかかろうとする死獣。それを物理的に打ち返しし留めようとする一琉。焼かれても被弾しても狂っている敵は恐怖心皆無で向かってくるが、次第に力は弱まっていく。

「あと少しだ棟方」

隣でこくりと頷く棟方。敵は動きが止まりかけている。天に召されるように、目が閉じられて――

「第二死獣、死滅確認」

一琉はインカムを切ると、

「委員長の援護に回る！」

叫んで銃口を下げた。光線銃のまぶしさからの暗闇への急激な変化に目がチカチカする。

さて、もうひと踏ん張り、と後ろを振り返ったとき。

「なん……っ！」

おいおいおいおい。

今、視界の端になにか映りましたけど。

振り切った視線を、半分まで戻す。

公園の入り口の向こう。遊びにやってくる園児の帽子の色みてーななにか。

街灯に薄明るく照らされているのは、なんだか人工的な黄色い塊。

……見たくないものを見てしまった。

「さん……たい……め、発見！」

一琉がのどから声を絞り出すようにして報告すると同時に耳に連絡が入る。

――「一班に告ぐ。第三死獣、わに公園に接近中。Ⅱ型。落合第二小周辺、対処に当たっていた十班から逃亡途中、放置してあった小型ブルドーザーと融合。危険度、高。他の班は至急応援を！」

また、新しい死獣だ。ブルドーザーと融合!?　まじかよ……、放置しておくなよそんなもん。あと十班、ちゃんと仕留めやがれ。沸き立つ殺意を今はこらえる。敵に目を凝らすと、少し遠いが結構デカいことがわかる。サイみたいなデカさとガタイ。額にはツノ？　肩から、なんだあれ？　……排土板？

「おい委員長、三体目だ！　Ⅱ型！　俺が射撃開始する」

「ええ。こっちが終わり次第すぐに向かう！」

「随分硬そうだからな、有河いけるか？」

一琉は狙いを合わせて射撃しながら、隙を見て振り返る。

「わかったあ！　いいよねっ、いいんちょ!?」

「ええ！　こっちは加賀谷くんと二人でなんとかするわ！　法子はこっちきて！」

十キロはあるチェコ式軽機関銃を担いで、有河が足早に駆けてきてくれるのが見えた。

――詰めすぎた買い物袋をよいしょと両手で抱え持つ主婦みたいに――。同時に二体まではないこともないが、三体同時は初めての事態だ。僅かな時差がありがたい。しばらくして、ダダダダダダ、と有河のマシンガンが背後から重い銃弾を放つ。正面に近づいた敵は、たしかに歪な形をしていた。半分は生き物なのに、半分は機械。変形し、融合している。恐ろしいことに、左肩から前に飛び出たブルドーザーの排土板が、血が通った腕のように動いている。全身に被弾した敵は石のような皮膚をヒビ割れさせながら、狂ったようにこっちに突進しようとしてくる。一琉は足を狙って転ばせた。象のような四肢だが、足は足だ。もとよりバランスが悪かったのか、簡単に転んだ。

「今だ！　光線銃で焼くぞ」

だっ、と近寄る。一琉は恐れを振り払って、適切な距離を保ち、片手で光線銃を――

ガアアアアアア！　ギギイ――死獣が吠えた。頭蓋骨に響くようなその咆哮に、どきっとしてひるむ。転んで丸まっていた敵が地面を揺らしながら、体勢をゆっくりと立て直す。

ああ、ただ見ている場合じゃないぞ――光線銃を撃つか、小銃でまた転倒させるか、逃げるかしないと――。

「あっ！　ごめんちるちる！」

と、衝撃。一琉の左腿に、流れ弾が当たった。

だが制服の下に着込んだ硬化スーツのおかげで無傷だ。よろけた体勢を立て直す。

「平気だ。ケガはない」

普段は水着のようなやわらかくつるりとした生地なのに、強い衝撃を受けた時だけ鋼の鎧のように硬化する素材。無傷どころか、おかげではっと目が覚めた。一琉は光線銃を構えた。一歩踏み込む。適正距離。

(焼き殺してやる)

覚悟を決める。有河、しっかり援護頼むぜ。

だが。

――「第五死獣出現。Ⅰ～Ⅱ型。わに公園中央」

またしても連絡アナウンスが耳に届く。

「アーリー、四体目出現よ……もどってきてマシンガンでなんとか抑えて！」

公園の中からも、絶望的な知らせ。

どうなってんだ。

「えーっ！　四体目!?　だ、だめ！　こっちもまだ倒せてないよ！」

異常事態。昨日みたいなⅢ型こそ出ないが、死獣の数がおかしすぎる。集中しすぎだ。

一琉は光線銃を撃ちながら振り向き、声を張り上げた。

「委員長！　とりあえずこいつ死滅させてから――」

その目に映ったのは、

「女の子がいるのよ!!」

……。

公園の、すべり台の向こうのブランコのさらに向こう、南の入り口付近の回転ジャングルジムの脇の草陰。

そこに、白い妖精のような少女がうずくまっていた。

陽の光の色によく似た髪。おろおろとした感じ。

白いワンピースからは素足がのぞく。どう見ても非武装で。

「あ……いつ……！」

たしか名前は、野々原まひる。

「なに……やってんだ……！」

「ちるちる！　危ない！」

有河の声に、一琉は正面に向き合う。敵の猛烈な突進が間際。一琉は光線銃を脇にはさみ、小銃で応戦した。致命的なダメージは与えられないが、光線銃では時間がかかって間に合わない。四体目に向かわないといけなくなったのだ。しかも、

（あの大馬鹿昼生まれがこんなところに――）

昼生まれは死獣を引き寄せやすい。たとえ、シェルターの中に避難していても、死獣は昼のエネルギーを嗅ぎ付けて、シェルターを壊してでも捕食しようとするのだ。闇からぬらりと生まれ出でるときのように、その場にある物と融合して取り込んで武器にし、こじ開けてみせる。委員長とまひる、生身の昼生まれが二人も集まっているせいで、こんなことになったのか。

「有河、いったん委員長のところへ！　作戦を立て直すぞ」

「おっけー！」

一琉と有河は銃を構えて後ずさりしながら、公園の中へと戻っていく。一瞬の動きが命取り。銃弾をばらまくのが精いっぱいで、ピンを切って手榴弾を投げるほどの隙はなかった。三体目も銃弾を受けながら、すでに一つの戦場と化している公園内へと入りゆく。

「あの可愛い子は誰なんだよー？　おまえの知り合いか？」

委員長と共に、シーソーや回転ジャングルジムの方面の敵を同時に相手していた加賀谷が一琉に気付いて、背中合わせの状態で野次を飛ばしてくる。

「知るか、あんなやつ……！」

口調が荒くなりすぎたらしい。おっ？　と加賀谷に目を開かれる。

「みんな聞いて！　こうなったら考えがあるわ！」

委員長が公園中央のわにの遊具に乗りながら何か言い出した。

「あたしが死獣を引きつける！　光線銃でなんとかして！」

そして、しゃりり、と抜刀する。

「そりゃ、委員長おまえ……食われちまうぜ?!」

委員長は驚く加賀谷を一瞥。鈴蘭型の街灯のほの暗い明かりをはねかえすように、刀身が一瞬きらめいた。

「食われるが先か、食うのが先かよ」

昼生まれの委員長がこの数の敵を引きつけて時間を稼いでいる間に、一斉照射で全部焼き殺す。耳を澄ませても、司令部からの制止は特にかからない。

だが、一琉はきっぱりと首を横に振った。

「だめだ、聞け。あいつも昼生まれなんだ」

「えっ!?」

委員長の顔に逡巡の色が広がる。

「だから委員長の方ばかりには集まらない。その作戦はうまくいかない」

一琉の言葉に突然自信を無くしたように、「そう……」と小さくつぶやいた。委員長は、それきり黙る。

「それなら」

凛とした声。そうして暗闇から進み出るのは――一琉は振り返ってはっとした。

「棟方っ！　……その怪我」

小さな体躯を張って屹立するその隊員は、棟方法子だ。かぶっていたはずの官帽がない。頭を切ったのか、ショートヘアの間からどくどくと流血している。血をかき分けて見開かれた瞳が、精悍にまぶしい。

「それなら委員長があの子を守りながら敵を引きつければいい」

その鮮血にのまれて、委員長は声をなくしている。頭が切り替わらないらしい。

「できるのか？」

「わか……らないわ。そこまで責任……とれない」

目をそらされる。委員長、さっきまでの威勢はどこ行ったんだ。

そうこう話している間にも、死獣は委員長とまひるに引き寄せられるようにして集まってゆく。

応援は、まだか？

「でも結局、あたしとあの子に寄ってきちゃうなら、僅かな可能性に賭けるしかないわ……」

棟方の真っ直ぐな視線を、かろうじて受け切るように、委員長は顔を上げた。もう一度だけちらりと棟方を見て、そして一琉の目に視線を移す。

「これ、預けるわ」

握られていたのは光線銃。死獣を完全に死滅させることのできる唯一の道具だ。

「刀を振りながらは、撃てないから」

昨日は棟方、今日は委員長か。

自分の光線銃を胸にしまって受け取る。

「守るから死ぬなよ」

「ええ」

誰でも、何丁でも、貸せ貸せ。俺は与えられた仕事をするだけだ。

委員長はまひるのほうへ走る。まひるは草陰からこちらをじっと見ていた。

「そこのあなた、あたしのところに！」

「……ふえぇん……」

委員長の声に、草むらから飛び出てくるまひる。おまえはふえぇんじゃねえよ!!　……まあそれは生き延びた後にして。急に動いた二人を、獲物を見る目で、死獣たちが追おうとする。

一琉は光線銃をしまい、両手で小銃を構えて素早く二、三発射撃してあのブルドーザーの第三死獣を牽制する。そして小銃を手放し、二丁の光線銃で照射を開始。三体目の行く手を塞ぐ――が、さすがにすぐには抑えきれない。突進をかわし、後ろに回り込んで照射を続ける。

「さあ、こっちよ！　向かってきなさい！」

委員長の高い声が響いている。緊迫した空気をまとい、構える刀が揺れるのはもう……武者震いだと信じる。

一琉と同じように、二体目、四体目を小銃や光線銃でギリギリまで抑え、後ろに回り込んで照射する一班メンバーたち。委員長とまひるを中心に、その周りを死獣三体が、そしてそのさらに周りを一班メンバーが取り囲む。四方から光線銃で一斉照射。

（耐えてくれよ……委員長）

二体目と四体目は委員長の接近戦が利いている。

二体目はハムスターかリスみたいな小動物が異様に巨大化したような姿をしている。熊ぐらいの大きさで、戦闘本能むき出しに激しく牙をむいてくるのが恐ろしいが、毛がモフモフで皮膚もやわらかいらしく、委員長の刃が与えるダメージはデカい。

四体目は土くれのオバケのような見た目。刀で一閃すると、その部分は土に戻ってさらさらとこぼれ落ちる。そのたびに視界がけぶるのと息がしにくくなるのだけが厄介。だが、砂をぶつけてくるだけで攻撃力は弱く、なんとか勝てそうだ。

この二体だけだったら、今の作戦で楽勝だったかもしれない。でも、サイに似たガタイの、黄色い三体目は硬い。皮膚も岩のように硬いが、ブルドーザーを取り込んで動かしてくれてやがる。委員長も、斬ることは無理だと判断し、細剣の切っ先を突き出す。目と思われるくぼみや、関節のつなぎ目を狙って――だが、貫くことはできず、刃がこぼれるだけだ。

光の中、その三体目は気付き始めている。委員長の刃は、硬い殻を持つ自分にとって恐るるに足らぬことを。光線銃は舞台の中心を照らすスポットライトのように、光が重なり合って威力が増し、じりじりと死獣を焼いていく。向かい合っているため、対面からの光が夜生まれにはキツイ。死獣の陰にうまく入りつつ撃つが、多少の飛び火はこの際もう無視だ。痛み分け。委員長も、どこまで持ってくれるかわからない。四方からの照射を受けて、委員長とまひるはさぞまぶしいことだろうが——。

死獣の間から、一瞬見える。か弱い精霊を守るように、光る刀を振る委員長の制服姿。霧のように上がる血しぶき。シャッターを切るように、——網膜に焼きついた。

「……くっ。奇跡よ、」

呻くような声が聞こえた。

「起きなさい——っ！」

でも、その祈りは。まだ、届かない。

ただ死獣も、さっきより弱ってきている。巨大ハムスターみたいな二体目はもう血まみれで地面に倒れ伏している。起き上がれないようだ。土くれオバケも、もうただの砂に戻ったらしい。大きさはさっきの二分の一だ。砂を吸ったせいか、一琉にのどの痛みは残してくれたが——。

「きゃあ！」

かん高い悲鳴。

「委員長!?」

見れば、あの硬い三体目が動いていた。デカい図体がゆっくりと。鍔迫り合いのような状態を断ち切るように、高く高く振りあがるのはブルドーザーの排土板だ。
（焼……けろ……っ!!）
委員長は刀を構えたまま立ち尽くしている。
逃げ場もない。あんなの……受け切れるわけがない。
タイムオーバー。
焼き切れなかった。
脳裏に浮かぶのはたった一文字。
死。
死ぬ。
委員長が。
野並のように。あっけなく。
ああ、そうだこれは。
この世界にあまりにもありふれている、絶望の一瞬。
しかしそこからの世界が永遠に変わる一瞬。
「教室」からまた一人、消える。その人のいない日常に変わる。
こんな、こんな……
「やめろ……よせ……」
一琉は光線銃を下ろした。

物理攻撃のほうが、可能性が高いか？　光線銃じゃ間に合わない……!?　この角度からなら委員長とまひるに流れ弾が当たることもないだろう。一琉は小銃を構え上げつつ右手指でレバーを「レ」に切り替え、連射。ブルドーザーの排土板と死獣の体の接合部に向けて、撃ちまくった。

俺に向かえ！

連続する射撃の反動で、照準を合わせるもくそもない。いい。

「こっちだっ！」そんなに昼生まれが美味しいかよ！

だが、カンカンと金属が弾丸を弾き返す音が響くだけだ。時々、めり込むような鈍い音もする。だが、内部まで届いた手応えは、ない。

やめろ……振り下ろすな……やめろ！　もう……もうやめてくれよ。

「どうしてなんだよっ。俺達……」

ただ、生きていることさえ、適わないのか……。

そのときだった。

委員長の前にまひるが躍り出た。いや、躍り出るというにはあまりにも自信なさげだ。間違った舞台にいるような不安な視線。

「ああ……おまえ……」

なにもわからないような顔で、胸の前で戸惑うように手なんか合わせて。

なんだ、おまえ。なにしてるんだ。ヒロイン気取りか……？

もう結局全員食われて死ぬんだぜ。

こいつも、わけもわからずに。ここにいるやつらは、全員死ぬ。

おまえも巻き込まれて、ざまあみろか？

いや……わかっている。昼生まれは昼生まれでのんびりお気楽というわけじゃないことも。死獣は一班を全滅させたら次はここら一帯の昼生まれたちを片っ端から襲いはじめるだろう。シェルターは確かに頑丈だが、止める者のいなくなった死獣が目を付けたら、もうだめだ。二枚貝をこじ開けるようにして――

終わりか。

俺も、夜生まれらしい終わりだ。

祈るように手を組んだ白い少女を見て、降参したような気持ちになる。

俺は……どうせ死ぬなら、どうせ生きるなら、そっち側に行きたかった。

嘆いたってしょうがないが、昼に生きていたかった。

変わらず夜が、危険だとしても。

夜になったら夜勤に護られ、死獣に見つからないよう幸運を祈って、昼生まれとしての責任を果たして生きる。

そういう風に生きたかった、俺は。

死獣がまひるを潰し、委員長を潰し、光線銃の光より早く俺たちを潰す。

そんな未来を覆い隠すように、今までの過去を振り返っていた。

これが走馬灯か。濃密な一瞬に、さまざまな思いが体中を駆け巡る。ああ俺もとうとう、終わりだな――

だが、

「あ……ああ？　……なんだ……？」来ない。

死獣が……止まっ……ている？

自分を焼こうとする光の中、ためらうように、驚くように、死獣がまじまじと……まひるのことを見つめているように見える。

まひる……、おまえは一体……？

「十班だ。応援に来た！」

沈黙を破るように、聞き慣れぬ声が響き渡る。六つほどの人影。

同時に胸に熱いものが流れ込んだ。

応援だ！　応援が到着した！　今度は助かるかもしれない！

「う、撃てー！　一斉照射！」

一琉は首を声の元に向けて大声で叫んだ。小銃を捨てる。ホルダーに手をかけ、光線銃を構え、放つ。

インカムで流れていたのだろう。応援に来た十班班員はすぐに状況を理解し、一琉たち一班の間に入って光線銃を照射してくれる。

「助かった……！」

「ああ、遅くなった」

一琉の隣に立つ十班の長身の隊員が、光線銃を撃ちながら強く微笑む。

まあ、元はと言えばおまえらが取り逃がした死獣だけどな！

全員の光線銃が交差し、強力な光となってあたりは白く色が飛ぶ。

長い長い照射の末……

「撃ち方やめ！」委員長の号令が響く。

「目標は全て死滅！　もう大丈夫」

死滅……！

勝ったのかよ!?　間一髪のところで、間に合った……。

強烈な明るさで包んでいた光の円が消える。だが、網膜が焼かれて真っ白のままだ。いつものことながら、あまりの明暗の落差にくらくらする。それから、一琉はゴホゴホと咳き込んだ。張っていた気が緩んで、忘れていたようにのどの痛みが襲ってくる。

「死傷者は？　いない!?」

委員長の確認に、特に声は上がらない。夜生まれの「目痛い……」などという呻き声ぐらいだ。全員の気配からしても、叫ぶ口がないわけではなさそうである。

「助かった……のか」

「そうね」

徐々に目も慣れてきて、一琉は委員長の元へ光線銃を返しに近寄った。委員長は掲げた日本刀の切っ先を勢いよく下ろして血振りし、腰に提げた鞘の口に沿ってスーッと滑らせて引き、落とすようにして戻す。手慣れたものだ。

「最後のは、もうだめかと思ったけどね」

引きつり笑い。ああ、そうだろう。その言葉に、はっと思い出す。そうだ、あいつは？

さっきのは、なんだった？　あいつ、あの、野々原まひる！

あいつがよろけるように進み出て、そしたら……死獣が、我を忘れたように鎮まったのは……。

どういう、ことなんだ。

「とりあえず、固まっていては危険ね。あの昼生まれのあの子は本部に戻して――」

委員長も、言いかけて気が付いたらしい。

あたりを見回しても、黒の制服の少年少女ばかり。あの白くて目立つ昼生まれはいない。

また……またあいつ……、いなくなりやがった。

あいつは……一体なんなんだ。


基地へ帰り、校舎へ。一糸乱れずの行進で、グラウンドに集合。

「左へならえ！　番号――」
一、二、三、四……と、手早く点呼を終える。「分かれ」の合図で解散。訓練兵でも、数か月もたてばシマリのある規律を体現できるようになる。慣れれば考えて動く必要もないので楽だ。そのあと一班は集まって教室に向かった。

一琉の横で有河は、ほうっと一つ息を吐くと、

「もうダメかと思った〜。間一髪だったね」

「……だな」

「今日もひどい戦いだったけど、無事に帰れるなんて、もしかしてあーりぃ、超ラッキーガールなのかもっ？」

そう言って幸福そうに微笑んだ。それが一琉の癇に障った。

「喜ぶなよ。そんなこと」

「えっ。どして？」

「こんなことで喜ぶなんて、おまえはむなしくないのか」

「こんなこと……って！　班のみんな、家族みんなが無事に帰ってくること、すごい奇跡じゃん。ちるちるは嬉しくないの？」

「そういうことじゃない。こんな奇跡を、幸せと呼ぶこと自体不幸なんだよ！　よく考えろよ。俺たち夜勤が死ぬ思いで守ったこの街で、昼生まれはのうのうと生活しているんだぞ」

ただ、昼に生まれたというだけで、だぞ。

「それは……」

不意打ちを食らったように言葉に窮した有河。

俺たちがそうやって喜んでいる間に、昼生まれはお気楽に寝ているんだ。

「まあ待てよ一琉」

代わって、加賀谷が入ってくる。「——ここは、夜だぜ」

へらへらっとしたいつもの調子の中に、どこか確固とした分別を感じる。線引きされた向こう側に行こうとする者を、諌めるような。

「俺はこんなことで喜んだりしない」

振り払うように一琉は追い越し、

「こんなことでごまかされない」

背を向けた。「——司令室に行ってくる」

「えっ、ちるちる？」

「もっと人員を増やすように言ってくる」

何か言いたげな二人の視線を背に感じながら、一琉はその場を後にした。

第四章　この世界は

「いらっしゃい！」

仕事帰り、一琉は待ち合わせの居酒屋「鬼怒屋」ののれんをくぐった。仕事が終わる時間は日によって違うが、今日は遅い方だった。それにも拘わらず、佐伯はまだいなかった。

（先になにか注文するか……）

　空いているカウンター席に着き、さりげなく荷物を置いて隣の席を確保する。明日も仕事だ。アルコールはやめておこう。のども焼けたように痛いし。

「ウーロン茶お願いします」

　カウンター越しの正面で揚げものを揚げている禿頭の店員に声を掛ける。

「トキエ、ウーロン茶一丁！」

「はい、ウーロン茶ですね！」

　ぶっきらぼうにトキエと呼び掛けられた若い女の人が微笑んで出てきて、大きく返事をした。

「はい、おまちどお！」

「どうも……」

　一琉は小さくつぶやいて受け取ると、ドアの方をちらりと見て、一口啜った。ウーロンの苦みが微かな氷の欠片とともに喉を通る。あ、ウーロン茶って、のどに悪いんだっけ？のどに張っている油を取ってしまうとかで。

　どこかにあるスピーカーから、渋い歌が流れている。ラジオじゃなく。再生機器を正規に購入しようとすると夜勤にはかなり高い買い物になる。この店が繁盛しているのか、店員がよほどのファンなのか、または昼の協力者から提供されているのか――だが、そんなふとした疑問はすぐに一琉の頭から消えた。

「まじありえねぇっつの！　俺、あんな死獣見たことないって！　まじ、デカいんだよ！」

どこの隊だろうか、黒の制服を着た若者四人衆が、叫んでいるのが聞こえてきた。

「俺も昨日インカムで聴いてたけど、ビビって足ガクガク震えたよ」

「僕のところは、そんなことなかったけど……」

「ていうか草津、もしかして見たの？」

「見た！　俺見た！　あ、俺が行った時にはもう死骸だったけどな。いや、出くわさなくて正解だぞ！　あんなのと戦ったら、死ぬって！」

一琉は僅かに身じろぎして後ろのテーブル席を確認する。同じ年くらいの男四人。だが知らない顔だ。耳を澄ませる。

「信じられないよー。初級地域だぜここ」

「なんか、おかしんじゃねーの？」

おそらくはこいつらも、ここの新宿区の隊員だろうけど。

（やっぱり、異常だよな……）

ガラリという音がして背後の引き戸が開けられた。軽くあくびをしながら佐伯が入ってくる。一琉は荷物をどかして隣の席を空けた。

「おつかれ！　いやあ、悪いな、待たせたか？　つい二度寝しちゃってさー……」

「いや、俺もちょうど今来たところです」

「そういうのは、女に言わないと、意味ないぞ。こんなオジサンなんかに言ったたって」

「今来たのは本当ですからいいですよ」

佐伯と入れ違いになるようにして、さっきの二等兵たちが席を立つ。ため息交じりに財布を出し、〝月円〟で支払って出ていく。弁当の配給カード分はここでは使えず、晩飯は二重支払いとなる。夜勤はぜいたくするな、罰金だ、とばかりに。

「あの人たち、噂してました」

「ん？」

「おかしいんです。今、新宿区」

「おかしいって、どうおかしいんだ？」

「昨日は、Ⅲ型死獣が出ました」

「Ⅲ型ァ？　うそだろ」

「本当です。それで、俺らの班から、一人……」

「一人？」

そこまで言いかけて、静かに一旦引っ込める。野並のことを流れで話すにはまだ……早すぎる。

「いえ……それから、今日も。Ⅰ～Ⅱ型ですが、同時に四体も出現して」

「お!?　おーおー……」

佐伯はテーブルにトントンと煙草の袋を打ち付けると、一本抜いて火を点けながら、手を挙げた。

「トキちゃん、ビール、それから〜……焼き鳥」

「はーい！」

「一琉、おまえは？」

「なんでもいいです……おまかせします」

佐伯は他にもいくつか料理を注文すると、煙草を銜えて、「それで？」と先を促した。

「俺らの班には昼生まれ兵がいますし、それに」

ちょっとした手違いかなにかで、一般市民の昼生まれまで紛れ込んでいた。そう言いかけて、店員から差し出されたお通しを受け取った。

「俺たちはまだ、訓練中の二等兵ですよ？　四体同時はありえないと思って、教官に言ってみたんです。そうしたら……」

今日のあの死闘の後。

隊長に頼み込んで、司令室を訪れた。医官から創傷処置を受けて安静にしていた棟方に、事の重大さを示すために一緒に来てもらって（委員長には「血も涙もないことを言わないで！」などと反対されたが、これは棟方を含めた今後の夜勤の環境改善にもつながると説得してなんとか連れ出した。棟方に頼むよりずっと骨が折れる）。

――「これは異常事態だと思います！　私たちではとても手に負えません！」

強大な死獣は出ないという理由から新兵の訓練地域とされているこの東京都で、あんな

Ⅱ型やⅢ型が出ているというのに。それなのにいつもと変わらない出撃命令でいくんですか？　都会は、眠る昼生まれの数も多い。防壁を厚くするに越したことはない。応急処置でもいいからまずこの事態を――！

だが、上の人間たちの反応は、一琉が期待したものとはいえなかった。

――「死獣の出現率は近年、上昇傾向にある。やむをえん」

主力の部隊は、より大型で凶暴な死獣討滅のために各地域で戦っている。都会が危険なことになっているとわかれば、一部の部隊をこちらに回してくれると一琉は思っていた。

そんな期待に反して、司令部は口をそろえて言うのだ。

「都市に主力の隊を回せないほど、各地域も同じく大変なことになっているからなァ……」

夜勤の業務内容は、軍事機密情報などといってマスコミには秘匿にされることが多い。マスコミといっても夜勤は国営放送しかなく、国に管理されている。大変なことになっているというのは噂程度に聞こえてくることはあっても、そんなに深刻だとは思わなかった。

「なんだよそれ、って、思いましたよ」

一琉はそう愚痴ると、ウーロン茶を呷った。

「各地域も同じく大変なことになっている……って、じゃあどうなるんです。今後ずっと、連日連夜あんなのと戦えってことですか」

一琉は手を挙げて、勢いに任せてビールを注文する。

苦虫を嚙み潰したような顔で、佐伯は煙草を口から遠ざけた。

「なるほどなあ……そいつは、問題だな」

「そうですよ……」

中年らしい禿の店員にすぐに手渡された冷えたジョッキを、これも一気に呷る。

「……」

手で口元に付いた泡をぬぐって、一琉は続けた。

「本当、なにが訓練地域だって感じですよ。戦地に出て隊に配属されたら、上等兵の楽しい洗礼が待っているとかいいますけど、でも、それで先輩から身を守ってもらえるなら、安いと思いますね。俺は」

「うーん……俺が新兵だった頃は、も～っとのんびりしてたんだけどなー……」

佐伯は一琉におしぼりを手渡してやりながら、鶏皮や塩のかかったネギマをうまそうに食べている。一琉はなんだかそんな気になれず、焼けたのどにビールを流し込んでいた。明日も仕事だ。くそ。じゃあどうなるんだ。明日は。

「でもな」

黙って串を二本空けたあとふいに、佐伯は芝居がかったように、手に持っていた串をびゅーんと指揮棒のように振って、一琉を指した。

「たしかに、その上官の言ってることも間違いじゃや、ない」

「え？」

「もうそんな時代じゃないってことだ」

そのままひゅっと壺に放る。

「でも……」

「戦地の本場にいる一等兵は、東京に帰りたいって言ってるぜ」

佐伯は意趣返しのように、片眉を上げて笑う。

一琉は、横目でそれを見て、苛立ち混じりに鼻から息を吐いた。

「それはきっと、東京が今どうなっているか、知らないだけですよ」

一琉は佐伯が、「仕事なんてそんなもんだからな」といったような先輩面で、やれやれと笑っているように見えた。嘆く新兵をやりこめているつもりなのだろうか。軽く失望を覚えて、口調を強めて言った。

「一年前、俺が入隊したばかりの頃のここは、こんなんじゃなかったんですから。もっと訓練っぽくて――」

「いや、察しはついているだろうさ」

一琉が苛立っているのに気が付いているのかいないのか、佐伯はまだ続けるようだった。

「でも、どこにも逃げ場がないから、そう言うんだ。心の中にユートピアを作ってな。もう自分の住んでいた頃の東京都はどこにもないと、わかっていながら。東京は安全だ、東京に戻りたい、って嘆くんだよ」

「……」

「そうじゃないとやってられるかーってね」

　佐伯は軽快に笑う。

「部下の身を守るどころじゃない。街どころか、自分の身を守るので精いっぱい。誰もがそんな感じなんだからな」

「そんな、まさか」

「嘘だったらいいんだけど、あいにくホントなんだよ、その上官のぼやきは」

　変わらない調子の佐伯の言葉。

　その冗談めかした調子は、佐伯なりの気遣いだと途中から気が付いた。

　これはちょっと精神的に不都合な現実だから、冗談だと思いたいなら冗談として聞いてくれればいいぞ、と。おそらく、受け入れられないという意思表示をすれば、本当に冗談にとどめてやめてくれただろう。でも、一琉は踏み込んで聞いた。

「どうして、そんなこと知っているんですか」

「いろいろ話し相手がいるからな。こんなおじさんが、今日もこうして若者から訓練地域の様子を教えてもらっているように、幅広～く」

　そういえば、一琉は自分と話している佐伯の姿しか知らない。当然のことながら、佐伯も自身と同じ年の友人や、もっと年上の人と話すことだってあるのだろう。下士官とはいえ曹長や准尉だったなら、士官学校出たての新米少尉から、定年間近の古参兵まで、立場も年齢層も幅広い相手と。

「まあ、だから実は、話に聞いていた通りなんだ……。ここもおしまいだってこと。それを確かめたいのもあって、今日はおまえと話したかった」

佐伯は目の前の一琉に話しかけながらも、どこか遠くを見据えて考え込んでいるようにみえた。

「ま、東京が本当にもう訓練地域なんてぬるいモンじゃなくなっちまったってのは、おまえの言葉でよくわかったよ」

「……はい」

隣にいるのが、自分の倍もの年齢の大人の男だという感覚が戻ってくる。一琉は少し姿勢を正した。

「死獣が、……本当にそんなに、増えてるんですか？」少し声のトーンを落として聞く。

「ああ。どこもかしこもな」佐伯の調子は変わらないが。

「マジですか」

「マジだ」

彼特有の、軽さを保った断定。

「……」

だが他でもない彼が言うからこそ、とてつもなく重い。一琉は、細いため息を漏らした。

「どう……なるんですか……それじゃ……。また滅ぶんじゃないですか？」

このままの勢いで死獣が増えていったら、あるかもしれない話だ。

「そこのところのさじ加減だなあ。連中も……うまくやろうとしているが」

「連中？」

「俺の仕事相手」

「夜勤の上の人ともまだ仕事してるんですか」

「いーや……。お昼の方々だ」

そりゃそうだろう。それならなんでそこで昼の〝連中〟が出てくるのだろう、と一琉は少し不思議に思った。

佐伯は考えるように押し黙り、ビールをちびちび飲んでいる。一琉は椅子にもたれた。

……人類半滅か。

こういう話になるといつも思うのが、海の外はどうなっているんだろうということだ。中学時代に、壊滅状態なのだと習ったが、噂によると村を作って生き延びている人間も少数ながらいるんだとか。インターネットどころか、文明なんて残っちゃいない。村単位でかろうじて生活して、死獣から身を守るのがやっとだろう。

まあ情報は国の手によって規制されているし、この島を脱出する手段なんてあるはずもないから、考えたところでなんの役にも立たないが。昼の世界にはパソコンと呼ばれるコンピューターがあるらしいが、高価すぎて昼の住民でさえ買えない。所持にも国の許可が必要だ。昔は「インターネット」で世界中が結ばれ、遠隔地との情報のやり取りが自由に行われていたらしい。

「死獣の発生は自然現象だし、そこはぐずぐず言ってもしょうがないことですけど」

「……」

「それでも急な変化を放置するのだけはやめてほしいですよ」

一琉の話を聞いているのかいないのか。

「犠牲になるのはいつだって現場の人間なんですからね」

佐伯はジョッキを持ったまま、ここじゃないどこかを見つめていた。

「佐伯さん？」呼びかけても、すぐに返事が来ない。

少し置いて、佐伯がわずかに頷いたようにみえた。そして戻ってくるための手順を踏むかのように、ジョッキに口を付けて液体を一口だけ飲み、ことんとテーブルに置いた。

「……中学までの義務教育を終えると最初の兵役義務がある。今のおまえらだな」

妙に静かに問いかけられる。

「はい」

一琉は頷いた。

「その成績次第で士官学校進学の受験資格が与えられたりする」

「そうですね」何の話をするかと思えば。昇級のための進学か。

「俺はしませんよ」

「まあ……だろうな」

軽く笑って流される。この人は軍人を続けていたら、学校を卒業したてのほやほや幹部候補の少尉（弱冠二十歳くらいだ）を、教育する立場にいる頃だ。現場の実態をよく知っている下士官として、階級と軍隊だけ与えられて訳もわからず惑う経験の浅い若い上官を、使い物にするために育てるのだ。

「委員長ちゃんは？」

「彼女は……まあ、狙ってると思いますけど」

一つとせ～人のいやがる軍隊に～、志願で出てくるなんとやら～、と数え歌を口ずさみながら、佐伯が訊ねる。「優秀？」

「姿勢と態度だけはハナマルですけど、どうですかね」実力で言えば完全に棟方に軍配だ。幹部を目指す一番早い方法は一年の任期の後、士官学校に進学することだ。だがたとえ受験資格が与えられてもよっぽど優秀でないと入学も卒業もできない。

一琉も進学を考えたことはあった。そりゃ命懸けの肉体労働より、頭を使って人に命令する仕事の方がやりたいさ。下にいるより上に行きたい。でも――感情が介入してきて、思考が止まる。忌諱しているはずの夜勤の中枢に足を突っ込んでいくのが、厭だと。

「それが、どうしたんです？」

一琉が先を促すと、佐伯は言った。

「テストや試験みたいで、おまえたちが〝教育〟とか〝訓練〟って言葉に、安心とか期待とか、本当に困ったときは助けてもらえるって、そういう甘えた気分になるのは無理ないんだよな、って」

「え？」一琉はきょとんとして佐伯の顔を見た。

「試験というより試用期間なんだよ」

　責めたり憐れんだ顔ではなく、そうではなく——ただ無慈悲な現実のように、無感動に動かなかった。

「つまり間引きも兼ねてる」

「間引き……？」

「そうだ」

　聞き慣れぬ単語の意味を脳内で探す。間引き……小学生の頃、あさがおを育てた時に、やったような。たくさんの種が芽吹いたとき、限られた土の栄養から花を咲かせるために、その中で弱そうな芽を抜いて捨てた。

「弱そうな兵や負傷兵はこの時点で見殺しにする」

「は……？」

「司令部は、対象によって助けるか助けないかを調整しているんだ」

「そんな」

　野並の顔が浮かんだ。

「でも兵士だってありあまってるワケじゃないですよね」

「そうだな。だからこそ省力化するために非情にもなる。昼に出歩けない夜生まれなんてそもそも人間のできそこないだ。戦うくらいしか能がないんだ。女はたとえ手足を無くしてもまだ娼婦として役に立つが、弾除けの盾にもならなくなった男なんてごく潰しもいいところ。安い賃金でこき使ったり、人のやりたがらない仕事をやらせたりしているうちにほっといてものたれ死ぬが、中途半端に使えないやつを兵士として育てるのは高くつく。ヘマした負傷兵は見殺すのさ。その分、生き残るやつを大事に守って、危険なことはさせずに、重点的にきちっと教育した方がいい」

「っと、待ってくださいよ」

冷ややかに淡々とまくし立てる佐伯に、一琉は口を挟んだ。

「それってッ――野並は助かったかもしれないってことですか？　足を取られてから、もっと早く助けが来ていれば……」

「かもな」

今日だって、もしかしたら俺らの中の誰かを、見殺すつもりだったんじゃ……。だって、援護の要請がもう少し遅かったら……。

「信じられません」

「信じたくありません、の間違いか？　そりゃ」

むしろ今日は優秀と言われる一班だから生かされたのか？　昼生まれ兵もいたから？

「そんなの……」

委員長の顔が浮かんだ。

――「そんなの、おかしいわっ！」

綺麗事があの声で再生される。だがその声を一琉が上げる前に、佐伯によって潰された。

「……おかしいよな？　ひどいよな？　でも夜勤のことを人間だと思っている奴はいない」

いつも俺が、委員長に諭すのと同じだ。

「人間なのは昼生まれ様だけ。俺たち夜勤は、そうだな。さしずめ、すでに死んだ人間とみなされているってことだ。夜に生まれた時点で」

信じたくない。

「お母ちゃんのお腹の中から、助産師の手に移り、国に取り上げられたあの時、人として死んだことになる。死人に人権がある方が、おかしいだろ」

聞きたくない。

「あのいつも笑ってるひょうきんなやつ。そうだろ？　野並クン。彼は、弾かれたんだ。夜の世界はそんなに甘くない。まあでも、同じようなもんさ。生きてても、死んでても、俺達はこの世界じゃ同じようにみなされている」

やめろ！

「佐伯さんッ！」

「なんだ？」

変わらず半身を傾げてこちらに向けている佐伯に、冷静に見つめ返される。一琉は立ち上がりそうになっていた。

佐伯は、そんな一琉の肩をぱんと叩いた。そのまま摑んで、

「でも俺達は生きている」

冷めきった瞳の奥、ぎらっと燃えたぎる何かが見えた。それは、ついさっき炎上したばかりの一琉のものより熱く深く、からりとした山の地層の下どろどろと脈打つ溶岩の弾け飛んだ滴のように、想像もつかないほどの熱量を感じさせるものだった。

「自分で自分を殺すな」


一琉は佐伯に礼を言って店を出た。外は薄寒い空気が震えることなく、森閑としていた。一琉は冷たくなっていた二の腕を抱いた。てのひらの熱が、薄く硬い軍服の袖の上からじわりと伝わった。

ガラガラと引き戸が開いて、支払いを終えた佐伯が出てきた。

「あー、俺、今日は一緒に帰れない」茶色の革靴を中途半端につっかけている。

「あれ、そうなんですか」

てっきりバイクを曳きながら近くまで一緒に帰るかと思ったが、ここに残るのだろうか。

「ちょっと用があってな」

「人待ちですか?」

「まあ、そんなところだ」

訪問客を玄関から見送るようなくつろいだ猫背で手を振られる。夜生まれは一度日が昇ったら簡単に帰れない都合上、居酒屋や長居するような処は簡易的な宿泊施設を兼ねていることが多い。佐伯は今日はここで日光をしのぐのだろう。

手を振って別れて一人歩いていると、目を覚ました鳥の鳴き声や、薄明かりを飛んでいく羽音が遠くに聞こえた。この音を聞くと、体が重くなる感じがする。戦いの一日が終わって、しばしの安眠に移行するときに耳にする音だ。獰猛な死獣が眠り、鳥や動物、昼生まれたちが目覚める時間帯に変わる。

一琉は歩くスピードを緩めて、空を見上げた。

夜明けの空。もうすぐ日が昇るだろう朝焼けが、紫色のグラデーションを伴って空に滲んでいた。濃い陰影になった千切れ雲の間に、まだかすかに星が見える。Wの形の、カシオペア座。赤く明るいベテルギウスが光る、オリオン座。

昔、あの明るい一等星、ベテルギウスはすでに存在していないかもしれないと習った。地球に光が届くまでに時間のかかる遠い場所にあるから、実はもう何百年も前に消えちゃっているんだよと、母親代わりの先生から教わったのをまだ覚えている。毎日見るあの明るく輝く綺麗な星が、実はもう存在していないのだと初めて知ったときはけっこうショックだった。

深々とため息が出た。

重く疲れた体を引き摺ってたどり着いた家で、飯を食い、風呂に入り、倒れ込むようにして寝る。

これは、いつまで続くんだ?

俺は、いったい何のために生きているというのだ?

安全で豊かな昼と比べて、明らかに差のある俺たち夜勤は？　夜に生まれた運命として、産まれて即座に国の所有物にされ、死獣との戦闘を強いられ、微々たる金さえ搾取され、不便になったら使い捨てられる。

——無事に帰れるなんて、もしかしてあーりぃ、超ラッキーガールなのかもっ？

最初から残酷に満ちた現実の中、焼け石に水のような幸運を、有難がって喜んでいる有河みたいなやつもいたけど。

——こんな奇跡を、幸せと呼ぶこと自体不幸なんだよ！

彼女の能天気な面に吐いた自分の言葉が、そのまま胸の中に充満する。

生きていても仕方がないような暗闇の世界で、少なすぎる分け前に感謝したり、まともに楽しみ笑おうとするのは馬鹿みたいだ。土の死獣にやられた喉が痛む。叩きつけるようにして流し込んだビールのせいで、頭までクラクラする。一琉はもともとそんなに酒に強い方ではなかったが、疲労と興奮が手伝ったのか今日はいつになく酔いが回るのが早かった。全身が悲鳴を上げているのを感じる。そのまま、溺れ死ぬまで飲んでやろうか。

——自分で自分を殺すな。

佐伯の言葉が、ささくれだった心に引っかかる。ほどいて離すのに、幾分か苦労した。

第五章　迷子のうさぎ

ふと何かの気配と視線を感じ前方へ向けた。もう自宅の近くまで来ていた。思わず携行銃と発信機に手をかける。死獣？　いやまさか。こんな時間に。ひやりとした感覚が、酔いと眠気を醒ましていく。

アパートの影からぬらりと現れたのは。

「お……ま……え、なあ……。なに……のこのこ……」

怒りとも呆れともつかないような感情に呑み込まれていく。

白いワンピース姿で、破れかけのボロボロになったスリッパを履いた少女。

言いたいことが多くて言葉にならない。

なんで最初待ってろと言ったにもかかわらずいなくなったとかなに基地の外で夜にふらふらしてたんだよとかなにのこのことまた出てきて人の家の前で待っているのかとか……

野々原まひる。

昇りかけの太陽を背に、当てどない視線をこちらに向けてくる。

「あのなあ……」

一琉はイライラした気持ちをぶつけるように足早に近づいた。こいつの首根っこつかんで本部につきだしてやる！

……そのまえに。太陽はこいつの味方らしい。さっきから肌がぴりぴりと焼けるように痛くてそろそろタイムリミットだ。

「とりあえず、ウチ入れ……」

アパートの二階を指差して、ため息混じりに言ってやる。まひるは微かに緊張したように、でもそれ以上にどっと安堵したように、頷いた。


「お……おじゃま、します……」

おずおずと、まひるは一琉について家に上がった。

狭い靴脱ぎ場でもたつき、細い手足をばたつかせてよろけていた。一日二日で履きつぶしたであろう真っ黒に汚れたスリッパを隅にちょんとよける。元は白かったんだろう。紙製か布製か判別できないが、室内用と思われるスリッパだ。強度が感じられない。なんでこんなものを。

「とりあえず、入って座れ」

「はい」

これでも散らかしてはいないつもりだが、女から見るといかがなものか。

まひるは玄関を入ってすぐ左手の小さなキッチンと右手の風呂、トイレを通り、突き当たりのリビングまで進んで、左半分をベッドが占めるその部屋の中央にある机の手前でぺたんと座っていた。

こういうときは、お茶を出すのか？

一応、配給制（ただし金はとられる）の弁当に付いていて飲まなかった時のお茶が何本かある。用意している間の気まずすぎる沈黙が嫌で、一琉は急いでパックのお茶を二つ机に並べ、官帽を脱ぎ、太陽光線銃の入ったホルスターを帽子掛けにかけると自分も向かい合せに座る。まひるは驚いたような顔でしばらく太陽光線銃を眺めていた。これがそんなに珍しいか？　まひるはお茶に気付いてこちらを向くと、

「あ……お茶……ありがとう、ございます。私、なんの手土産もなく……」

「そんなものは別にいい」遊びに呼んだわけじゃないんだからな。

「で、ちょっといろいろ説明してもらいたいことだらけなんだが」

「はい……」

さっそく本題に入ってもらおう。

しかしなにから聞こうか少し悩んでいると、まひるのほうから告白してきた。

「あの……私」

視線がぶつかり、静止する。

「追われているんです」

「追われている？」

おうむ返しについ訊ねてしまった。

あまりの切り出しに……ついあっけにとられて。

「そう……なんです。でも、何から逃げているのか、記憶があいまいで……。誰が敵なのか、味方なのか、よくわからないんです」

「……」

とりあえず、ストローを挿してお茶を一口。一琉が黙っていると、彼女はもう待たずに語り始めた。

「知らない場所で目覚めた時、私を見ていたのがあなたで、あなたは私を知らないようだったから、きっと私を追いかけている人たちじゃないと思って、声をかけたんです。でも、外で待っているうちに、見覚えのあるような人たちの集団を見かけたんです。ここを離れなきゃって思って、少し遠くまで走って、なんか、門……みたいなの出て、彷徨っていたらいつの間にか夜になっていて……また偶然一琉さんに助けてもらったけど、ちょっと、あまりにも、人が多すぎて、もしかしたらその中に関係者がいるかもしれないと思って、見つかっちゃうかもしれないと思って、大騒ぎになる前に逃げました。ほかに当てもないし、それで……言われた通りにアパートの前でもう一度待っていることにしたんです」

……

最初待ってろと言ったにもかかわらずいなくなった理由と基地の外で夜にふらふらしていた理由とまたのこのこと出てきて一琉のアパートの前で待っていた理由はよくわかった。が、とあることが引っ掛かりすぎて、うまく処理できない。

「なんで、追われている」一琉はそう質問して答えを待つ。

「ぼんやりとしか、思い出せませんが……私を追っている人たちは私が必要、みたいです」

「じゃあなんでおまえは逃げている」

今度はそう聞くと、まひるは顔を歪ませて、ひどく狼狽したように呻いた。

「……絶対に戻りたくない、という感覚だけははっきりあるから……です」

「詳しくは思い出せないのか」

「そうです」

「記憶が部分的にないのか？」

「そうだと思います」

ふう……む。

この少女は、なぜ追われているのかは自分でもよくわからないが、しかし感覚的に非常に嫌な集団から逃げているらしい。

そんなことってあるのか？

「死獣の前に飛び出ていたな」

「あれは……わからない。勝手にそうしていました。なんか、あの子に話しかけられたような気がして」

「刀を振っていた女に？」

「違います。その人じゃなくて、死獣？　に」

「……」

「死獣にあいさつでも返したってわけかよ」

「たぶん、そんな感じです」

……おいふざけてるのか。

だが、まひるは大切なことであるかのように至って真面目に頷くから、仕方なく。

（追われていることと……なにか秘密でもあるのか……？）

一琉は結び付けて頭を巡らせる。

「本部を頼るのも、だめなのか？」

まひるは苦しそうな顔で首を振った。

しかし本部まで関わって追っているとしたら、それはもう犯罪者ぐらいのものだが。

こんなあどけない顔して、実は凶悪犯罪者とか。悪の組織の一味？　その脱走者とか？

ははっ。関わらない方がいいかもな。

時計を見ればもう朝の六時半だ。弁当食って、銃の手入れして、風呂入って、明日の準備して、ってテキパキ終わらせていかないと寝るのが遅くなる。佐伯と飲んでいたし、今日はもう時間もそうたくさんない。

それに、こいつを追い出すことは、簡単にできる。

「俺に何を求める」

すると、間髪入れずに返ってきた。

「か、かくまってください！」

一琉はどぎまぎして身をそらせた。

顔、近いぞ……。

〝かくまう〟ねえ……。まるで映画の中の世界だな。

年下の、何の力もなさそうな女。用心しなければならないことを忘れそうになるが、見知らぬ人には違いない。泊めてやったら次の日貴重品とともに消えていることだって普通にあり得る。豊かなはずの昼生まれが、貧しい夜生まれからわざわざ物を盗ることもないかもしれないが。一応気を付けなくては……と、それより。

「俺は男だぞ？」

「え、えと……」

まひるはそのことにたった今気が付いたような顔で、慌てて視線を彷徨わせている。

「異性の家だぞ、ここは。かくまうって、一日や二日の話なのか？」

考えなしで来られても俺が困るんだが。

だって、かくまうってことは一緒に住むってことだろう。普通異性が一つ屋根の下に過ごすってのは、それなりの関係じゃないとありえない話だ。自分はいかにも男らしいという顔体つきではないが、かといって女にまでは見えないはずだが。それともまさかこいつが男なのか。だとしたら自分の常識を疑う必要がある。

「ほかに、当てもないですし……」

まひるは、途方に暮れ、いっそ開き直るように言い切った。

「あの研究室よりは……いいです」

「なんだそれ」

「元いたところ……思い出したくない。たぶん……だから、思い出せないんだと思う。そんな、ところです」

怯え、諦めたような表情を浮かべる年端もいかぬ少女。彼女のうつろな視線の先――壁の向こうには、まだ薄暗い早朝の、冬を前にした寒い風吹く外が。

追い出すことは簡単にできる。……できる、はずだ。

「男の家に入るなんて、それなりの覚悟があるんだろうなあ？」なんて、甘っちょろい昼生まれにそんなものはないのを前提にたたみかけて脅してやろうと思ったのに。

これはもしかしたら……居直り強盗より追い出すのがやっかいかもな。やれやれだ。

まあ、こいつはたしかに自分を顧みず死獣の前に飛び出ていた。俺らは命を守られたということになる。そんなこいつを犯罪者と疑うのは無意味かもしれない。身を挺してわざわざ守ったって意識は、こいつの中にはないみたいだが。

「……わかったよ」

まったく、へんな昼生まれは来んなよ。

「仕方ないな……こういうときは、あいつだ」

頼りたくはないが、女性なら適任者が一人思い浮かぶ。少しだけ世話を焼いてやろう。

一琉は立ち上がると、ついてくるように手招きしてドアへと進んだ。

「え、えと……」

「泊めてくれそうなやつのところに連れていってやる。女だし、俺より優しいだろうよ」

それを聞いて、思わぬことに驚き、心底ほっとしたような顔をするまひる。

まったく、最初から俺なんか頼るんじゃねえっつの。

「ちょっと走るぞ。いいな」

「は、はい！」

ドアを開け放つ。差し込む白い光。

くそっ、もう日が……。毒々しい太陽だな。昼間よりマシだろうが。目の前で顔を覆うように片手をかざして、玄関先に掛けてある黒の外套を引っ掴む。日除けの黒衣だ。頭から足まですっぽり覆い隠してくれる。そして黒の中折れ帽を頭に被せてからサングラスをかけホルスターを腰に巻く。外出時の一連の流れだ。振り返ると、もの珍しいものを見るように、まひるはまじまじと上から下まで見ている。

「俺は日に当たるとまずいんだよ」

「そ、そうなんですね……」

ドラキュラにでも会ったような顔しやがって。

「さっさと来い」

「は、はい！」

ベッドタウンを抜けて、基地の端の方まで走った。バスを探して待つより、この方が早い。ぐねぐねと遠く線路のように続くフェンスを越える。基地が歪な形になっている理由は、どこまでを基地とするかを地主と国との間で揉めながら決めていったからだ。立ち退き料と共に退去してもらったり、逆に基地が私有地を迂回するように作られたりして今の形がある。

「はう……は……もう、もう走れません……」

本当はもっと早く着ける計算だったが、まひるの息が上がるのでペースを落とした。車でもあればいいんだが、あいにく一琉は持っていない。

「安心しろ、ついた」

「ほ……ぅえ……？」

まひるは、息も絶え絶えに顔を上げると、まさか？　という顔をした。

まあ、驚くのも無理はない。一琉も縁あって来た最初は引いた。

「クラスメートの家なんだがな」

「す、すごい……です！　豪邸です！　豪邸……！」

目指して走ってきたここは、そう、まさしく豪邸だ。

四角形の広い土地を、ぐるりと柵が囲っている。その中の庭園の向こうにようやく見えるのは、豪邸と呼ぶにふさわしい造りのお屋敷だ。誰もがちょっと驚く程度の大きさはある。基地が作られたころからあるのだろうか。立ち退き要求をされても売らなかったらしく、フェンスはいかにもといったように迂回している。基地の外ということで、もちろんシェルターも完備されているだろう。陽が昇ってきた今では、もうすでに開いているが。

比較的大きな家の立ち並ぶ基地の外でも、一際目立っている。人が集まればそこには差が生まれるもので、こういう金持ちだってそりゃいるのだろうけど。だが、そうとわかっていても、やはり目の当たりにしたらため息の一つは出るものだ。一琉は気を取り直すように咳払いをすると、「寺本」と艶やかな黒石に彫られた表札の横の、インターホンのボタンを押した。

「はい、寺本です。どちら様でしょうか」

「滝本です。和美さん……のクラスメートの」

「滝本一琉様、野々原まひる様ですね、お待ちしておりました。ただいま門をお開けしますので、どうぞ」

女性のきれいな声に案内され、すーっと静かに目の前の柵の扉が開いた。インターホンといい、自動ドアといい、さすが昼文明である。

一琉は出る直前にアパートの共有電話で連絡だけは入れていた。軽く事情を聞いた相手は想像通り、「話を聞くわ」とすぐに言った。

石段を踏み、きょろきょろとしながら庭園を進んでいく。季節を意識して手入れの行き届いた木々、覗けば立派な鯉のいそうな池。なんだかタダで足を踏み入れることすらもったいないような空間だ。正面を向くと、落ち着いた色合いの服にエプロンをかけた二十代後半ぐらいの女性が、ドアを開けて待っていてくれた。目が合うと恭しく頭を下げられる。

「お待ちしておりました」

「お邪魔します」

ようやくたどり着いた玄関前の石畳で、一琉とまひるも頭を下げた。

「お嬢様、お客様です」

「うん……」

出迎えてくれた女性の後ろから出てきたのは、淡い色のブラウスとスカートに着替えた、委員長だ。

「来たぜ、委員長。悪いな」

「どうぞ、入って」

委員長は淡々とそう言うと、背中までかかる長い髪をなびかせて、すぐにすたすたと中へ入っていってしまう。

「……邪魔する」

「お、おじゃましまー……す」

制服ではない私服姿と、この屋敷の雰囲気とが相まって、委員長が実は令嬢であったことを改めて思い知らされる。緊張している自分が、何だか苦々しかった。

にこっと微笑むエプロン姿の女性（二十代なんて、まさか母親ではないだろう）に優しく促され、一琉たちは客間へ通された。

客間のソファにつくなり、案内役のお姉さんに飲み物は何がいいか聞かれ、一琉はお茶を、まひるはアイスティーを、委員長はホットの紅茶を注文した。運ばれてくるまでの間を待たずに、一琉は「もう一度最初から話してくれ」とまひるに要求した。

「は、はい……では、すみませんが」

そうしてまひるがもう一度最初から身の上と経緯を話し終えるのを、一琉は黙って聞いていた。追われているだの、よく覚えていないだの、でも怖いだの、という話を。

「……それでその……かくまってほしいのです……。と、とりあえず……、誰にも内緒で」

まひるはそこまで話して、あとは濁すように、氷がもうほとんど少ししか残っていないアイスティーのストローをくわえた。

「そう……」静まり返る中、委員長がなかなか難しいため息を漏らす。

委員長はどう判断を下すのか。二人の視線が、向かい合った委員長に集まる。ここでダメと言われたら、ちょっと面倒なことになる。次に訪ねるのは、有河か、棟方か。

「まあ、あなたが滝本くんと二人きりで隠れることになるよりは、あたしを頼ってくれてほっとしてるわ。彼の家に泊まらなかったのは、賢明な判断よ」

そうかい。「手ェ出しちゃいないぞ俺は」

「当たり前よ」

そもそも異性の家にかくまわれていいのかよって話は、俺が先に言い出したんだからな、こいつに。

「泊めるのはたぶん大丈夫だけど」

委員長の言葉に、ぴく、とまひるの瞼が開かれ目が輝く。おお。

「どんなに長くても……丈人(たけひと)さんが帰ってくるまで。丈人さんっていうのは、あたしの父親代わりのここの家主ね」

一応、しばらく友人を泊めることになったと連絡だけはさせてもらうわよ。と、委員長は付け加えた。父親代わり？　そんなことは初耳だが、まあでも、さすがというか、委員長はこいつを泊めてくれるようだ。

「あっ……ありがとうございますっ！　本当に、なんてお礼を言ったらいいのか」

「やれやれ、俺も助かったよ……悪いな。あとは任せたってことで、よろしく頼むよ」

さすが俺が適任者と見込んだだけのことはある。一琉はほっとして、ずらかろうと立ち上がった。

「待ちなさいよ滝本くん」

だが委員長はすぐに帰してはくれなかった。「あなた、どうやって帰るつもりなの」

「ん」

それは一琉もちょっと考えていたことだった。

「ま、俺一人で走れば十分とかからない。なんとかなる……だろ」

日中タクシーを呼ぶ手もあるが、あれは結構な額が飛ぶ。これだけの距離ならまあ、日除けのコートもあるし、なんとかならないわけではない、と思う。

「危険だわ」

　そりゃ、あんまり良くはないけど。

　夜生まれにとって直射日光は体に悪い。毒だ。皮膚は火傷にも似た症状を呈する上、体はだるくなるし、皮膚がんのリスクも高まる。

　すると、委員長は表情を変えずに、淡々とこう提案するのだ。

「仕方がないわ。あなたも泊まっていった方がいい」

　一瞬、言われた意味がよくわからなかった。

「……はあ!?」

「もちろん、部屋は別だけど」

　おいおいおいおいおいおい。「そーいうんじゃなくて！」

　常識に照らし合わせて男の家に泊めるよりはせめて同性の元へ、と思いわざわざ危険を冒して日が昇る中委員長のお邸を訪ねたんだが、その俺に一緒に泊まれと？

　委員長はまひるを泊める決断をした段階で、すでにここまで覚悟していたらしい。動じることなく、

「あのね、あたしだって異性のあなたに泊まりなさいなんて非常識なことなるべくなら言いたくはないけど、日が昇っているのに夜生まれを外にほっぽり出すなんてそっちのほうが非常識だから仕方なく言っているのよ、わかるかしら？」

　あくまで事務的にそう主張するのだ。

「いい。帰れる。もしも途中で限界来たら避難所で寝る」

委員長のお人よしを当てにはしたが、まさかここまでとは思わなかった。

「避難所なんて、本当に日光をしのぐだけの、ただの穴じゃない。幸い、ここには部屋ならいっぱいあるわ。好きなところを使いなさいよ」

「それじゃおまえに世話になりすぎて困るんだよ」

「世話になりすぎるって、元はと言えばこの子のためでしょう!?」

「ああそうだよ、そいつのことでも世話になっちまったし」

「別にあなたはこの子の保護者でも何でもないんだったら、あなたが責任感じることないわ」

「……そうだけど」

「じゃああたしの家に泊まることになったのも、元はと言えばこの子の世話ついでなんだから、あなたが気にすることない」

うーん。

「それでも、だめだ」

少し無理をすれば帰れるのだ。一人分の世話で済むところを二倍にすることはない気がする。

「一人が二人に増えたところで構わないわ」

……なるほどそうくるか。

た。

「いいから帰るさ。じゃあな」

一琉はやや強引にそう言うと、委員長の次の返事を待たずに逃げるように部屋を後にした。

(や、やれやれだ……)

だって、なんというか、なあ。

……別に、なんでもないが。

「お帰りですか？」

客間を出るとき、案内役のお姉さんに声をかけられた。

「はい」

「あの、申し訳ありませんがお車は今……」

「お気遣いなく。まだなんとかなるでしょう」

「でも……」

彼女は戸惑いながらも先を歩き、玄関扉を開けてくれる。

「……っ」

その先は予想以上に日差しがきつかった。

晴れ渡っているな。

皮膚を、ぶわっと粟立つような感覚が襲う。これはけっこう堪えるかも。

「タクシーを呼びますか？」

「……そこまでするのもな」

　なんか人の世話焼いて高額はたくのもアホらしいというか、いろいろと大袈裟だ。自分に対しても相手に対しても。こういうときはなんでもない顔してひとっ走り、さっと帰ってしまいたい。一琉は黒衣をまとうと、外に飛び出した。

「あっつ……」クラリとした。

　皮膚とその中を焼くような熱い日光に、蓄積される有毒な紫外線。家に辿りつくまでの我慢……。そう思うのに、立ち止まって動けない。この日差しの中、来た道を戻るのか。全力疾走したとしても、途中から体力は無くなっていくだろう。夜生まれという体質にうんざりする。あれだけ強く固辞したのだ。今さら戻るわけにもいかないし。現実的解決策として、せめて曇り空になるまで屋根の下で待ってから――……って、雲一つないな。ふと見るとドアの横に設置されている有害線量測定器の針が「有害レベル４」を指し示している。

　振り返ると、委員長がいた。目が合ってしまう。

「いただきます！」

「……いただきます」

　そういうわけで、一琉は今、寺本家の食卓についていた。

　テーブルには、ほかほかの白ごはん、へぎ柚子と三つ葉と麩毬が色鮮やかなお吸い物、松茸と青菜の黄身おろし和え、レモンと赤い茎を添えられた旬の焼き鯖と、厚い豚の角煮なんかが、所狭しと並んでいる。一琉は部屋だけ貸してくれればいいと言ったのだが、もう作ってしまったからと、ご馳走が。

「ああ……おいしい！　すっごくおいしいです！　こんなにおいしいもの、初めて！」

まひるが涙を流さんばかりに感情的に叫んでいる。その姿が少しも大袈裟に見えないのは、まひるの箸の速さによるものと、一琉も実際に食べてみてどれもこれも本当に美味だからだ。朝過ぎの胃に染み渡る。夜に生まれた鬱屈をしばし忘れて少し感動していた。飲み屋でもさほど食べていなかった上、少し時間が経っていることもあり、思いのほか箸が進んだ。

「うまいな」

素直に感想を述べると、二人の向かいに座る委員長は少しだけ微笑んだ。委員長は普通の早朝時間に食べたのだろう。箸は持たずに、席に着いているだけだ。一琉が外で一杯飲んで家に帰ってから、いろいろあって今に至るわけで、この時間帯に食事をすることは通常あまりない。昼生まれならブランチだとかいう時間だ。ちなみに、夜勤が出勤前に食べるのは夕飯、勤務中の休憩時間に食べるのは夜食、帰って食べるのが早朝食だ。

しかしこれ、炊き立てみたいだけど、もしかして……

「わざわざ炊いたのか？」

「ええまあ……圧力釜のＩＨだからすぐよ」

「ふーん」

　水蒸気を利用した加圧力で水の沸点を上げ、最大一一〇度の高温調理が可能……うまいし、早いか。一琉は炊飯器を買おうと思ったことはない。米が炊けるだけで保温機能もない必要最低限の性能のものでも、おいそれとは手が出せない値段である上に、そもそも、夜勤は最低限の飯が三食支給されるのだ。必要ない。その弁当も決してうまいとは言えない代物だが、給料はそれを加味して差っ引かれているのだし、タダ飯だ、もったいないと思ってありつく。まんまと国に餌付けされ丸め込まれているという自覚はあるけれども。

「真理子（まりこ）さんの手料理はおいしいわよ」

　委員長が言う。食卓から少し離れたキッチンにいる彼女には聞こえたかどうか。

「真理子さんって、あちらの方ですか？」

「そうよ」

「えっと、真理子さん……って」

　まひるが小さく首をかしげる。

「ああ。あたしの母親代わりなの。それにしては若くて美人すぎるけど」

　たしかに。母親代わり、か。

「家はちょっと広いし、片親みたいなものだから、手伝ってもらっているのよ」

　委員長って、父子家庭なのか。まあそれは決して珍しいことではないが……でも、父親も「父親代わり」って言って、なんとかさん、とか……名前で呼んでいたよな。

（ま、詮索は無用だ。あんまり根掘り葉掘り聞くもんじゃないしな）

一琉はごまかすように、焼き魚の長細い皿を引き寄せた。

「いいんちょう……さんって、どういうご家庭なんですか」

思わず手が止まった。

……聞きたいことを聞いてくれるやつがいたらしい。

委員長は一瞬きょとんとしたが、すぐ人のいい笑みを浮かべて、答える。

「えっと、あたしの元の家族はね、全員死獣に殺されたの」

咀嚼も止まる。さすがに驚いた。

「そのとき助けに来てくれた夜勤の人に拾われて、育てられたの。それがこの家の主、寺本丈人さんね」

元の名前はあたし、印藤和美っていうのよ、と委員長は付け足した。

「初耳だ」

「そう？　特に聞かれなかったからそうかもね」

なんて言葉をつないだらいいのか、一琉はすぐには思いつかなかった。

まあ……無い話じゃない。でも、それだけに、何も言えない。そういう、こともあるのだ。理不尽なほど。

一琉は、前になにかでちらと聞いた、「委員長は小さいころは昼に生活していたらしい」という噂話を思い出していた。

「ひとり……に」唐突に、まひるが口を開いた。

「なるのは、……さみしいことです……ね」

「そうね」委員長は、静かに頷く。「大丈夫」

一体、どういう心理を読み取ったのか一琉にはわからなかったが。

「ここにいていいのよ。あなたのこと、きっとなんとかしてみせるわ」

その時まひるは、泣いていた。予期したように、委員長はその傍らにかけよっていて。

「怖いことがあったのね」

一琉は黙って、豚の角煮の皿を引き寄せた。

第六章　夜勤会

食事の後、一琉は空いている客室間に案内された。「この部屋、好きに使って」などと委員長は簡単に言うが、一琉が普段暮らしているアパートの一室より広い。風呂の場所も案内されかけたが、適当に日が落ちたら出ていくと断った。

しかしまだけっこうな時間がある。日が短くなっているとはいえ、安全な時間帯まではまだ長い。それまでどうする。寝て過ごすか。それくらいしか時間を潰す方法が思いつかない。護身用に今持っている銃の手入れをしようにも、分解する器具もないし。まあ、委員長に借りればあるだろうが。それは自宅に帰ったあとでいい。

（やっぱ、寝るしかないか）

電気を消し、ごろん、とベッドに横になる。糊のきいた白いシーツがすうっと冷たい。

やれやれ一体どうしてこんなことになっているんだ、と一琉は不思議な気持ちになった。

野々原まひるに偶然会って、かくまってくれと言われてここまで連れてきたものの、なんで自分まで……。

（しかし、今後まひるはどうなるんだ……？）

親のいない昼生まれの子供は多く存在する。夜生まれの間に昼生まれが産まれたら、一旦は施設に引き取られ、その後昼生まれ家庭に引き取られていく。まひるもその流れに乗ることになるのだろうが、でも、本人に記憶がなく、しかも誰かに追われているときた。

夜勤軍本部すらも頼れないなどという。

（研究所にだけは帰りたくない……とか言っていたな）

どうやら、「研究所にいた」という記憶はあるわけだ。どこまで覚えていて、どこまで記憶がないのか……。もう少し詳しく話を聞く必要がある。

（もしかしたら俺が騙されているなんてことだってまだありえるんだからな……）

そう警戒しつつ、なんとなくだがそれはないいんじゃないかと思う自分もいた。


「ん……」

目が覚めた。気が付いたら寝ていたようだった。

(何時だ……?)

部屋は真っ暗だが、窓はないので、今外がどうなっているのかはわからない。

体内時計的には、けっこう寝たような気がした。夕方にはかかっているだろう。起き上がって電気を点けると、壁に時計がかかっていた。ああそろそろ行こう。今日も仕事がある。

一琉は荷物——といっても携行銃ぐらいだが——を持って、がちゃり、とドアを開けた。

廊下はホテルのように明るく、広々として長かった。

右も左もわからずに彷徨う。こういうとき、佐伯の言っていた携帯電話があれば便利なんだろう……。大声出して寝ているところを起こすのも悪い。というか、委員長が寝ている場合どうすればいいんだ? 勝手に帰ればいいのか? 起きるまで待つ? そもそも、寝ているところに入っていくわけにもいかないだろ!

一琉はそろりそろりと廊下を行く。たのむ、わかりやすいところにいてくれ……委員長。

しばらく真っ直ぐに進んだ時だった。

(ん?)

突き当たりの壁は左右に長く続いていて、前と後ろに入り口が二か所。その周辺にはソファと小さな机があり、ロビーのようになっている。大きな広間があるようだ。

中からなにか声が聞こえる。この声は委員長……っぽい気がする。こんな時間に一体なにをしゃべっているんだ? 電話か? でも物音から、他にも人の気配を感じた。それも、けっこうな人数だ。十人ほどか。もっといるかもしれない。

映画館のように両開きの扉になっているドアの片方を、一琉はそっと引いた。とても静かに開いた。中をのぞく――

（……これは！）

そこでは、人が集まってなにかをしていた。均等に木の椅子が並び、ざっと十数人。起立して、頭を下げている。年齢層はバラバラ。一琉と同じくらいの若者もいれば、六十過ぎているようなじいさんもいる。

正面、和風の祭壇のような一段高いところに立つ後ろ姿は――

「掛けまくも畏き伊邪那岐大神……」

見慣れない黒赤色の巫女装束のようなものを着て、妙な抑揚で、

「筑紫の日向の橘の小戸の阿波岐原に禊祓へ給ひし時に成りませる月夜見尊……諸諸の禍事罪穢有らむをば祓へ給ひ清め給へと白す事を聞こし食せと……」

聞き慣れぬ言葉を発している、見覚えのある少女。

「――恐み恐みも白す」

白衣の上には真っ黒のちはやを羽織り、下は緋袴。袖は赤い紐飾りで縁取られ、ちはやには、鮮やかな赤の彼岸花の柄が、黒生地の上に美しく映えていた。頭には、黒座布団のような帽子をゆったりと冠している。遠目から見たら色のついたてるてる坊主のようだ。

（……なにしてんだ……？　委員長）

そんな恰好をした、委員長。が、神棚に向かって深々と礼をした後、向きを変え、集まった人を前に、白い紙のついた棒を振ってなにやらお祓いめいたことをやっている。

「皆の者、お頭をお上げなさい」

委員長はその神具を、筒のようなものに挿しておいて、そう命じる。皆は一斉に従い、頭を上げた。そこへ、

「続いて」

静かだが凛とよく通る、これまた聞いたことのある声が左からかかる。

「神棚拝詞(はいし)の儀を執り行う」

その声の主の方へ目を向けると、棟方法子がいた。なぜ棟方までここに……。棟方も白衣に緋袴という、巫女装束を纏っていた。黒ちはやや房の付いた帽子は身に着けておらず委員長と比べるとシンプルだが、十分不思議な光景だ。

呑まれていて一琉は気付くのに遅れたが、棟方の無音の海底のような瞳は、まっすぐ自分に向けられていた。

「そこにいるのは滝本くんね」

「！」

名指しにドキッとして視線を戻すと、黒巫女装束に身を包んだ委員長まで、もうこっちを向いていた。

「おはよう。あなたもそこに立って」

「……いや……、ああ……」

覗いていたのがバレて逃げるのも体裁が悪い。ここは委員長の言う通りにしようと、一琉は一番後ろ端の席の前に立った。

（まあ帰るにしてもどのみち委員長に一言声かけるつもりだったしな。何している最中なのかは知らんが、ここで待とう）

委員長の呼吸を合図に、一琉から視線を外した棟方が仕切り直し、神棚拝詞の儀とやらが執り行われていく。

「此(こ)れの神床(かむどこ)に鎮(しず)まり坐(ま)す掛けまくも畏(かしこ)き月夜見尊(ツクヨミノミコト)の大前(おほまえ)に恐み恐みも白さく」

委員長は切るようにして間を空ける。するとそこにいる全員が委員長に息を合わせて、

「月は鏡なりて此れを照らし出せ、と」

声を出して揃える。

「月夜見尊の教へ諭(さと)し遺(のこ)し給へる家訓(いえのおしへ)の随随(まにま)に、日々心新たに月へと拝(おろが)み奉(たてまつ)り」

本当に一体なにしているというのだ、こんな夕刻から。

「各(おの)も各も持ち分くる職務(つとめ)を一向(ひたぶる)に果たしつつ仲睦まじく暮らし行く状(さま)を幽世(かくりよ)ながらも見備(みせぞな)はし坐(ま)して愛(め)で給い慈(いつく)しみ給ひて」

最後部座席で一琉が静かに頭を垂れていると、前にいた棟方が音もなく近づいてきてすっと冊子を手渡してきた。表紙には、「夜勤会」の文字。

「月夜見尊の大御稜威(おほみいず)を更に輝かしめ給ひ満足御世(たらしみよ)と常盤(ときは)に堅盤(かきは)に怪(け)しき災いに遭ふ事

無く、月夜見尊の遺し給ひ正道を踏み行わせ給ひて清浄き明き心と成し。今も往先も弥遠永に守り導き幸はへ給へと恐み恐みも白す」

夜勤会。

その名前くらいは、こういう方面にまったく興味がない一琉でもたしかに聞いたことがあった。

昔からこの国にある宗教の一つである。どうやら委員長はここらあたりの地域の信者を集めて、その司祭として祭壇に立っているようだ。

委員長は、両手で広げていた蛇腹の紙を畳んで懐へと収め、神棚に向かって何度かお辞儀をし、一旦壇の脇へと下がる。

「皆の衆、大儀でした。お頭をお上げなさい」

そうしてまだ頭を垂れ続けている信徒にそう命令する委員長は、一班の班長を務める姿よりはいくらか様になっていた。

棟方が司会を進めていく。ここからは席に座らせてもらえるようだ。一琉はほっとして着席する。

起きしなからとんだことに巻き込まれたな。

「冊子の十二ページをお開けなさい」

あまり浮かないよう、一琉も言われた通りにする。

「ここの神棚にお祀りしている月夜見様は、イザナギの大神より生まれし月の神様です。

月夜見様が私たちにお遺しになった家訓に、〝月は鏡なりて、此れを照らし出せ〟というものがありますね。〝月は鏡〟とは、月――つまり夜勤は、太陽の下生まれた昼民の映し鏡なのだ、という意味と考えられています」

委員長の合図で、棟方が手元のスイッチを操作し壁に映し出したのは、昼の世界の映像だった。授業中に居眠りをしている学生に始まり、新型携帯電話をイチ早く入手するためだけに会社を休んで宿泊施設を押さえ、朝一番に猛ダッシュする大人、高額のエステやサロン、美容整形に命をかける女性、運動不足による肥満の引き起こす生活習慣病に悩む中年、消費社会の中で行き場を失ったゴミの環境問題――

「これらはすべて、昼生まれの堕落した生活を映したものです」

委員長は静かに、しかし熱を感じさせる調子で、集まっている人たちを導く。

「私たちが、死獣と戦うという苦役を背負わされているのは、昼の生活がここまで堕落してしまったことに起因しているのです」

彼女の説法に、集まった人々は熱心に耳を傾けている。

「和美様、私は昼生まれが許せません」

「私もです和美様。どう気持ちにケリをつければいいのかわかりません」

手を挙げて助けを求める信徒に、

「その気持ちはもっともなこと。いずれ、この世界は死獣で埋め尽くされるでしょう。でも、その時あなたたちは、月の輝きとなって、暗闇を照らし出さねばなりません。その時初めて、昼生まれは私たち夜勤に感謝し、この夜勤会が素晴らしいものであることを知るでしょう」

委員長が両の手を広げて語りあげる。尊大に振る舞うのもごく自然なものとして受け入れられ、年長者でも当たり前のように委員長のことを「和美様」と呼んでいた。

委員長は昼生まれであるから、夜勤会の司祭として歓迎されないのではないかという気もしたが、そこは隠すことなく「だからあたしは、昼生まれにして夜勤になったのです。堕落した昼の世界から脱却し、少しでも試練に共に向き合うために」という結びに持っていくらしい。

(こんなこともやってんだな……委員長は)

委員長はそれから、信徒からの質疑応答のようなもののために祭壇に残り、その脇で棟方が冊子や書類を片付けていた。真理子も出てきて、手伝っている。

ようやく最後の一人が深々と頭を下げて帰っていく。

「おまたせしたわ」

丸い黒座布団のような帽子をぴょこぴょこ揺らして、委員長は一琉の前に進み出る。帽子の左右からぶらぶらと二本垂れている、数珠なんかについている赤い房のようなものが頬を撫でる。委員長はくすぐったがるように首を振ると、両手で帽子を下ろした。

「ごめんね、この恰好のままだけど」

「いやまあ、それはいいんだが」気にならないかと言われれば気になるが、まあいい。

「そろそろ帰ろうと思ってな。集まりの邪魔して悪かったな」

立ち上がりつつ一琉は言った。

「そんなことないわ。滝本くんに、あたしの講義を少しでも聴いてもらえてラッキーよ」

「たしかに、悪いがあまり興味のある話じゃなかったからな」

でもま、いい体験にはなったさ、と付け加える。

「よかったらあなたもここに通わない？　歓迎するわ」

「いや、そこまでは遠慮しとく。似合わないだろ」

「そんなことないわ。似合うとか似合わないとか」

「俺の勝手だ」

「そうね。でも言うわ」真っ直ぐな目を向けられる。「心が楽になるわよ」

これが司祭者か。なるほど、やはり委員長にはお似合いだ。

「じゃ、まあ……帰るよ。ありがとな」

会話を聞いていたのだろう、真理子がにっこりとほほ笑んで大扉を開けてくれる。委員長も見送ってくれるらしい。真理子の後に、委員長と二人で続く。

「また後で会った時にでも、まひるちゃんのこと相談していいかしら」

「ああ、もちろん」一琉は頷いて、寝る前に考えていたことを述べた。「記憶がないと言っていた。きちんと思い出せたら、あいつの帰りたいと思う場所も見つかる気がするんだが」

「そうね、思い当たる場所に連れていって、探してみるつもりよ」

「まあ、一応俺も協力するが……委員長は昼生まれだし、動ける範囲も多い。助かるな」

「いいのよ。それに法子も手伝ってくれるって言ってくれたわ」

「そうか。ありがたい。それでもだめならもう……本部に連れていくしかない。ここに置いておけるのも、委員長の保護者の人が帰ってくるまで、だしな」

戻されるのが嫌なら名乗らなければいいだけだしな。その先は昼の児童養護施設に行くことになるだろう。年齢的に、まだギリギリ預かってもらえるはずだ。「家族」が珍しいこの世の中、血のつながりのない家に子供が引き取られていくケースなんてのはいっぱいある。

「できる限り、なんとかしてあげたいけど」

「まあ、……そうだな」

まひるに義理があるわけではないが、一琉もどうも委員長のペースに乗せられてしまう。こんなことは厄介事でしかないはずなのに。

だが、もし本当に帰りたい場所があって、待っている親がいるのなら、ちゃんと帰れよとも思う。こんな世の中だからこそ。

「じゃあ、あたしはまひるちゃんの様子を見に行くから。ここで」

「ああ。世話になった」

真理子に案内されて玄関を出ると、夕日が沈み切るかといったころだった。あたりは薄赤暗く、夜が開始されるようないつもの空気があった。

「これなら大丈夫です」

「そうですか、それではお気をつけて」

手を振る真理子に頭を下げ、一琉は一人、自宅に向かった。やっと終わったか。帰ったら急いでシャワーを浴びて、銃の手入れをしなくては。委員長は委員長でいろいろと用事を抱えているみたいだったが……あの集会は、毎日やっているんだろうか。一琉は歩きながら、まひるの言っていた「研究所」というキーワードを思い出した。どうして、研究所……にいたんだ？　なんの研究をしているところなのだろう。

謎の少女……野々原まひる、か。

死獣も異常に現れるようになってきてしまって大変な時だというのに、こんな事件？のようなものに巻き込まれるなんてつくづくついていない。いや、もう委員長に任せたのだから、と一琉は彼女のことを頭から振り払った。

第七章　一　班

いつもよりやや遅めに教室についた。余裕はないが今日は仕方がない。家に帰るなり、シャワーを浴びて銃の手入れをして、急いで出てこの時間だったのだ。間に合っただけ御の字だ。

自分の席に鞄を下ろした途端、前から声をかけられた。

「よっ滝本！」

顔を向けると、そこには、

「おまえ、昨日委員長んちに泊まったんだって?! 親のいないうちにっ！」

やけに下卑た笑みを浮かべる加賀谷が……なんだこいつはどっから湧いてきたんだ。

「そういう言い方はやめろ」おまえもあいつの家のデカさは知っているだろう、と。家庭事情までは知っているのか知らんが。

加賀谷はお構いなしにと、ワックスで固めたオレンジツンツン頭を一度こっちに向け、背もたれを抱きかかえるように後ろ向きに、どっこらせと他人の席に着く。

「いいなあー。オレもオレもー！ えーなんでそうなったの？ なに？ 付き合ってんのおまえら？ そういう関係？」

「ばかか」聞け。「日が昇りきって帰れなくなって、少しの間一部屋借りただけだ。大体、なんで知っている、そんなこと」

「棟方が言ってた」

「あー……棟方か」

あいつが自分からぺらぺらとしゃべる姿は想像できないが、まあそういう小耳のはさみ方もありだろう。どんな流れかわからないが会話の中で一琉の名前が出ても不思議はない。

「じゃあ迷子の話は聞いたか」

「迷子……？」

「迷子っていうか脱走っていうか、家出？」

「家出!?　誰が!?　おまえが!?」

「俺じゃない」

「じゃあ誰だよ棟方？」あれ、そっちは聞いてないのか？

「俺でも、棟方でもない。まったく知らない子だよ。あーでも昨日、おまえも会ってるぜ」

「えっ!?　オレも!?」

加賀谷は視線を天に向けながらあわてて記憶を遡ろうとする。

「ヒントは、公園」

一琉がそう言うと加賀谷は、まさか、という顔になった。ぎょろ目がさらに大きく見開かれる。

「あの子!?　あの……なんか無防備な感じで公園に飛び出てきたあの子!?」

「そうそう」

「えええっ。あの子、そういえばどうなってたの!?　いつの間にかいなくなってたけど、委員長の家に行ってたの？」

正確にはまひるは一琉の家で帰りを待っていたのだが、めんどくさいのでこの辺で肯定しておく。

「うわー！　家出少女とか、なに……なんか、こ、コーフンするんですけど!!」

そう来るか。

どうやら面倒事を押し付けられる相手がここにもいたらしいな。いや……これはさすがにまひるがかわいそうか。

「それでなんでおまえまで委員長の家に招かれてるんだよ！」加賀谷に話を元に戻される。

「あー……ええと、だから帰れなかったから」

「えっえ、そもそもなんで日中外出た!?　なんの用事!?　家出少女とおまえと委員長と、どう関係があるの!?」

思ったより加賀谷が食いついてくる。ここまで聞かれれば、仕方がない。

「いや本当は俺の家にだな――」

「ちるちるーん！　かがやキング！　なにしゃべってんのっ☆」

また違う声に顔を上げれば、――高く高く上げれば、そこには、今日は金色三日月マークのヘアピンがまぶしい有河七実が、間を割って覗き込むようにして立っていた。

「一班みーんなの知ってることを、あーりぃにだけ言わないなんてダメダメよ？」

どこからか聞いていたらしい。

「いや、一班の仕事とは関係ない話なんだが――」

「そーじゃなくっても！」

ダン、と机に両手をつかれ、机ががくんと下がる。机の高さ調節の留め具が外れて跳ねてどこかへ飛んでった。

また厄介なのが現れた。さて、どこから話したものかな。

そこへ――

「ちょっといい？」真打ち登場。

授業中に挙手して前に進み出るかのごとく――

肩にかかる髪を軽く振り払いながら、委員長まで出てきた。

これ以上ないくらいに面倒なやつが来てしまった。後ろには棟方も。

「滝本くんに話したいことがあるのよ。まひるちゃんのことで」

来たぞ来たぞと囃し立てる有川と加賀谷に、一琉は頭を抱える。昼生まれの問題は昼生まれ同士で解決できないのか。

「もう夜礼始まるし時間ないだろ」

一琉はそれとなく回避しようとするも、堅物委員長にはまるで伝わらなかった。さらに、こともあろうに「じゃあ今日、うちに来てほしいわ」と言ってのけたのである。

じっとりとした視線をくれる有川と加賀谷。その視線に耐えきれず、一琉はぼそりと聞いた。

「話したいことって何だ」

委員長は一琉の耳に口を寄せる。

「まひるちゃん、これからどうしたらいいんだろうってすごく不安になってるの。早く何とかしてあげたいわ」

「うーん……」

これが変なオッサンとかだったら問答無用で追い出して通報しちまえばいいとなるかもしれない。いや、それでもこいつはかばおうとするか。ともかく相手はか弱そうな少女で、お人好しの委員長は困っているようだ。

「何とかしてあげたいわ。滝本くん、協力して頂戴」

自分が連れてきた以上、責任放棄という訳にもいかない。

それに、きらきらと眩しい昼の世界に生まれた委員長とまひるには、どす暗い夜の住人である自分はどのように映っているのだろうと、そんな風に身構えて、気にして、忌諱しているはずが、正面から頼られると、つい調子が狂う。同じ土俵に立てているように思えて。

「ま、まあ……」

「何ひそひそ話してんだよー！」

「ずるいぞー！」

後ろの方からのんきな二人組の声が聞こえてくる。

「いや……あなた達に迷惑がかかるかもしれないから、関わらないほうがいいわよ……」

委員長が物憂げに言ったのは逆効果だった。

「な、なんでそんな寂しいこと言うのいいんちょ！」

「それこそ俺たちも噛ませろよ」

委員長は二人の優しい言葉に目を閉じてじーんと噛みしめている。有河はまだしも、加賀谷は下心ありきだろ。

「それじゃあ……あなた達も……来る？」

「「行くー！」」

結局こうなってしまうのか……。

「じゃあ今日の夜勤明けに。滝本くん、いい？」

「わかったよ」

一琉はそう言うと、席に着いた。


前回の反省を生かして、委員長の家には出勤前に集合することになった。各自、そのまま出勤できる状態に準備した上でくるようにと。

その日の夕方四時半過ぎ、日が陰ってきたかと感じる頃、一琉は黒衣を羽織って中折れ帽にサングラスをかけ家を出た。まだ黒衣がないと厳しい時間帯だ。大きな襟で首と顔まで覆う。無事に委員長邸に到着しインターホンを押すと、カメラでもついているのか、すぐに門は開けられ、真理子が出迎えてくれた。

「いらっしゃい。滝本さん。もうみなさんお揃いよ」

「え、もうですか」

「もうですよ。さあさあ、滝本さんも早く中へ。倒れたら大変ですよ」

どうぞ、とてのひらを上にして招かれる。

「お邪魔します」

黒衣などを預かってもらう際、飲み物は何が良いかと聞かれたので、お茶をお願いする。

まあ別に、出されたものを文句言わず飲むけど、これは毎回聞かれるのだろうか？

リビングへと通された。高い天井の、ソファと大きなテレビのある部屋だ。

「ちるちる来た!?」

元気のいい声が飛んでくる。この声は……。

「おっそーいっ！　待ってたよん」

入るなり目が合ったのは有河。

「悪いな」

だいぶ早く来たと思うのだが。

有河の膝の上にまひるがのせられている。そしてそれを加賀谷が羨ましげに見ている。

向かい合うようにして、委員長と棟方が座っていた。

「今、まひるちゃんは今後どうしたらいいかって話をしていたの」

委員長が紅茶をすすりながら教えてくれる。

「オレんちに来てもいいんだぜっ」

「あう……それは」

加賀谷の提案に、まひるは困惑気味。まひるの思考も随分ましになったらしいな。

加賀谷のところには絶対に行くべきではない。家出少女に興奮するあいつの変態性もそうだが、異性どうこうというよりも家の中が悲惨だ。住居というよりあれはもう火薬庫だ。二度と行きたくはない。

そんなことより、本題を進めようと一琉は口を開いた。

「で、どうすることになったんだ？」

一琉は真理子の持ってきたお茶を受け取り、一人離れた椅子に座る。委員長は頷くと、ティーカップを静かに受け皿に置いた。

「まひるちゃん、やっぱり本部には行けないんですって。でも、どこかに帰るべき家もあるって、そう言うのよ。となると記憶を取り戻して自力で帰ってもらうしかないわ」

そう言ったって、どうやって……と、一琉が思った時だった。

「じゃあさじゃあさ今度の休みにみんなで街に行かない?!」

ピクニックにでも行くようなテンションで有河が言い出した。

「お、それサンセー!!」

即答する加賀谷。

「街に？」街って、昼の……か。

じくっと、胸の奥が痛む。

「まひるちゃんは昼生まれみたいだし、昼の街に行けば何か思い出すかもしれないじゃー見る。

「俺たちは丸一日は難しいと思うけど、時間で交替していけば何とかなるな！」

棟方も静かに頷いている。わいわい楽しそうな雰囲気の中、まひるは不安げにこっちを見る。

「ん？　ねー☆」

「俺は――」

昼の街――一琉からしてみればそれはもう魔窟だ。夜勤が出歩くなんてどんな目で見られるかわかったものじゃない。

行かないぞ、と言おうとして、躊躇った。行けない、の間違いじゃない？　などと思われないだろうか。夜勤だって行きたいと思えば行けなくもない。加賀谷の言った通り、時間で交替するならなおのこと。だけど……。

「滝本くんは……やめておく？」

気遣わしげに委員長が訊ねる。

「いや……」

沈黙が下りてくる。行けば否応なしに突きつけられる。昼と夜の差。夜は負け組だということを、思い知らされる。委員長の視線に耐えられなくなって、そっぽを向いた。そこには、ぽかんとした顔の有河、加賀谷、そしてまひる。

「俺も行くさ」

思わず言ってしまった。するとすぐさま三人の顔にぱあっと笑みが広がる。一琉は軽く笑みを返して、委員長の方を向いた。

「じゃ、決まりね」委員長も微笑んだ。

「予定空けとくんだぞ☆」有河が、まひるをすりすりしながらこちらを指差す。

今更のようにじわりと、毒が回ってくる。でも、まひるを保護した当事者である自分が行かないなんてのは変だし、自分だけ劣等感を抱いているなどとは、この場で思われたくなかった。それに、あんな風に自分も平気な顔でいられたら、という願望、平気でいるべきだ、という義務感が、普段の自分では考えられないような選択をさせたのだった。

襲ってくる暗い感情を無視し、「まひる」と一琉が名前を呼ぶと、有河にされるがままになっていたまひるが、人に懐いた動物のようにこちらを向いた。

「覚えている限りを話してほしいんだが。研究所、とか言ってたよな」

「はい……。えっと……」

まひるは思い出すように一度目を閉じると、

「記憶の限りでは、私……研究所にいたんです。白い部屋がいいっぱいあって……そこで、えーっと……なにしてたんだろ……。なにか、やらされていた気がします。帰りたい場所はあるのに帰れなくて……。あれ……どうだったかな……。行き場もなかった気もします……し……。そんな、私のような子、いっぱいいて……」

「他に、その研究所以外に見覚えのあるものはないのか？　見えていた景色とかでもいい」

「いえ……ひたすら壁に囲まれていた気がします。窓も無くて」

窓がないことは珍しい構造ではない。夜生まれの住居はほとんどみんなそうだ。

「閉じこめられていたのか」

「たぶん……」

となると、組織的な犯行？　大々的な監禁事件だとしたら、軍の協力は必須のような気がしてくる。それを拒むというなら、まひるの狂言である可能性もある。本当は家に帰りたくないだけの家出少女とかな。見るからに戦闘訓練なんて受けてなさそうだし、これが夜生まれなら、行きつくところは闇市の娼館だ。戦えないやつが食っていけるほど夜は甘くない。こいつ、わかっているんだか。まあ、昼生まれならどうとでもなるのか……。

一琉の考えをよそに、「お昼の街たのしみだねー☆」などと有河はあやすようにまひるの顔を覗き込んでいる。まひるの目……澄んだ瞳だな。金糸のような前髪の奥、その色を深くしたような、ブラウンの瞳。

一琉と話しているまひるの代わりに「ねー☆」と覗き込んでくる加賀谷を、有河がしかめ面であしらう。「加賀谷くんに言ったんじゃなーいっ」

しかし有河の膝の上にのっていると、まひるがすごく小さい子供に見える。無力な子供のように……。いかんいかん。油断するなよ。身長差のせいだぞ。騙されるな。こいつはまだどんな人間かわかったもんじゃないんだ。

「なーなーまるひちゃん、チョット八九式小銃持ってみない？　キミ、似合わなさが似合うと思うんだよねえええええ！！　オレ、こういう年端もいかない少女に、凶器持たせてみたかったんだよお……！　あっ、マシンガンもいいね!!　ちょっと重いかな？」

加賀谷が適当なこと言いはじめる。あと、まるひじゃなくてまひるだ。

「もーお！　かがやキング、まっひるんを、けがすなっ！」

「えー。じゃあアーリー、また重量挙げやってくれる？」

「え～」

有河に抱えられたまひるの足がぶらぶら揺れていた。そういえばまひるは、室内用のスリッパを履いて外を歩いていたんだった。たしかに、どこかに閉じこめられていて、抜け出してきたような出で立ちではあった。

「こないだのアレ！　ガトリング銃Ｍ１３４を乱射するアーリーの姿!!」

「きゃー！　やめてやめて恥ずかしいーっ！」

「なにを言う!!　超高速掃射は一筋(ビーム)の光のごとく!!　弾丸豪雨!!　爆乳をも揺らす反動はダイナマイトォォ！」

「もー！　やめてーっ！」

こいつらは相変わらず騒々しいな。

総合火力演習の際に、パフォーマンスとして有河が頼まれてやったやつのことだろう。Ｍ１３４を、手持ちで。軍用ヘリコプター搭載装備での話じゃないのが狂ってやがる。実戦で携行するのはさすがに無理だが。にしてもこんなの撃てるのは国内でもこいつぐらいじゃないかと思う。

「ああもうホント、サイコーにかっこよかったぜ!?」

「ええ〜っ、そ、そうかな？　ミニガン好きだけど……あとかっこいいじゃなくて、可愛いって言ってほしいな……っ☆」

有河はできるだけソフトに可愛らしくしようといつも通称で言っているが、あれはミニってシロモノじゃない。百キロを超える六砲身ガトリングキャノン砲のM61バルカンを小型化したからそう呼ぶだけで、普通に見ればミニなんて発想には至らない。馬鹿デカい。

「なーなー、アーリーなんであんなん撃てるの？　ターミネーターなの？」

「に・ん・げ・んっ！　んもう、失礼しちゃうんだからー!!　今度ね、また今度ーっ！」

「ちょっとあなたたち、まひるちゃんが置いてかれてるわよ？」

委員長は旗手役だったな。自分から立候補していた覚えがある。ちなみに一琉は、その後に続くように行進する兵隊の中の一人だ。加賀谷や棟方も。

「まひるちゃんは他には覚えていることってないの？」

委員長がもう一度問いかけた。すると、それまではにこにこと聞き役に徹していたまひるは、急に据わった目をして、

「覚えていることといいますか……、あの……皆さんの持っている、そちらの銃っていったい何でしょうか」

と返してきた。

「これのこと？」

太陽光線銃だ。

「なんか、すごく見覚えがあるんです」

各員が光線銃を手に持ち、まひるの前に並べてみせる。まひるは思案げにじっと一つ一つを眺めた。旧時代の科学の結晶であり、どういう仕組みで動いているのか全くのブラックボックスのそれ。

「え〜！　じゃあ、もしかしたらまひるちゃん、夜勤やってたりして〜？」

有河が嬉しそうに合いの手を入れる。

こんな年端も行かぬか弱い少女が？

見るからに弱そうな雰囲気を纏っているものの、たしかにその身一つで死獣を止めたことを一琉は思い出した。まひるは実は軍の秘密兵器……だったりしてな。笑えないジョークだ。それで命からがら逃げ延びてきたとかだったらどうしたらいいのだろう。

「じゃあさじゃあさ！　まるひちゃん、これ撃ってみるとかどう？」

「い、いいんですか……？」

「いいよいいよ！　ただし俺たちに向けちゃだめだよ。あと、音が出るからびっくりしないようにね」

興奮した加賀谷に言われ、まひるはこくりと頷く。立ち上がると、

「これ……弾やビームが出るわけじゃ、ない、ですよね……？」

「そうだよ。ここで撃っていいよ」

まひるは頷くと、壁に向かって照射。ゴォォォという轟音と共にスポットライトが当たるように、壁が照らされた。

「あれ……この音……とてもなつかしい感じがします」

起動音のことだろう。太陽光線銃を使うときは必ず生じる音だ。一琉にだって馴染みがある。もしかして、本当にこの武器を使ったことがあるのか？

「こうやって……中で磁場を発生させているんですよね……」

「え……ああ……」

昼生まれなのに、そんなことまで知っているのか？

光が一瞬明滅したのが見えた。するとまひるが、

「あ……水素が少し足りない……のかな」

おずおずと言う。

「あっ……うん、そろそろカートリッジ交換だなあって」

手渡された有河が、戸惑ったように返す。何で知っているんだ？

「まひるちゃん、詳しいねー」

「自分でも、不思議です……わかるんです……」

太陽光線銃をしげしげと眺めながら、まひるも考え込んでいる。死獣を退けたことや、太陽光線銃の妙な経験と知識だけはある……？　これってもしかして、重要なヒントじゃないか？「軍の秘密兵器」なんて冗談のつもりだったのに、口に出さなくてよかったと

思った。だって言い当てていたら、どうする？　……いや、まさかな。考えすぎだ。俺の悪い癖だ。一琉はそう言い聞かせ、馬鹿みたいな発想を頭から振り払った。

第八章　昼の街

そして、約束の休日。朝からだ——ＡＭ９：００。一琉の家には九時十五分に、と言われていた。昼の街に行くためだ。

昼夜逆転させるのはなかなか肉体的に不安だったが、その辺は異様なテンションでどうにかなった。言われた時間に玄関で待っていたら、重低音の馬鹿でかいクラクションを鳴らされた。来たか。

「ちるちるー！　迎えにきたよん☆」

運転席の窓には有河が顔を出していて、映画界のスター女優のようにサングラスをくいっと上げる。停まっているのは中型トラックだったが。助手席にはまひるがちょこんと座って、小さく手を振っている。

「今日は一日、おかーさんにトラック借り切ったからね！　さ、乗って乗って！　荷台だけど」

載せてくれるらしい。

一琉が後ろに回ると、荷台の大きな箱に被せられた暗緑色のカーテンがぺらりとめくられた。

「乗って」中から出てきた委員長が手を貸してくれる。

「ああ、悪い……よっと、あっ！」

「きゃあっ」

手を引かれた瞬間、車体がぐらりと揺れたせいで勢い余って、委員長共々倒れ込んだ。

金属の冷たい床に打ち付けられ……たのは委員長で、一琉はその上だ。

「ったた……ケガはない？」

言いながら頭を押さえている委員長に、今度は一琉が手を貸す。

「ああ、俺は平気だけどな、大丈夫か……」

ゆらりと体が振られている。有河……あいつ、確認もなしに発進しやがった。ちゃんと免許持ってんのか……？

「なぁに委員長と揉みくちゃになってんだっ」加賀谷の野次が飛んでくる。

「ならおまえが手を貸せ」

「男に貸す手はない」……どっかいってろ。

扉を閉めると、中はかなり暗くなった。天井の青白い蛍光灯のおかげで、まったく見えないということはないが。しっかりと遮光してあるようだ。

「しばらくこのままよ。トラックで街を回って、まひるちゃんの知っている場所がないか見て回るから。お店回りとかは、それからね」

　委員長の説明に一琉は了解と返し、あたりを見回した。委員長、棟方、加賀谷。どうやら一琉が最後の乗客だったらしく、もう全員揃っていた。一琉の前をふらふらと歩いている委員長を除いて二人は、荷台の壁を背もたれにして、半分眠るように座っている。やはり眠いか。一琉は加賀谷の横に腰を下ろした。尻が冷たい。痛い。

（ふーむこれは……なんだか囚人みたいだな）

　だが、不思議と悪い気はしなかった。

　ガタゴトと揺れる振動が、移動している気分を高めるからだろうか。

　前方、運転席に通じる小窓の、閉められたカーテンの隙間からわずかに差し込む一筋の光――建物か電柱か、遮られてチラチラと目にまぶしい。

　昼の世界だ。

　ここから先は、天国か地獄か。

　トラックが停まった。外からバタン、とドアを開けて閉める音が聞こえた。どうやら、ついたらしい。一琉はすやすやと寝ている棟方を起こす。おい、ついたぞ。

「ん……」

　棟方は、ダッフルコート型の黒衣のだぼったい袖口で目をこすって、ふらりとしながら起き上がろうとする。

「大丈夫か、棟方」

　生活リズムを大きく崩すとこうなるのかもしれない。普段の生活リズムが整っていればいるほど。あわてて駆け寄ってくる委員長に棟方のことは任せて、加賀谷には一発蹴りを入れて叩き起こす。

「ついたよーーん」

有河の声と共に、細く開いた隙間から溶岩のように、強い日差しが流れ込んできた。大丈夫だろうか。だが家を出るときに確認した有害レベルは3だった。長時間外にいるのはまずいが、黒衣をしっかり着て、すぐに建物の中に入ってしまえばなんとかしのげるはずだ。


さて、出よう。


秋空は寒くもなく暑くもなく、ちぎれ雲が泳いでいる。新宿駅東口、ビル群の前の細い木々の間には立体映像看板。顎に指を添えたまつげの長い美女が、肩から上までを空中に大きく映され、挑発的な表情を浮かべてゆっくり回転している。美白化粧品のPRらしい。昼間でもくっきり鮮やかに見えた。

「街まで……委員長はよく来るのか？」

「あたしはまあまあよ。生活が夜型になっちゃってるから、昼の街は久々。なんだかちょっと見ないうちにすごいことになってるわね。こんな広告、初めて見るわ」

黒衣を纏わずに日差しの下を闊歩する委員長の目にも、真新しく映るものらしい。

「ふーん……」

ショーウィンドーには、秋物の革ジャケットを羽織った男性マネキンが並んでいた。寄せ付けないほど上品で、高級そうだ。よく見ると反射して、自分がいる。スクエア型のサングラスをかけて、黒一色の中折れ帽に、すとんとまっすぐ下に落ちるような丈の長いトレンチコートを、すべてを覆い隠すようにして羽織っている。

「だから、通販が多いわね」

「通販⁉」

少し大きい声が出た。驚く一琉に驚いたように、委員長も振り向く。ずり落ちてきたサングラスを上げて、一琉は委員長の斜め後ろにつく。

「通販って……通信販売のことか」

「あたしの家はギリギリ、基地の外にあるから」

昼生まれは、通信販売が当たり前なのか……。夜生まれのように行動が制限されているわけでもないくせに。夜の街での通信販売は「輸入行為」として禁じられていて、見つかったら国から厳しく罰せられる。そもそも夜の街にはショッピングモールやデパートもないのに、何でも店が揃っている昼生まれの間では、一般的な買い物方法の一つとして「通販」が当たり前に存在しているとは。だが夜勤にはどうせ買えるだけの金がない。俺たち夜勤の使う月通貨なんて、円換算したらチリみたいなもんだ。夜勤会じゃないが、これを昼世界の堕落だと言いたい気持ちもわかる。

そのとき眼前を「運命診断⁉　ＤＮＡ解析で将来が変わります　完全予約制」の立体文

字が右から左にサーッと流れていった。気を取られ、つい、目で追ってしまう。

「わっ」

横で自動車がブレーキ音を轟かせながら急停止した。

「おい！　じゃまだろ！」

突然のことにあっけに取られている一琉の代わりに、委員長が進み出て頭を下げた。

「ごめんなさい」

二十代ぐらいの金髪の男が、運転席から身を乗り出して、ぺっと唾を吐いた。

「ったく……。緊急停止が作動しちまったじゃねーか……めんどくせえ」

自分が歩道から半歩はみ出ていたらしいことが一琉もようやくわかった。白シャツを着た相手は、足まで黒ずくめの一琉を物珍しげにじろじろと見てから、

「一度止まっちゃったら、解除しないと動かないんだけど、やってくれる？」

口角をにいっと上げ、嗜虐的な目をいやらしく輝かせた。

「あ、やりかたわかんないか～？　その恰好、君、どう見てもさあ……」

助手席の仲間が、「やめろってオマエ」と、一琉を憐れむような目で見て、笑いを隠すこともなく言った。一琉は、この連中は夜勤を見つけてワザと近づいてきたのだと感づいた。最悪だ。一琉は反射的に暗闇を探した。当たり前のようにすぐ傍に常に存在し、無意識のうちに覆い隠してくれるいつもの夜の暗闇が、ない。

「夜勤は帰って寝てろっつーの！」

ははは。同乗者の見下したような笑い声が響く。

心臓がどくんと痛んだ。鼓動が、耳の中で大きく聞こえる。息ができなくなる。何も言葉が出てこない。言い返すことができない。早く、どっか行けよ。クソ野郎……。とそれだけを、胸の中で吐き捨てながら、必死に思考を停止し続けた。そうでないと……。彼らの愉悦、昂奮、我を忘れて醜い本能に身を任せる快楽に共鳴して、自分自身の心の闇にのみこまれて――。

一琉の脇から、加賀谷が進み出た。細い逆三角が二つ並んだようにシャープな形をしたサングラス越しに、睨みつけているのが長年一緒にいた感覚でわかった。

加賀谷はおもむろに、毛皮のフードの付いたジャンパーの胸元に、茶色の革手袋を差し入れた。身に沁みついたような流麗な動作。一琉でなくとも、黒衣から何を取り出すのか、直感でわかる動作だった。

「うわあああ！」

「逃げろ！　やべえ！」

相手はハンドルを握りしめて急発進。

だが目の前でタクシーを拾おうとした親子連れに緊急停止措置が作動してすぐに止まる。

「ちょ、ちょ、早く!!　あああ撃たれる――!!」

「うわあああ」

急いで解除してまた急発進させて、今度は「誤作動防止機能が働きました」などと警報を響かせている。

「ばーん☆」

有河の追撃。膝ついて機関銃スタイルだ。

「あああああああ」

「はやくはやくはやく!!!」

「やってるって!!」

パニックになりながらもようやく発進に成功したようで、彼らはよろよろとよろけながら次第に超速で消えていった。

「なーんだ。動くじゃねーの」

加賀谷が胸ポケットから出していた、タバコに、着火する。

「アーリー」

棟方が、まだ腰を落としてなにやら激しく体を揺らしていた有河に近寄る。もちろんその手には何も持っていなかったが。

「マシンガンはそこまで」

「ばばばばば☆　あれ？　もうおしまい？」

「あの死獣はやっつけた」

「わーい！　あーりぃたちの大勝利♥」

「行きましょ」委員長が棟方を引っ張り、先頭切って歩き出す。

「あの……一琉さん」

まひるがこわごわ呼びかける。「大丈夫……ですか」

涼やかな秋風が、耳の中の熱さを鎮めていた。

「ああ……」

だから来たくなかったんだ。こんなところ。そう思うと同時に、一班の連中の強さの中に紛れ込みたいと思った。

「平気だよ」

どうにかそう絞り出して、前へと歩みを進めた。


人ごみに揉まれながらもなんとかはぐれず全員でデパートに入り、エレベーターで空に向かって僅かな時間で移動する。

天に挑むつもりなのかと問いかけたくなるくらい高くそびえ立つ超高層ビルが、雲の影のように街に深い日陰を作っていた。その間を、高速道路が抜ける。

高速道路は知識として知っているが、一琉にとっては夜空にかかるデカい橋の影という存在だった。高架の厚い柱の壁は、至近距離に現れた死獣を一旦撒くのに一役かってくれる。それがあんな風に、カラフルな自動車がぶんぶん走っているのを見ると、本当に使われている建造物だったんだなと実感する。車なんてものは普通の夜勤はみんな持っていない上、夜はここ、戦場だから。俺たちの住む世界にはしょせん、こんな煌びやかな文明都市なんて存在していないことになっている。どうしてもほしいものがあれば昼の間に、寿命縮めて買いに行くんだ。

眼下に広がる夢のような近未来風景。それぞれに仕立てた黒衣でかいた汗をぬぐいながら、「わあ」とか「うおー！」とか窓に向かって喜んでいる有河や加賀谷。照りつける太陽。まぶしさに一琉が目をそらすと、その先にはまひるがいた。目が合ってにっこり微笑まれた。混雑した中で押され、壁際に細身をへばりつかせるようにしているまひるに倒れ込みそうになって一琉は、あわてて壁に手をつく。関節がきしむほどの力で後ろからさらに押されたが、耐えた。きょとんとした顔でこちらを見上げるまひる。盾になってやる。ついでに、そこに存在する性悪な混雑さえ視界から消してやる。でも、安心しろ。この手でおまえに触れるほど俺は、厚かましくはないからな。

買い物がてら一通り見て回った。途中、有河が服屋でまひるの服を見繕ったり（＋なぜか班全員分）、「時間だ」とか言って加賀谷が予約していたらしい美容院に消えたり。委員長と棟方は「夜勤会」関連の、よくわからない買い物をしていたりして、各々好き勝手に過ごしていたけども。

それから一琉は、集合場所を兼ねた本屋でずっと手がかりを探していた。事典の置いてある棚で、記憶喪失についての調査。まずはなんでも載っている百科事典から引く。索引を見ると、記憶喪失、記憶障害、健忘……呼び名はいろいろ載っていたが、どれも記憶に関することで本文は一か所にまとめて記載されていた。記憶喪失とは、過去や自分の周りの記憶を、思い出せないこと。原因は、大きく分けて四つか。耐えられないほどの心理的な葛藤や、受け入れがたい情報や感情を、切り離すことで発症する心因性、頭を殴られたなどの外傷性、薬による障害の薬剤性、認知症などの病気による症候性。心因性、外傷性、薬剤性、症候性。うーむ……どれも当てはまりそうな気がする。

（研究所で、何があったんだろうな）

嫌なことがあって忘れちまってるのなら、詳しく思い出させるのは悪手になるのか？でも、委員長の家にいつまでいられるかわからない。父親代わりという丈人さんが帰ってくるまでに、なんとか記憶の手がかりを見つけて、今後についてまひるが最もマシな選択ができるようにしてやらないと。

（なにか最新の事件の載っている雑誌を見てみるか……？　あとは、太陽光線銃だな……）

太陽光線銃を扱う、まひるのあの手慣れた様子が気にかかる。水素カートリッジのことまで知っていた。委員長と同じで、昼生まれなのに夜に生きていたのだろうか。でも、あの年頃ならまだ戦闘訓練段階にも達していないと思う。

ふと整髪剤の匂いがしたと思ったら近くで雑誌を立ち読みしていた加賀谷と目が合った。

「帰ってきていたのか」

頭のツンツンが三割増しになっている。官帽を被ったら一発でつぶれて終わりだろうが。

「なああ滝本、これ見ろよ」

「ん？」

加賀谷は雑誌を手に、近づいてきて突きつけてくる。

「月刊夜勤、だってよ！」

どうやら夜勤の専門誌らしい。

「……ほう」

初めて見る。こんな雑誌があったのか。軍事機密情報保護のため、あまり情報を流せないはずだが。

まあでも。この表紙……黒の背景に、見慣れた黒制服。に、体を斜めに傾けて拳銃を構えたスタンス……昼の世界にしか流通していない可能性がある。

実際は撃つ時にこんな表紙のようにカッコよく決めていられない。これじゃ死角もできるし、次の行動にも移りづらい。二等辺三角形を作るつもりでもっと両手をのばせ。

「一琉の言いたいこと、わかるぜ」

加賀谷は一琉の横に並ぶとページをペラペラとめくってみせる。目の前の棚には、ほかにも『夜勤レポートvol.334』『YAKINファン12号』などなど、専門誌がズラリだ。一冊手に取って、一琉も見てみる。

小見出しは……

『知られざる夜勤の実態！　クラスメート死亡は月に一人!?　「今度はあいつが空席か……」』

『死獣って何食べて生きてるの？　のギモンにお答えします！　夜勤・原宿区部隊長　北上大神（46）』

『死線を越えた先――　昼世界への憧れと羨望　エッセイ　田中裕子』

なんでもいいから目を引く特集を組んで思いっきり好きなこと書いてくれている。

「これが夜にあんまり出回っていない理由が何となくわかる気がする」

「あはは、オレもー！」

一琉の氷のように冷たい乾いた笑いに追従しながら、加賀谷は付け加えた。

「ま、でもこういうの買う人の気持ちもわかるんだよなー」

苦々しく愛おしげに、八九式小銃の写真図解『89式小銃のヒミツ』を手に取り、指でなぞる。

「オレ……銃が好きだからさ。戦闘も」

ま、こいつはそういうヤツだ。

「だからオレは、自分が夜生まれでホントよかったと思うんだよねー。幸運！　ラッキー!!　だって昼生まれはめったに実弾なんか撃てねーだろ？　昼なんかに生まれてたらオレはこーやって雑誌買って、あることないこと信じたり疑ったりしながら、夜の夢に思い馳せてたんだろうなー……ってな」

加賀谷は軍人としての顔で微笑んだままページを繰る。

いや。一琉は顔を上げた。本当にそうだろうか。たしかに加賀谷は、好きで戦っているわけではない一琉とは根本が違うのかもしれない。銃器を愛し、戦闘に酔う。そんな性格を持っているようだ。でも、そこに喜びしか存在していないというわけではないだろう。むしろ、ひりつくような緊張感と凍てつくような悲しみを内包しているからこそ、勝利や平和が輝く。そこにどうしようもなく惹かれるものがあるのだろう。昼生まれはその、いいところだけを体験できるわけだろ。娯楽性を高めた雑誌や、ご都合主義のドラマの中で。信じたいものだけ信じて。知りたくないものは見ないで済む。

「お幸せな人生だと思うが」

一琉に言わせれば、安全な場所から死や悲しみを遊べる愉悦。悪趣味な雑誌だ。

「でも、皿までなめるのも悪くない」

加賀谷の軽い笑みの中に、なにかが見えた気がした。毒を食らわば皿まで。

「それは既に毒を食っちまったやつが、そう思うって喩えだろ」

一旦手を染めてしまったのなら、最後まで徹する。一度毒入りの料理を食べてしまった以上、死ぬことに違いはないのだから、その皿まで舐めても同じことだと、居直って事を続けることから来ている。

毒入りと知っていて、おまえは食事を始めるか？　たとえ昼に生まれていても、おまえは本当に、夜に生きたか？　昼の温かい生活を捨ててまで？

加賀谷の放った、いつかの言葉が蘇る。

――ここは、夜だぜ？

加賀谷は深い底なし沼のような目で笑っている。なんでも呑み込んでしまうような。

「……そういうことか」

すでに夜に生まれてしまったのだ、俺たちは。一度夜に生まれてしまった以上、兵役することに違いはないのだから、開き直って最後まで闇の中で銃を愛し撃ち尽くすと、覚悟を決めたのだ、こいつは。

ゴシップな雑誌を棚に戻し、加賀谷は急にビシッと姿勢を正すと、

「滝本二等兵殿！　貴官も早く、あきらめて腹いっぱい食うのであります」

見慣れた一琉から見ても、見事な敬礼を取る。おちゃらけてやるにしても、本物の軍人と、昼生まれのそれとでは、明らかに異なる。

「毒入りだけど、けっこうイケるぜ？」

一琉は返事をせず、雑誌を棚に戻した。

意外な場所で、まひると再び出会った。まひるは食い入るように何かを見ていた。

「まひる」

「あ……」

一琉に声をかけられて、まひるは我に返ったように振り向く。

「何を見ている？」

ここは歴史史料のコーナーだ。縄文弥生など人類の始まりの頃の生活史料から、去年に

起きた事件簿まで揃っている。まひるの小さな両手には『前時代技術予想大図鑑』というタイトルの分厚い図鑑が抱かれていた。

「文化最栄期の前時代が滅ぶ前の、技術予想図鑑か」

小学一年生が背負うランドセルのように、体格との対比で図鑑が大きく見える。人類半滅の理由には諸説いろいろあって、宇宙との侵略戦争に負けたとか、死獣に対応しきれず滅ぼされたとか、新説が出ては毎回世間を騒がせている。そして、前時代の生活についても多くの学者が様々な異説を唱えている。もちろんそれだけ多くの書籍も出ていて、歴史史料のコーナーはだいたいどこの本屋も広めにとってあるものだ。

「これ……」

腕をプルプルさせながら差し出される。重そうだ。一琉が持ってやって一緒に見る。

高度文明期（ロストテクノロジー）の遺物。

最初から順番に見ていく。面白くなさそうなものは飛ばしながら。

「自動車だ……」

まひるが反応したら、すぐに手を止める。自動車か。

「ん。昔の車の技術はすごかったらしいな。全自動で」

今は自動車学校に通って運転技術を学んで免許を取得した人が運転するしかないが、高度な文明を実現させていた昔の時代の車はそうではなかったらしい。さすがに空を走ったりはしないものの、運転操作はすべて自動。前後を走る車と自動的に通信をし、全国のネットワークを介して適切な車間距離と運転速度で、数秒の狂いなく目的地へと運んでくれたんだとか。運転席というものは存在せず、すべて客席だ。これが再現されれば、有河の乱暴な運転に荷台の中で委員長とすっ転ぶこともないのか。

「『自動車』という名前はここから来ているんだろう。文明の衰退した今は、それに比べて全然自動じゃない」

一琉の考察に、まひるは首を横に振った。

「いえ……それは違う、かもです」

一琉は図鑑から目を離し、まひるに耳を傾けた。

「ここまで自動化される前も、車は自動車と呼ばれていたから……」

「そうなのか？」詳しいな。

「宇宙……通信機？」

まひるのつぶやきに、またページをめくる手を止める。

「これは遠くの星と交信できる発着信機だな。現在は使用方法不明で、劣化防止機能もなかったことから故障している可能性が高いらしいけど。去年あたりに、操作パネルの画面が一瞬点いたと話題になったんだが」

通信機……画面が点いたってことで、まあ再生の可能性は感じなくもないが、直すにはもっと根底からの、そもそもの技術基盤が足りなすぎる気がする。こんなところにあまり研究資金を回してくれるのも考えものだ。

「まさかおまえ、違う星から来たとか言うなよ」

「あ……う。わかんないです」

「はは、そうか、そうだよな」

これが使えるようになったら。以前通信を交わしていた他の星があれば、ロストテクノロジーの解析をしてもらうことができるかもしれない。なにか文明再興のヒントを貰えるかもしれない。……そう言われているが、そんな知的生命体のいる星に、現在は日本以外地球がほぼ滅亡していて、文明衰退していることを知られるのは危険なんじゃないか？とも思う。死獣だけでも手一杯なのに、宇宙戦争とか勘弁してくれよと。

その後もまひるが手を止めるたびに過去の文明を説明してやった。

合成食品製造機。現代では合成添加物程度しか作り出すことができなくなってしまったが、昔は肉でも野菜でも、別のものから合成して作り出すことができたらしい。一部腐ったものや、味に問題のある食品、または合成に必要な成分の含まれている物をなんでもいいから機械に入れて分解して、可食部を集めて合成。残飯からでも材料を分解・合成して食品を再生してくれる機械もあったと書いてある。尿や糞からでも残っている栄養素を綺麗に取り出せるとか。ちょっと気持ち悪い。が、食糧補給方法の限られた宇宙船なんかでは大活躍だったらしい。ま、食糧の不安の一切を取り除くことは、生物の本能的不安を解消することでもあるな。

デジタルの分野も今とは比較にならないほど進んでいた。特筆すべきは五感を機械的に刺激し再現することで、実際の現実にはないものを実在しているかのように体感させるバーチャルリアリティ技術。仮想空間に入って、現実世界と何も変わらない感覚のままで冒険したり恋愛したりできるゲームに使われ、「若者の現実離れ」などと社会現象にもなったそうだ。その技術も失われ、空想するしかない今ではこれは、漫画や小説のジャンルとして人気を博すに留まっている。もう一度実現されたら自分も使ってみたいと一琉は思う。もちろん当時その技術はゲームだけでなく、軍隊の戦闘訓練や、病気で体が不自由になった人に自由に走り回れる空間を与える精神的ケア、味覚や満腹中枢を刺激することでダイエットや、神経を狂わす違法なデジタルドラッグ等にまで応用されたらしいけれど。

消えた高度な文明の数々は他にもたくさんある。一琉はページをめくりながらまひるに紹介してやる。高度な人工知能を有す「話し相手ロボット」。自動更新していて、最新のニュースにも反応するとか。全世界の電気供給を担うようになった太陽光発電技術。太陽光に関わる技術は現代でももっと力を入れて解明してくれないといろいろと不便だ。夜勤でも普通に昼に歩けるようにしてもらいたい。それから、体内に入れて操作できる超小型ロボット。これで切除手術なんかでいちいち腹を開いたり穴開けたりする必要がなくなる。長寿に貢献。この辺までは、まあそのうちまた実現するかもしれないと思う。だが、さらに先に行くと、透明人間になれる塗り薬とか、壁や物質を通り抜ける装置、重力を自在に操る重力制御装置、テレポートや物質転送技術まである。ここまでくると超テクノロジーすぎて解明が全く追いついていない。だが、実在した。

「夢みたい！」と単に人々の興味を引きつけてやまないだけではない。半減後も現存する道具や装置を、手さぐりで利用しているものも多くあるため、その解析は社会にとっても深刻だ。ブラックボックスのまま利用している技術は数多い。太陽光をほぼ百パーセントの再現率で放出する光線銃なんかはその一つだ。困るのは、どういう仕組みで動いているかわからないため、故障時に修理不可能であること。

「すごいです！」

「まあ……過去の文化だからな。昼文化は、かなり近づいていると思う」

久しぶりにここに来て、改めてそう思った。

「……えと、じゃなくて、一琉さんが！」

「……」

「すごく、詳しいんですね！」

弾んだ声。一琉は反射的に口をつぐむ。馬鹿言うな、と言おうとして……まひるの瞳が、爛と待っているのに気付いて、ため息に変わった。手に持った図鑑に目を落とす。『前時代技術予想大図鑑』。子供向けに、大きくルビがふってある。表紙には、先のロボットや宇宙通信機やらの予想ＣＧがずらりとカラフルに並んでいて、力が抜けて言葉が出た。

「小さい頃は……」

不思議と、言うつもりのなかったことを、話していた。

「こういう世界に……憧れて、いたからな」

「そうなんですか？」

「まあな。それで、本だって……たくさん持っていたんだ。昼の街も、雲の厚い日に黒衣着てよく大人についていった。こういう図鑑、立ち読みするためにな」

毎月のお小遣いをこつこつ貯めて、一冊ずつ買って集めた。持っていたのは、一色刷りの粗悪な作りのものだけど、それでも大切に何度も読み込んだ。

「おまえぐらいの頃に、全部捨てたけどな」

「……そう、ですか……」

言うんじゃなかった。一琉は後悔した。

「ま、嘘くさいのもあるからさ」

そう言ってごまかす。そんな理由で捨てたんじゃないけど。

「そんなことない、です。素晴らしい予想図です」

「そうか？　これなんて見ろ」

ページをめくって見せてやる。最栄時代には白いパイプのようなものを手ににぎるだけで、空が飛べたと書いてある。

「パイプの名前は『ブルーム』。箒って意味だ。これじゃ、まるで魔法だろ？」

一琉は肩をすくめて笑った。

「ま、予想図なんだから仕方がない。少しくらいは夢もないと……」

「いいえ！」

遮って、まひるはきっぱりと否定した。その勢いにどきっとする。

「私、見たことあるもの、ばっかりですから」

「え？」

まひるは予想外のことを言う。

「私はここに……住んでいた気がするの、です」

「は？」

住んでいた？

「ははっ。それは、あり得ないな。何百年と前の時代だぞ」

そもそもこのあたりの文化は一度滅んでいる。この時代へのファンは多いから、あれこれと尾ひれを付けているし。

「あ……でも、ううん……ぼんやり、おぼろげですが……研究施設でこの図鑑の内容と同じような映像を見せられていたような……だから、もしかしたらそのせいなのかもしれないです」

まひるは眉根を寄せて必死に考え込んでいる。

「前時代のことを研究している施設なのか？」

「そうかもしれない……です」

なるほど。これは新しい手がかりである。どんな小さな企業だって前時代技術の研究は行うし、前時代のことを研究している施設など無数にあるが――それでも手がかりには違いない。よし。

「これ一冊、買っていくか」

「はいっ！」

　値段を見るために裏返した。げ。けっこうな額だ。ここが昼社会であることを忘れていた。しかもフルカラーの大判図鑑なんだから当然か。

「……足りなかったら出すぞ」

　来る前に、まひる基金だとか言ってみんなで金を出し合って小遣いを持たせてやったのだが、その懐具合はどうだろうか。集めた金の入っている黒袋を覗いているまひるに尋ねる。

「足ります！」

　どうやら恵まれているらしい。

　まひるは黒袋と記憶の欠片を抱きかかえ、レジへと急いで駆けていった。


　集合場所に向かうために出口に向かう。一琉はなんだか少しのどが渇いたなと思うと同時に、まひるが出入り口脇の自動販売機の方を見ていることに気が付いた。

「ほら、ジュース選べ」

　言いながら、両替しておいた小銭を機械に投入してやる。自分は水筒で水分を持ってきている。はっきり言って自動販売機の飲み物など夜勤には割高だが、委員長のところに預けられているまひるにはその辺の価値などよくわからないだろう。

「えっと、えっと、これ」

スムースな機械音がして、ピーチジュースが取り出し口に運ばれた。一琉はそれを受け取ると、まひるに手渡した。

「ありがとうございます！」

まひるは花がほころぶように微笑むと、軽快な音を立ててプルトップを上げ、缶を逆さにしてごくごくと飲み始めた。口元から桃の甘い匂いが漂う。「おいしい！」半分まで一気に飲んだらしい。アルミ缶の周りに結露した細かな水滴が鮮やかだった。まひるの満たされた顔を見て、一琉は久々に健やかに涼しい気分だった。夜の貧しさを慮って固辞されるより、素直に喜んで受け取ってもらえて、ありがたかった。

「座って飲んでろ」

吸ったことも無いタバコを吸いに行くふりをして、一琉はその場を立ち去る。水筒に詰めて持ってきた水道水を、この場で一緒に飲むのは憚られた。気付かれぬよう、早々に。恥ずかしかったというのもあるが、まひるの純粋な喜びを邪魔したくなかった。

（夜勤の厭気など、わかる必要もない）

喫煙所と便所の間の壁にもたれ、生ぬるい水道水を、陰に隠れるようにして飲んだ。

（無邪気なまま、昼に帰れ。頼むから、そうしてくれ）

家に帰ると、一琉は押し入れの中から埃まみれの段ボールを引っ張り出していた。中には旧時代の図鑑やら、資料やら、グッズやら。この段ボール箱はゴミ箱なんだ。だから……捨てたことは、捨てたんだ。苦しい言い訳に自嘲する。未練がましく保管しているなんて、笑われるか、腫れ物に触れるように見られるか。好奇な目を向けられたらと思うと、恐れと痛みの混じった感情が押し寄せてくる。

手が止まった。

何をしているんだ自分は。放っておけよ。

――すごいです！

――……えと、じゃなくて、一琉さんが！

記憶を失っている彼女に、助けられているのは自分の方だ。

情報が多くて見やすい書籍を選んで、茶封筒に二冊入れる。密かに集め続けてきたこの情報が役に立つかもしれない。

次の日、委員長に手渡すのは、死獣の前に出るよりもずっとずっと勇気がいった。出勤して席に着くより前に、委員長の席まで行って、棟方の視線を受けながら、封筒を彼女の机の上に置く。

「これは？」

「……まひるに渡してくれ」

「ええ、いいけど」

どうせまひるが封を切るときに委員長も一緒に見ることだろうが、いたたまれなくなった一琉は逃げるようにその場を後にする。柄にもないことをしている自分に焦りを覚える。

夜勤は夜勤のことだけを考えて生きているしかないと、わかっているのに。その日の戦闘中も、委員長が帰った後のことが気になって仕方がなかった。こっちに向かってきた死獣を取り逃がすし、仲間のおかげで死獣の捕捉がうまくいってあとは焼くだけだというときも、消滅した後までぼーっと照射し続けていた。自分でも情けないほど調子が狂う。

翌日。教室に入って自分の席に鞄を下ろすと、委員長がまっすぐこちらの方へと向かって歩いてきた。何か言われる。一琉は逃げたいような、聞きたいような、変な高揚感とともにじっと待った。

「滝本くん、昨日はありがとう。あんなにいい資料を持っていたなんて知らなかったわ。まひるちゃんガツガツ読んでいたわよ。これが何かにつながるといいわね」

「……そうか」

まひるが小さな体に一生懸命大判の本を抱えながら読む姿が目に浮かんだ。自分も小さい頃はそうだった。本は家にまだまだある。

「じゃ、また持ってくるよ」

思わずさらに申し出てしまった。夜生まれのくせにそんなに昼に興味があるのか、みじめなやつだ、と思われたかもしれない。そう思うのに、止められなかった。

「お願いするわ」

にこりと、配給カードで得たタダ飯を横流しされる時くらい、さらりと。

委員長の反応は恐れていたほどのものではなかった。

なんだ。

一琉は鞄を横にかけ、椅子に座る。

考えすぎなのかな、俺。

怖いものが一つ、この世から消えていくような、浄化されていく感覚。

何かにつけ「くだらない」って考えて、一番くだらないのは、俺なのではないだろうか。

そう思った、思い直した矢先、

「まひるちゃん、いくつか質問があるそうよ。あなたに会いたがっていたわ」

「俺に?」

また無理難題を言われてしまった。

「ええ。解説役が必要よ」

「解説役?」

旧時代の解説?　夜勤の俺が?

「……俺は、ただの夜生まれだ」

「え?」

だが、どういうこと?　という顔をされてしまった。

「旧時代のことをまひるちゃんは知りたがっているわ。あなたしかいない」

「でも俺は、夜に生まれて……それで……」

そんな頭脳労働の極みみたいな、ご立派な役どころ、俺には似合わない。無理だ。やめろ。恥ずかしい。俺にはとても。

「夜？　今は旧時代の話をしているの。夜なんて関係ないじゃない」

「ええと……」

たしかに、行けば少しは役に立てるかもしれないけど。

さっき「くだらない」のは自分自身だって思い直したのに、すぐこれだ。胸の内のざわざわした感情をなんとか鎮めて、頷いた。

「……わかった」

次の日、出勤前に、少しだけ立ち寄るつもりで委員長の家に行ってみることにした。真理子に案内されてリビングに入ると、まひるが本から顔を上げて迎えてくれた。そして、待ち構えていたように「過去の世界では、雨ってどうなっているのでしょう？　コントロールできたのでしょうか……」などと質問された。

「人工降雨ってのがあったって聞いてるけどな。ただ、俺の予想では、ある程度湿度がないと、うまくいかなかったんじゃないかなと」

一琉はまた真理子に飲み物を選ばせてもらってから、予想を答える。するとその答えに対して、「そうですよね……。雲の無い所に雨雲を作って雨を降らせるのはさすがにまだ無理だっただろうと思います」

「へえ」

「でも、液体炭酸を使って、氷晶を発生させれば……」

　返事が時折、一歩先二歩先を行くものだったりして、驚かされた。この小さな少女は、どうしてこんなにも旧時代の知識があるのだろう。打てば響くようなやりとりはさすが楽しい。時を忘れて話し込み、いつの間にか出勤時間ギリギリになっていた。

「もう行っちゃうんですか」

　支度をし始める一琉に、残念そうにまひるが言う。後ろ髪が引かれた。

「……その。なんだ」

　一琉は視線を逸らすと、

「また明日も、来てやってもいい」

「いいんですか!?」

「委員長は昼生まれだ。旧時代に明るい俺と、昼生まれの委員長とで話し合えば、少し前に進めるかもしれないからな」

　にぱあっと笑う彼女を、可愛いと思ったことを隠すように、つい早口で言った。

「ありがとうございます！　嬉しいです！」

　そうやって一日、また一日と一琉がまひるの元へ通うのを、一班が見逃すはずがなく。

「また抜け駆けしやがって」

「まひるちゃんももう一班のメンバーなんだもん、あーりぃも会いたい☆」

加賀谷も有河も来るようになった。棟方はもともと頻繁に出入りしていたが、最近は毎日だ。委員長の立派な家がもう溜まり場になっている。

今日は加賀谷が何やら銃器を持ち込んで、

「ほぅら、まるひちゃんに似合う武器選んであげたんだよ。SAKO TRG 42だ。やっぱ小さな女の子が大きな武器を操っている姿がたまらんよな。ほら、これならスナイパーライフルとしては最軽量だし……」

などとまひるに握らせている。付き合う必要はないぞ、と一琉が割って入り、その手から銃を奪うと代わりに新しい本を握らせた。と思ったら、

「だめだめ☆　今日はあーりぃがまひるんにメイクをする約束だったんだもん！」

と、取り上げられてしまった。その様子を、今日は特に巫女装束でもない棟方がじっと見ている。

「まひるちゃんも大変ね」

委員長が呆れるように言うが、ふと、

「それじゃ、メイクが終わったら、記念に写真を撮らない？」

それを聞いて、まひるの髪の毛をさっそくくるくるとカールさせていた有河が飛び上がる。

「えーっ、待って待って、あーりぃ気合入れなきゃー！」

「写真!?　じゃあさじゃあさ、俺らも入ってみんなで撮ろうぜ！ SAKO TRG 42のアン

グルは、ここで……」

加賀谷が立ち位置を勝手に決め始める。写真……か。行事の日でもないただの日常なのに、写真を撮ることなんてあるんだな。

真理子の手によって撮られた一枚の写真は、焼き増しして全員に配られた。おめかししたまひるの、両肩には有河の手がのっていて、その下からスナイパーライフルを加賀谷が支えて、まひるに無理やり持たせている。委員長と棟方はなぜか装束に着替えていて、一琉は隅っこに、緊張した面持ちで立っている。

俺、変な顔……とため息をつきながら、一琉は写真立てを買ってきて、机の上に置いた。軍の公式写真でもない写真を持つなんて初めてのことだった。もし家族がいたら、こういうのを家族写真と呼ぶのだろうか。いや、それにしては各々好き勝手にふざけすぎている。そうだ、と中学校の卒業アルバムを取り出すと、野並の写真を探した。剝がして、右上に挟む。余計にごちゃごちゃした一枚になった。でもしっくりきた。

第九章　ロストテクノロジー

まひるが現れてから、三週間が経とうとしていた。

学校に設置された公衆電話からダイヤルを回す。

「おう。一琉か。どうした」

相手は佐伯だ。携帯電話を持っているとはいえ、留守番電話を聞いて折り返されることの方が多いのに、今日は意外にもすぐに出てくれた。

「あの……ちょっと、聞きたいことがありまして。今良いですか？」

「ん？　なんだ」

「あの、昼の世界では、天気操作の技術ってもう実用化されていますか？」

この人は昔からいろいろ物事をよく知っている。さらに普段から〝昼の連中〟と仕事をしているとなれば、答えてくれると思った。

「んー新時代になってから実際にやったことはまだないと思うが。でもロケットを何百発と雨雲に打ち込めばいけるって話は聞いたことがある」

期待通りの明瞭な答えが面白くて、つい他にもいろいろ突っ込んで聞いてしまった。忙しいはずなのに佐伯は快く付き合ってくれた。知っていることを何でも話してくれた。死獣との戦いで、現在の医療技術はさすがに進歩が速いことや、死獣に畑を踏み荒らされるため農業も高度な室内化が進んでいることなど。

「にしても珍しいな。おまえが自分から〝昼〟について知りたがるなんて」

ふと、そう返されて、なんと返したものか悩む。

「そう……ですかね。元々好きだったんですよ」

「そうだな。知ってるけどな」

どこか喜ぶような口調で言われたのが気恥ずかしい。昔はよく佐伯にこうして質問攻めしたものだ。一琉はごまかすように続けた。

「迷い込んできた昼生まれの子がいましてね。その子、どうやら訳ありっぽくて」

「ほう……？」

「記憶をなくしていて、軍の本部にも行きたくないとか言ってて、今、匿ってるんです。なぜか旧時代の知識だけはあって、それで俺がいろいろ教えていて……不思議な奴で……十歳くらいの小さい少女なのに、旧時代について時々俺より詳しかったりして……それで……」

まひるについてふと話してみたものの、途中から佐伯の相槌がぱたりと途絶えているのに気付いて、一琉は疑問符を浮かべて口を閉ざした。

「佐伯さん？」

間があった。

「その話、詳しく聞かせてほしい」

〝親戚の叔父さん〟らしい調子とは打って変わって、静かに強い口調で言われる。少し面食らいつつ、

「え、いいですけど、えっと……」

迷子の少女との一連の出来事をどこから話そうかと考えていると、今度は「今じゃなくていい！」と切羽詰まった様子で止められた。

「え？」

「電話じゃなくて、直接会ったときに頼む」

「わ、わかりました……」

呆気にとられながらも、それならいつにしましょうか、と続けようとしたが、今度は
「じゃ、また連絡する」と佐伯から突如電話を切られてしまった。

なんだ??

最後の方の慌てぶりは。一方的に切られ、ツーツーという音が流れている受話器を元の場所に置く。佐伯はもしかしてまひるのことを何か知っているのだろうか。だったら詳しい話を自分の方こそ聞きたい。だが、もう一度かけるのは憚られた。なにかまずいこと言っただろうか。それとも急用が入ったのか。


基地の中へ撤退し、本日の夜勤任務が終わったあと、今日はそのまま一班メンバーで委員長の家に行く流れになった。出勤前に集まることの方が多いが、話の流れで帰宅せずそのまま委員長の家に行くこともよくあり、時には泊めてもらうのだった。家を預かる真理子さんにはいい迷惑だろうが。今日は加賀谷が行こうと申し出て、じゃあみんなでということに。そう、電話での佐伯の豹変ぶりも謎だったが、今日はもう一人挙動不審なやつがいるのだ。

「滝本ぉ……ちょっとこれ、見てくれねえか」

リビングから一歩出た瞬間、加賀谷に泣きそうな鼻声で呼び止められた一琉は、やっと

きたか、何事かと振り向く。

「どうした？　お前、今日なんか変だったぞ」

へらへらふざけた状態こそが通常運転のはずが、時折深刻な顔して黙って考え込んだり、冗談を言わずに真面目な顔で「ああ」とか「そうだな」とか、こちらの調子が狂わされていた。

「これ……」

その手に握られていたのは一丁の光線銃だ。

「まさか」

故障……？　そういえば今日、戦闘中に急遽、委員長に光線銃を借りていたな。

「でねーんだよ……、光」

「まじか……」

予期した通り光線銃をぶっ壊したらしく、加賀谷の顔は相当青ざめていた。

まあ、そりゃ青ざめるよな。

光線銃と言えば、どれだけ金を積んでも直らない。

「故障させた心当たりはあるのか？」

「ない。ない！　フツーに使ってたんだぜ!?」

「……そうか」

それなら、運が悪かったとしか言いようがない。防塵・防水加工もしてある太陽光線銃だ。耐衝撃性も兼ね備えていると聞く。だが、どんなものもいつかは壊れる。

「壊したのがたまたま加賀谷で、今日がその日だったってだけだろ。……仕方ない」

上官からのキツイお叱りとなんらかの通達はあるだろうが、本当に心当たりがないのならもうすべて正直に受け入れるしかない。そうすれば、多少は配慮もしてもらえるだろう。

だが、加賀谷が気にしていたのは懲罰の内容ではないらしい。

「これっ、たぶん……直らねえんだぜ！　どれだけ金を積んでも、現在の技術じゃ……。オレの……っ、オレの愛銃はもう……！　こんなの、信じられるかよ……！」

同情しなくもないが、賠償金を請求されないだけここはまだ良心的だと思ってしまうあたり、一琉の感覚は加賀谷とは違うらしい。

「あ……新しい銃、もらえるのか？　もしかしたら、もらえない？　ウソだろおい」

それは……正直わからない。失くしたり壊したりした者にはもう配給されなかったという話も聞く。もちろん、他の武器に切り替えるという意味だ。あまりにもその銃の扱いに長けている場合を除いて、加賀谷は光線銃以外の担当に回る可能性がある。光線銃はいつだって不足しているのだ。

「試し打ちしてみていいか？」

受け取り、少し眺めてから尋ねる。

「いいけど……」

「んじゃ、出よう」

基本的にただの太陽光が出るだけの光線銃だが、念のため外に行って撃つことにする。故障したロストテクノロジーなんてどんな動きをするかわからない。

加賀谷と廊下を歩いていたところに委員長が通りかかり「もしかして」と呼び止められた。

「それ、壊れてしまったの……？」

やっぱり、といったようにこちらへと歩み寄る。

「そうなんだよ……」

弱々しく頷く加賀谷に、委員長は一瞬の間のあと、決意した顔で一つ頷いて言った。

「どうしても直らなかったら、あたしのを使えばいいわ」

「えっ」加賀谷の顔が驚きとともに明るくなる。

「あたし、接近戦の方が得意だもの。光線銃持つのはやめて、拳銃と日本刀を専門に戦おうかなって考えていたところだったし。ちょうどいい機会だわ」

「ううっ……委員長……優しいな……ぐすんっ」

「仕方ないわ。あなたが悪いわけじゃない」

委員長は、涙ぐんでいる加賀谷の肩をポンとたたいて、颯爽と歩いていった。ホールで夜勤会の準備をしているのだろう。

「ありがてぇ……委員長、神……」

おまえも信者か。

加賀谷は拝むようにして委員長を見送る。

「あーあ……でも、なんとか直らねーかな、これ。まあ無理だよな。いや、最近なんか光の出方が弱いような気がしてさー。んで、ちょっと開けて確認してみようかなー、いっそもっとパワフルに改造してみようかなーとか考えたのがいけなかったんだよな。オレにも非はあるな。いやまあ、フツーに使っててただけだけど……」

こいつは呆れた。大分心当たりがありそうじゃねえか。

どうやら一琉の考える「普通」と、加賀谷の言う「フツー」には大きな隔たりがあるようだった。感覚が違いすぎるだろ。一琉は加賀谷に光線銃を返した。試し撃ちはやめだ。改造銃……なんか危険な臭いがするので。

「俺は聞かなかったことにすればいいのかよ」

「そうしてもらえると助かる」

ならどうして俺に言うのかね。

「いや、オレはさー！　けっこう自信あったんだよ。あらゆる銃を開いて、また元に戻してきたんだ！　オレならいけると思ったんだよ!!」

普段光線銃の収まっている腰のホルダーあたりで、加賀谷の右手が空を切る。一琉はため息を吐いた。

「良い銃は誰でも簡単にメンテナンスできるよう、分解しやすくできている。だが過去の技術で作られた光線銃はそういう概念でできていない。メンテナンス不要のハイテク電子銃だ。これが懐中電灯とでも思ったか」

懐中電灯の回路ぐらいはつなげる者が、己を過信してコンピューターの本体を開けていじくるようなものだ。

「そうだけどさー……弱っちいのは嫌だったんだよ。ロマンを求めちまったんだ……」

まったく。代償はでかかったな。

煙草を吸いたいと言う加賀谷に付き合って外に出ようとすると、間を置かずして委員長がつかつかと戻ってきた。

「ねえちょっと二人、話があるんだけど」

一琉は光線銃を加賀谷に引き渡す件だろうか。そう思って加賀谷を見る。

「まひるちゃんがね……自分なら光線銃を直せるかもしれないと言うのよ。私たちも知らないことまで言っていて……光線銃の内部にある超伝導体の位置がどうだとか」

「まひるが……？」

ぱっと委員長に視線を戻す。意外な方向からの話だった。

「ねえ、滝本くん。あなた、まひるちゃんと旧時代についてよく話していたわよね」

「ああ……」

過去の文明を見て、「私はここに住んでいた」と主張していた。

「そういうのを踏まえてどう思う？」

どう受け止めればいいのか、図りかねた顔だ。これを聞くためにまひるを連れずにわざ

わざ一人で来たのか。一琉は一つ頷くと、

「はっきり言って、記憶の混乱だと思う。過去の文明を研究している施設にいたとか言っていたしな」

そう断言してやった。

「そう。そうよね。ありがとう。いくら詳しいからって、さすがに光線銃を託すなんてできないわよね」

「は？　何の話？」

聞き覚えはあるはずだが、加賀谷にも軽く説明しておく。まひるの妙な言動のことを。

なぜだか旧時代の知識だけはあって、しかも詳しい。聞いて加賀谷は「そういえばそんなこと話してたな……」と一瞬考え込むと、藁をも掴むかの勢いで、

「じゃあ頼む！　光線銃の修理、やってみてほしい！」

そう頼み込む。待て待て。

「いやいや、冷静になって考えてみろ。さすがにあんな子供には無理だ」

「そうだけど……」

加賀谷はいてもたってもいられないのか、故障した光線銃をなめ回すように触る。非常に未練がましい手つきである。

「そうだけどさあ……」

でもまひるは光線銃のことをよく知っていた。一琉の知らない旧時代の知識もあった。

「結果がダメでもいい。できる限りのことをしてほしい」

「素人が中を触ると、今後の解析でなにか言われかねんぞ」

まあ、おまえがすでにやっちまったことだがな。

あ。まさか、改造失敗した責任をまひる一人に押し付けるわけじゃあるまいな。

「バレたらもうオレが全部やったことにする。その覚悟の上で頼む」

加賀谷の目を見ると、どうやら真剣であることが窺えた。そこは筋を通すか。太陽光線銃を修理するなんてのはさすがに無理だと思うが、でも、いや、まさかな。太陽光線銃の仕組みを知る者はこの世にはいないはず。もしもまひるがそれを知っていたら？　そうしたら……いよいよ意味がわからない。でも、この心のモヤモヤは、そわそわしたこの感じは、なんだ。まひるに修理をやらせてみて、確かめたい。とも思ってしまった。

そういうわけでリビングにて、ソファをテーブル周りに引き寄せ、全員がまひると、テーブルにのせられた充電中の一丁の光線銃、それから加賀谷が用意したらしい本格的な工具一式に注目していた。しかし見慣れた光線銃もこうしてみると、底知れぬものを感じる。異次元空間が広がっているみたいだ。手にひんやりと冷たい薄いカバーには、レインボーカラーのごく小さいランプが並んでいて、時折明滅する。トリガーは引き金ではなく、カチ、と小さな手応えのあるボタンになっている。全体的にどこか心の隙間に入り込んできて不安を抱かせるような前時代風のデザイン。

「あの……できるかわからないけど、頑張ります……！」

「期待してるぜーまるひちゃん!!　頼む～なんとかしてくれな」

「できる限りのことは、やってみるつもりですっ！」

戦いに挑むような表情で笑い、小さくガッツポーズをしてみせるまひる。

未だに加賀谷がまひるの名前を呼び間違えていることは誰も気にしていないらしい。

「光線銃を開くなんて、すっごいなー！　あーりぃにはとてもそんな勇気ないようっ」

有河が、胸をときめかせたように声を上げる。そこ、加賀谷は照れなくていい。

「いえいえ！　たしかに、予備知識無しでこれを開けるのはすごい勇気だと思いますっ。ええと、言ってみればこれは太陽そのものと言いますか、つまりは核融合炉なので、一歩間違えると大惨事です。あっでも、手順がわかっていれば大丈夫です」

それを聞いて思わず後ずさったのは一琉だけではなかった。横を見れば加賀谷の笑顔が、こわばっている。ぞっとした。こいつ……そんな予備知識なんて絶対持ってなかったろ……。

まひるは、一つ深呼吸をすると、細いY字ドライバーを手に取り、光線銃の穴に挿し入れる。分解開始だ。

三十分ほどが経過した。まひるの周囲には、ごく細かい部品が転がっている。移動するのにも注意が必要だ。風に舞わせて針の一つでもなくしたら補充は困難を極める。

「自分でも不思議なんですけど……わかるんです。カートリッジ内の水素がこのパイプで炉まで補給されて、ほら。この核融合炉の中で擬似太陽を作っているんです。そこから出たエネルギーがこのフィルターを通して、波長を引き伸ばされることで、太陽光になっているんです。それで……」

たしかに、手つきは慣れたものだった。一琉にはどうやって使うのかさっぱりわからない工具もまひるは難なく手に取り、はっきりとした意志とともに使用する。まひるが使い始めると、もうその道具はそれ以外に使い道はないのだろうと思わされた。おそらくは正しい使用方法なのだろう。加賀谷は興味津々で、まひるの手つきと説明に一生懸命耳を傾けている。メモまで取っている。まるでオペを見学する研修医だ。おまえはもう学ぼうとしなくていい。挑戦もするな。反省だけしてろ。

「あ、加賀谷さん、他に部品をお持ちではないですか……？」

「ん。ああ、そうだった。これこれ……分解して戻すときに、どうしても部品がおさまり切らなくなっちまって、これ取り外したらスペースに余裕ができたから」

そう言ってポケットから、半筒のゴム板のようなものを二枚取り出した。

「ありがとうございます。捨てられていなくてよかったです」

心底ほっとしたようにまひるはそれを受け取ると、薄い外壁に沿わせるようにしてはめ込む。そして、さらに一時間が経過した。

「で、位置はこれで……はい。すっかり元通りです。部品交換が必要かなと思っていたんですけど、いくつかの接触不良……大元は、超電導体の位置が変わっていて、絶縁状態になっていたせいだったので。あっでも、防護壁が外されていたので、万一動いていたとし

たら大変なことになっていました。この防護壁は特殊性で、こんなに小さいのに、あると
ないとでは大違いなんですよ。無い状態でうっかり作動していたら、ほら、その、街が一
つなくなってしまうレベルの事故に……」

まひるは困ったように苦笑いしてそう言うと、ぱちんとカバーを閉じる。そこではっと
気付く。あんなに散らかっていた部品類はもう一つも見当たらない。すべてその中にしま
われているのだ。そしてもうひとつ……、試し撃ちをやめておいて、正解だったというこ
とに……。

まひるはその光線銃を手に持って、「皆さん下がっていてください」と一言、壁に向
かって照射する。起動時の聞き慣れた轟音ののち……見事に光った。あまりに強烈な光に、
まぶしくて目を開けていられない。

たしかに直った。だが……

「わー……お‼　まっひるん、やるぅ‼」

有河も驚きの声が途中で消えかけている。

「すご……い。まひるちゃん」

褒めながらも、どうしても戸惑いを隠せない委員長。

「どうして……」

棟方も驚きの声を上げている。むろん、一琉だって気持ちは同じだ。

どういう……ことだ？　まひる、おまえは自分が何をしたかわかっているか？

修復の成功に感涙して言葉になっていなかった加賀谷さえ、みんなまじまじとまひるを見つめている。

これは、ありえないことだ。死獣を焼き殺せるほどの太陽光を再現した光線銃には、かなり高度な科学技術を要する。まひるの言った通り、いわば、この銃が太陽そのものの役割を果たしているのだ。太陽そのものを銃の中に作る。電球に光を灯すような次元ではない。今は亡き前人類の技術そのもの。それを、どうしてまひるが知っている？

前人類はとっくの昔に半滅したはずだ。光線銃に関わる技術の一切を残すことなく。まひるは、国外のどこかに村を作って生き延びている一族の中の一人？　でもそうだとしたらなんでここに？　過去のハイテクノロジーを使った暮らしをしていて生活が営めているとして、ロストテクノロジーでテレポートしたとか？　まひるが『前時代技術予想大図鑑』を見て言った「ここに住んでいた」というのは？　まさか今、どこかにその風景があるのだろうか。だが、常識の欠如や髪色は別としても、まひるのこの顔立ちや流暢な話し方を見ると、未知の民族だとは思えなかった。

何にせよ、太陽光線銃のテクノロジーは、現代人がのどから手が出るほどに欲しているものに違いはない。

「まひる……おまえは、この世界に革命をもたらすかもしれないぞ！」

つい、声が大きくなる。一琉はまひるに駆け寄った。

「この技術解明は……夜生まれにとって、希望の光だ。これを応用すれば、もっと強力な武器が作れるかもしれない！」

死獣に抗う術が増える。——突飛な考えも浮かぶ。おまえまさか、前時代からタイムマシンで現代に……？　なんて……いくら過去の技術が優れていたと言っても、タイムマシンができたなんて話は聞いたことがない。

「まひるちゃん？」

有河の心配そうな声に、一琉ははっと気が付く。太陽光線銃を持つまひるの様子が変だ。光線銃の光とは対照的に、濃い陰影を刻んだ顔は驚愕の表情を形作りながら、「革命……技術……」とつぶやき、焦点が定まっていない。

「あ……あぁ……私……なんか……いろいろ、あれ……」

頭を抱えて、絨毯の上にうずくまる。

「大丈夫?!」

狼狽したまひるの苦しそうな息づかいに、委員長があわてて駆け寄る。息を整えようと、必死に呼吸を繰り返すまひる。過呼吸にも似た状態のまひるの背中を、委員長は静かにさすってやる。

「私っ！　私……!!　知ってる……！」

小さな体が震えている。

「まひる、どうした!?」

一琉もしゃがみ込み、耳を傾ける。

「今より前の時代……っ、それから、研究所……！　そこで、そこで……っ！　いや！　どうし、どうしよう……！」

「もしかして……」

委員長は、逸る気持ちを抑えながら問いかける。

「もしかして、記憶……が……!?」

焦らせるのは禁物だ。だが、記憶が戻った？

肩を激しく上下させながらも、まひるはしばらくの間、魂が抜けたように呆然としていた。それは記憶を取り戻せた嬉しさからによるものというよりも、その記憶の重みに押しつぶされているように一琉には見えた。さっきまで無我夢中で、感覚に従って光線銃を組み立てていたまではよかったが、それが呼び水というか、何かの引き金となったのかもしれない。

我に返ったように、

「私の名は野々原まひる。私が元いた場所では『００８８号』と呼ばれていました」

まひるは、すっと顔を上げた。そして、話し始めた。

第十章　研究施設での日常と非日常

そこは一面真っ白い壁の、まるで病院のような場所でした。そこには私と同じような人のほかに、白い服を着た多くの人たちが出入りしていました。扉横のプレートには、A研究棟六階603シアタールーム。そう書いてありました。いろいろな大きい機械が置いてあって、私はそこで映像を見せられていました。空間充塡モデルの立体映像とか、機械の内部構造図とか。

私の一日は研究所の中で始まり、研究所の中で終わりました。病院の入院施設のような大部屋に十台ほどベッドが並べられていて、私ぐらいの年の女の子が集められて寝かされていました。簡易的ですが一応曇りガラスの蛇腹の板で仕切られていて、朝になるとピーンポーンというアナウンスで起こされるんです。出口に近い者から順に洗顔に行き、終わったことを次の子の板をノックして知らせます。待っている間に着替えと、用意されている食事を済ませ、途中でも順番が来たら出入りします。私語厳禁です。部屋には盗聴器のようなものがついているみたいで、私語をした者はアナウンスで注意を受けます。注意が何度か続く場合は、寝室の移動をされてしまいます。ここより悪い部屋があってそこに移動されるのです。どんな部屋なのかはその時見たことはありませんでしたが、それでもだいたい想像がつきます。廊下を通れば、そこら中で女の子の絶叫や悲鳴、泣き声が聞こえてきますから。そのためそれだけの人数がいながら、毎日本当に静かなものでした。

決められた時間になると、白衣を着た案内の男の人が部屋の移動を知らせにやってきます。私たちはシアタールームへと行くのです。そこで午前中の「資料整理」がはじまります。シアタールームには、一部屋につき、だいたい十五人ほど入れられます。それぞれ担当の部屋に振り分けられて、寝室のメンバーとはお別れです。寝室のメンバーもそれほど固定ではありませんでしたが。

　そこで、私たちは映像を見せられます。シアタールームと言っても、皆で映画を見るみたいにして映像を見るわけではありません。飛行機のコックピットのような機械にひとりひとりが乗せられて、頭にヘルメットの形をした機械を取り付けられて、それぞれ違う映像を見せられます。内容は、一琉さんが見せてくださった『前時代技術予想大図鑑』のような、人類が半減する前の再現映像だと思います。そして、見覚えのあるものが見えたら、すぐに手元のスイッチを押して映像を停めます。すると、その物について詳しく表示されていくので、さらに停めて、私の主観で真偽を判定していきます。真偽を判定していくというのは、映しだされているのは「予想図」なので、間違いがあるのです。それを私が修正します。ちょうど、電子地図を拡大して、修正していくような作業です。最初は真偽の判断などできず、もやがかかっているのですけど、突然頭の中でピントが合うように、正しいことがわかる瞬間があるのです。それを手掛かりに、もっと詳しいことを思い出していく感じです。その作業を繰り返すほど、スコアと呼ばれる値が加算されていきます。あ、でも点数が増えるからと適当に答えていると、一日の終わりの照合時に大きく差っ引かれてしまいます。複数人の出した修正データを照合しているみたいで、修正ミスと思われる分だけ点数が引かれるんです。テストの答え合わせみたいに。信頼できないと判定されると、加算度も減ってしまいますので注意です。ハイスコアの者だけは午後、厳重に管理された実験室で個別に与えられた研究を行います。


「待ってくれ」

そこまで聞いた時、一琉は口を挟んだ。

「そこは学校なのか？　おまえの保護者は？」

「滝本くん、質問はあとにするのはどうかしら？」

「まあ……そうだが」

委員長にたしなめられ、一琉は言葉を引っ込めるが、まひるは首を振って答えた。

「私には、親はいません」

「いないのか……？」

「それに、研究所は学校でもありません。言ってみれば、そこは、自由のない囚人収容所――いや、もっと人間扱いされない、モルモットの実験室のようなものでしょうか」

そう話すまひるの顔には、一琉の知らない表情が浮かんでいた。


続きを話します。

私は気が付いた時からそこにいたので外の世界もわかりません。教えてくれる人もいないですし、四六時中監視されていて、誰かと一緒に考えることもできません。ルールに違反した者を見たことは何度かあります。「なんでこんなことしなきゃいけないんだ！」「ここはどこなんだ！　出せ！」なんて、反抗する子などですね。でも、そうするとすぐに別室に連れて行かれて、ここへはもう戻ってくることはありません。それからスコアの成績が悪いと、部屋を移動されていって、そのうち見かけなくなります。まれに廊下で出くわすこともありますが、顔をよく知っている場合でも前にいた子だと気付かないことの方が多いです。なぜなら、決まって変わり果てた姿になっているからです。まばたきもせず涎を垂らし、正気を保っていない子や、どういうわけか髪が真っ白になって、しわだらけのおばあさんのような姿になった子もいました。三晩前まで同じ部屋でおとなしく「資料整理」のお仕事をやっていた子が、奇声を上げて廊下を何往復も四足走行しているのを見ると、別室に行くと私もすぐにあんな風にされてしまうんだなという恐怖が襲ってきます。でも見かける彼女たちは歩行できているだけまだマシで、多くは、部屋の中から出てこられないような状態なのだと、指導員の脅し文句で聞きました。これは予想ですが、人体実験をされているのではないかと思います。普通の治験では行うことのできないような、非人道的な人体実験を。でも、ここにいる人たちの人数はいつも一定で、立て続けに人が連れていかれても空席ができることはほとんどありません。代わりに、見たことのない人を見かける回数は多かったです。おそらく、新しくたくさんの人が連れてこられて、たくさんの人が別室に閉じこめられ――たぶん、殺されているのだろう、と思いました。そう考えると、ずっと残っていた私はけっこうな古株だったのだと思います。ですので最後の方では優等生としてそんなに悪くない扱いを受けていたと思います。もちろん、研究所の中では、という程度のものですが。食事も栄養剤のようなものを飲まされるだけでしたので……。

私はそのころも、記憶がぼんやりとしていた気がします。どれくらいいたんだろう。三か月……？　半年？　一年？　実はもっといた……？　時計やカレンダーなんてものはなかったので、わかりません。数えてもいなかったですし。

でも私はいつでも、そこではないどこかへ帰りたいと思っていました。

ぼんやりする中で、「経験上ではここにしかいたことがないはずなのに、ここではないどこかに家がある」と感じてならなかったのです。家族がいて、友達がいて、仕事があって、趣味に興じて……そんな風に過ごしていた過去があるような気がして、そこに帰りたい！　と叫びたくなるほど強く願っていました。

それでも、先には色のない毎日が続いているばかりで。

楽しいことも見つからず、生きているのか死んでいるのかよくわかりませんでした。

まるで養殖される鶏みたいに、狭い小屋の中で生まれて、生かされて、卵を産み落とすだけの毎日。産めなくなったら、挽肉にされて終わりかな？　そんな風に思いながら、私は次第に無気力になっていきました。腐ることもなく、無菌室の中でただ静かに乾いていくような感覚です。

でも。入れ替わりの激しい鶏小屋の中でも、やっぱり長くいると、顔見知りはできてきます。何度も見かける顔が目立ってくるのです。表情のクセとかしぐさに見えてくる性格とか、なんとなく気にして覚えるようになります。本当に動物みたいですけどね。

ある日の朝でした。たしか、とても肌寒かった日でした。

洗顔の順番が回ったことを知らせるノックをされたときです。いつものように顔を上げると、蛇腹のパーテーションに、何やら文字が書いてありました。すりガラスになっているそこに、指を濡らして書いたのでしょう。鏡文字になっていて読みにくかったのですが、蒸発してすぐにも消えそうでしたので私は慌てて読みました。

【やっほー！　名前は？　あたしはチカ☆】

隣人からのメッセージ。

その非日常な出来事に私は一瞬で高揚した気持ちになりました。自分も書きたい。そう思った私は、支給されているペットボトルの水をてのひらに少し出し、同じように書いてみることにしました。ですが、すりガラスは片面はザラザラして水を含むと透明度が増すように変化しますが、もう片面はつるつるとして普通のガラスと同じです。すりガラス加工された面にしか書けません。私は蛇腹の一端を折り曲げて、さっきのメッセージの下に書いてみることにしました。曲げた時、向こう側の住人の微笑みが見えました。栗色のぱさぱさとした髪の子でした。何度か見かけたことのある、いつも快活そうに歩く女の子です。

【まひる】

私はそれだけ書くと、すぐにくるりとガラス板を戻しました。洗顔の順番があるので、私は急いで席を立ちます。顔を洗っている間、私はずっと、なにを話しかけてみようかとそればかりを考えていました。

【ここ、謎がいっぱいだよね――】

帰ると、すぐにそんなメッセージが書かれました。一端を折り曲げて、私もすぐに返します。

【うん。あなたはいつから？】

【ひと月はたったかな】

【じゃあ私はもっと長いな】

【それなら！　いろいろ教えて！】

チカはそう書いて蛇腹を折り曲げたあと、待ちきれないと言ったようにこっちへ身を乗り出しました。意気揚々とした表情で、ペットボトルを片手に、私のベッドの隣に座ってきます。驚く私に構わず、彼女はそのまま、

【うちら、なにしてんだと思う？】

と、書き加え、真剣な表情で、その文字をてのひらでばんっと叩く――フリをして止めました。音を立てるのは厳禁です。

私は首を横に振りました。「わからない」と、口の動きだけで伝えました。それでその朝のやり取りは終わりました。「資料整理」に呼びに来る案内人の気配を感じたからです。

チカは扉を閉めるように、パーテーションを元に戻して向こう側へ消えました。

長期の孤独にちょっと気が狂いかけていた私は、言葉を交わすという行為に希望の光を見た気がしました。チカからの返事がある限り、もう少し生きていよう、と思いました。毎日の「資料整理」のスコアも、部屋替えされないように必死で維持しました。

ある日、先に終わった私はいつものように資料整理から戻ってくるチカを待っていました。私たちは、早すぎる消灯時間まで、情報交換を楽しむのです。ドアが開く音がしたので顔を上げると、仕切り板の隙間からチカが見えました。板をチラチラと気にしていると、その日は薄い紙のこすれる音がしたような気がして。私がその元を振り返ると、ついたて板の端から、指先だけが見えました。その指は折りたたんだ紙――ティッシュでした――をつまんでいました。私が気付いた時ちょうど、それはひらりと落とされました。私はあわてて拾い上げて中を見ました。見ればやはり文字が書いてありました。手紙です。

どうやらチカはその日、ペンを入手したようでした。私がチカの隣にいようと必死になっている間、チカはもっと効率のいいコミュニケーションの方法を模索していたのです。その手紙は、ペンをうまく仕入れたことを誇るような内容でした。チカは研究所の人間の胸ポケットに何本も刺さっているペンをずっと狙っていたようで、今日、偶然を装ってわざとぶつかり、その拍子にかすめ抜いたとのことでした。それを読んだ私はチカの勇気と行動力に感動と尊敬を覚えました。それにメモ用紙として使ったティッシュはひとり一箱ずつ与えられていて、なくなれば掃除の際に補充され、特に制限されることなく使えました。書きにくい、破れるなどと文句を言ってはいられません。最後はトイレに流して証拠隠滅もできます。私はティッシュの手紙のあと、静かにそっと回されたペンを借り、チカの偉業をほめたたえました。

その日、チカはこう宣言しました。

【ここから脱出しよう。私が作戦を立てるよ。外の世界に行こう！】

私は、この先どこまでもチカについて行こうと思いました。


それからチカは、紙を他の人にも回し始めました。ペンも二本目を仕入れていました。チカの意識が自分以外に行くことが私は少しだけ寂しい気持ちもしましたが、もちろんそれはチカの目標でもある脱出のためには必要なことでした。その行動から得られた情報量は多かったですし。

みんなで話し合った結果、この研究所は、昔の技術を現代にもたらすために情報を集めている施設だという共通認識が出来あがりました。現代の世界は、昔の技術を得るためにこういった研究所を作って、情報を持った私たちを閉じこめて利用しているのです。チカは全員で脱出するには全員の力を集めないといけないと言いました。たとえば私は太陽光について、チカは重力について詳しく知っていました。それぞれの知識を出し合って、抜け出すための策を用意し始めました。

しかし私たちが恐ろしかったのは、問題を起こした子や成績を上げられない子についての扱いでした。

とある子のメモには、成績が悪化した時、変な薬を注射されたと書いてありました。その注射のあとは異常に集中力が高まり、スコアも飛躍的に向上したそうです。しかし、その晩、頭痛と酩酊感と吐き気、そして幻覚にも似た悪夢に苦しんだと書いてありました。それからはもう、その恐怖心だけでなんとかスコアを維持しているそうです。何度もされたら間違いなく気が狂うだろうとも言っていました。そこからわかったことは、記憶からうまく情報を取り出せない者は、強い精神作用をきたすなんらかの薬を入れられるのだろう、ということでした。強制的に意識力を上昇させ、情報を吐きださせるのです。それでその子が頭痛や吐き気に毎晩もがき苦しもうが、幻覚や幻聴をきたし人格破綻して廃人になろうが、必要な物さえ手に入れば後はもうお構いなし。ということです。

そして、そもそも情報を持っていないと判定された者や、反抗的でおとなしくしない問題児についてもわかってきました。奥部屋の中を見た子がいたのです。二十四時間廊下に響き渡る絶叫の正体——それは、手術によるものだ、とその子は書きました。手術台に立つのは、医師の格好をしているだけの、ただの研究員です。手術台に拘束されているのは、患者ではなくて実験台の少女。人体実験に麻酔は必要ないのだ、と。生きたまま切り開かれ、拘束具の上で暴れる赤い影。音も、悲鳴も、私たちへの脅しになると好都合。そこまで触れて書くと、その情報を提供してくれた子は筆を置き、蒼白な顔で口元を押さえて、トイレに駆け込んでいました。

非人道的な人体実験が行われていることは私も薄々感づいてはいたことでしたが、改めて突きつけられると堪えるものがありました。使える者だけはそのまま養育を続け、使えない者や反抗する者は、あらゆる手段で搾り取れるものすべて搾り取ってから、廃棄する……。期限切れの食品を廃棄するように、すごく気軽にそういうことがされている現状。

みんなで知っている情報を持ち寄ってメモを交換する行為は、始めた当初は、ただ機械的に生かされていただけの日々から抜け出して、強大な敵に立ち向かっているような冒険心を満たしてくれていました。しかし、うまく情報交換ができるようになってからは、そんな重い現実を知るばかりで、不安に震えて眠れない夜が増えました。それでも、チカは「いつか全員の力を合わせて脱出しよう」とみんなを鼓舞しました。

しかし、研究所も何か変だと感づき始めたのでしょう。いつからだったか、一人一人、個人呼び出しがはじまったのです。

「最近、なにか変わったことはないか」

「妙な動きが報告されている。今隠して後で関わっていたとバレたら、処罰は免れないぞ」

「情報を提供した者は、特別に処分を免除する」

そんな内容の面談が行われ始めました。中には、自白剤を飲まされたという子もいたようでした。

ティッシュの使用量があまりにも増加したことから訝しがられていたのかもしれません。または、捨て損ねた手紙があったか。それとも、妙に活気づいた雰囲気からか。

ある日チカが数回にわたって呼び出されました。その時に殴られたのか、青痣が三つもついた顔で部屋に帰ってきました。わざと顔を殴って、見せしめのつもりだったのかもしれません。チカからのメモにはこうありました。

【動きがバレてて……首謀者があたしってことまで知られてるっぽい。あたしはもうすぐ隔離されることになったけど、たぶんもうダメだと思う。廃人行きだ。ゴメン】

それを読んだときの私の顔もチカに負けないくらいの真っ青な色をしていたに違いありません。でも誰よりも動いていたチカは、告げ口した者を探して責めることなど一切なく、ただ一言そう謝っていました。

たしかにこちらは施設にすべてを握られているのですから、みんなが隠し通せるわけがないのです。誰にも責められることではありません。敵に訝しがらせた時点で、もう負けたようなものでした。そう感じさせないよう動くことのできなかった私たちの敗北です。監視の目も厳しくなると通達されました。近日中に部屋にカメラが取り付けられることになりました。

私は暗澹たる気持ちになりました。チカがいなくなるということに絶望しました。私がチカを助けることができたら。どうにかして助ける方法はないか。必死に頭を巡らせましたが、でも私はチカのようにはいかないのです。私の心は悲しみに襲われて、ただただ、「一人になりたくない」「チカと離れたくない」ということだけを考えるようになりました。そのためなら、チカと一緒にだったら、壊されてもいいと。そしてその思いは、なんとかしてチカの処分時に私ももぐりこむことができたらいいという願望になりました。チカを傷つけるなら、私も同じようにして。チカを壊すなら、私もそうして。狂気の中でもいいから、チカと、どこまでも同じ世界に連れてって。チカと一緒なら、地獄の果てでだって、生きていける。

ここからは、私一人の戦いでした。チカに言えば、後追いなどやめてくれと言うに決まっています。どうしたら、チカの処分時に自分も居合わせることができるか。自分も同じようにされることができるか。

結局、作戦は単純でした。チカが連れて行かれたことを知ったら、どこにいても自分も飛び出して追いかける。できれば一丁大暴れでもして、ついでに自分も処分してもらうのだ、と。幸いにも、チカが連れて行かれる日は翌日、同じ部屋からでした。寝室に白衣を着た案内人の男一人と、力の強そうな大柄のスーツの男二人が突然やってきました。武装していて、首謀者のチカを連れて行くのだとすぐにわかりました。

「0213号大井チカ、こちらに来なさい」

白衣の男が指図するのが聞こえ、私はパーテーションの隙間からチカを見ました。チカはベッドから下りる際に布団の中にさっと何かを入れたように見えました。なんだろう。しかも通り様に私に目配せをします。私は、チカに注目が集まっているうちに彼女の布団に手を伸ばしました。コツンと硬いものに当たりました。取り出してみるとペンです。もう一度手を入れると、今度はふわっと柔らかいものが手に当たりました。ティッシュでした。彼女の最後の言葉を書いた手紙でしょう。私はそれを読まないわけにはいきません。

私は逸る気持ちを必死で抑えて彼女を見送った後、急いで手紙を開きました。そこにはたった一言。

【まひる、あとは頼んだよ】

その手紙と共に入れてあった、チカが蛮勇を働かせて入手した最初のペンは、不思議と重く感じました。私はチカが重力についての知識が豊富で、実験室では重力制御装置の研究をさせられていたことを思い出しました。

私は、胸がつかえる思いでした。ごめんなさい、ごめんなさいと心の中で謝りながら、私は彼女を追いかけました。私はチカに憧れていましたが、チカのように勇気のある人間ではありません。チカの期待に応えることは、どうしてもできませんでした。人気のない階段を、私は全力で駆け下りました。息は乱れ、心臓はどうにかなるほど速く高鳴っていました。でも、そんなことは気に留めていられません。チカの処分に間に合いたいし、間に合わなくても中途半端にまた連れ戻されるのだけは嫌でした。私は足をもつれさせて何度も転びそうになりながら、手術室がある廊下を走りました。チカは手術室に連れていかれていると踏んだのですが、どこもかしこも空っぽでした。私はさらに奥へと進みました。

奥はひんやりとしていてとても暗く、雰囲気が違いました。音もうるさかったです。機械の音がガーガーと鳴っていて、空気も振動しているようでした。そしてなにか……妙な感じがしました。氷を首筋にあてられるような、ぞくっとする奇妙な感じです。

シャッターが閉められていて、封鎖されている通路をいくつか通りすぎ、角を曲がり、もしかしたら同じところを何度も通っているかもしれない……と不安になったとき、鉄の大扉がありました。「！」マークの目立つ黄色のステッカーが貼られていました。もうこしかない、と思いました。この扉の向こう側に、チカがいるはず。うるさい機械音にごまかされますようにと願いながら、そっと細くドアを開けました。

しかしその先は、想像とは違うことが行われていました。私は、ようやく気付いたんです。この施設の意味、そして今の世界で何が行われているのかを。

まひるの言葉がリビングに響き渡って反響した。

「……続きを聞くぞ」

話している内容の重さに押しつぶされるように黙りかけるまひるに、一琉は続きを促す。

「俺たちは味方だ」

一琉の言葉に、有河も加賀谷も、委員長も棟方も、はっきりと頷く。それを見たまひるは、小さく深呼吸をして、口を開いた。

私たちはあの知識がどこから来るのかずっと疑問でした。どんなに話し合っても解決の糸口を見いだせませんでしたが……。なぜ、集中して思い出すようにすると、過去の文化や文明、技術が徐々にわかるようになるのか。考えてみれば言葉や自分の名前、洗顔の仕方や服の着方、最低限の常識も、誰にも教えられていないはずなのに知っていました。私たちは、どこから来たのか。私たちの存在は、一体なんなのか。

その場所に足を踏み入れた時、それらは一挙に解決しました。入って正面、巨大ガラスの仕切りの向こうの空間。宙に浮いたピンク色のやわらかそうな大きな袋のようなものが、どくどくとうごめいていました。その直下にはベルトコンベアが流れていて、さらに奥の部屋につながっているようです。スイッチ類のついた基板やパソコンの前で操作している人も、それ以外の研究員も、みんな、そのガラスの向こうの部屋を注視していて、私が入ってきたことには気が付かないようでした。

巨大なモニターがあって、コマ割りのようにガラスの向こう側の様子を様々な角度から映しだしていました。そのコマの中に、抽象的な立体映像がありました。すごく不思議な形をしていて説明しづらいのですが、近いものとしては……女性の人体にある、子宮？左右から近づいてきた青と赤の光が一つになったとき。ただの映像のはずなのに、言いようもない不安と嫌悪感に襲われたのを覚えています。

「おお！」

突如、誰かが声を上げました。それから、波紋が広がるようにして他の人からも次々と。私はみんなの視線の先、ガラスの向こう側を見ました。何もなかったはずの薄皮の中に、裸の少女が膝を抱えて沈んでいるのが透けて見えました。

研究員たちは、天に祈りを捧げているようにも見えました。

そこへ水を差すような、ビーッという警告音。

「……ダメか、やり直しだ……」

研究者がつぶやきながらレバーを引くと、モニターの光も同時にひしゃげて消えます。キュッと音を立てながら。それは単に完了を知らせる電子音なのでしょう。しかし、その時の私には、苦しげな悲鳴に聞こえました。目の前にいた裸の少女も、融けるようにして、姿を消したのです。

「次を始めるぞ。調整は良いか？」

スピーカーから「問題ありません。始められます」という音声が聞こえます。ガラスの向こうにいる作業員が移動を完了して、待機しています。

リーダー格の研究員が頷くと、機械が動きはじめます。そのたびにモニターには人の形が浮かび、また消えていきます。ガラスの向こうの部屋の、ピンク色の袋の中の少女も。

「今回はどうだ？」

「ダメです主任。生命反応が弱すぎます。この検体では魂の定着が難しいかと」

「解析班、何かわかったことはあるか？」

「元の肉体が強靱だったようです。この検体では魂からの負荷に耐えられず、筋繊維が持ちません」

「仕方ない。廃棄しろ。次だ」

そんな言葉が飛び交います。機械の陰になっているところを見ると、その部分はガラスのようなもので出来た透明な容器でした。その中に、何かが浮いています。この位置からはよく見えませんでしたが、機械が動き出すとその何かが内部へ運び込まれているのがわかりました。

「おおっ、あれは……！　今回はどうだ!?」

「いけます！　複数の材料を使わずに済んでいるのでキメラ化せず、合成は順調に進行しています。検体の材料が優秀だと違いますね！」

一人の研究員が、小さな画面に映る数字を見ながら興奮してそう答えています。

「さすがに遺伝情報の抽出が順調だな。ＤＮＡも傷ついていない、か」

「表皮や角膜すら綺麗ですからね。幽閉させておくのは効率良いですよ。中でもこういう健康優良児は、丸ごと再利用できるので楽ですね」

主任、そう呼ばれた研究員がそれを聞いて笑った時、機械が大きな音を立て始めました。

「生命反応ありました！　魂と肉体の連結良好！」

「体勢反射あります。神経系も問題ありません」

「身体欠損なし。構成率九九パーセント。循環系が機能し始めました」

「よし、培養液から引き揚げろ。その構成率なら酸素分圧は高く設定だ。それと……」

主任研究員は口元を怪しくゆがませ、そして……

「誕生パーティの準備だ。こいつの、二回目のな」

研究員が愉快げに笑って言いました。

先ほど、その子の体になにかが入っていったと言いました。その妙な感じの正体。

それは、魂。

機械で再合成された肉体に、新しい魂が封入されるのです。人工的に作られた肉体と、彷徨える魂の封入。つまりそこでは、死者の蘇生を行っていたのです。一度死んだものに、肉体を与え、もう一度目覚めさせる。そんな行為が行われていたのです。

連れて行かれ、それ以後見かけなくなる人は、ここで化学分解されていたのです。そして、新しく見かける人たち。彼女らは、ここで新しく肉体を合成され、新しい魂を入れられてできた人だったのです。

そうです。私たちは、死者です。私や、チカ、そしてあの施設にいた子たちは全員、本当はずっと遠い昔に、普通に暮らしていた人たちです。

そしていつかの昔に、死んだ。その魂が、呼び戻されて、合成された体を与えられて、この時代に生き返らされていたのです。

まひるはそこまで話すと、呼吸を整えるように口を閉じた。

一琉たちは一言も声を発することができなかった。

リビングは静まり返っていた。

私はその場にくずおれました。自分に、今とは別の過去がある気がしていた理由、教えられていないのにわかる常識やぱっとひらめくようにして思いつく特殊な知識、その理由が、私たちがすでに死んだ存在で、生き返らされたからだったなんて！

持っているペンとティッシュが手汗で濡れていました。

自分は想像以上に、大変なところにいる。

どうしてこんなことが行われているの？　誰がやっているの？　今の世界はどうなっているの？　存在しているの？　それともここが死後の世界なの？

思い返せば、資料整理の作業中にもたしかにヒントはたくさんありました。資料整理のために、今ある資料を参照することは許されていました。私は死者蘇生装置の資料を読んだことがあったんです。そこには、このようなことが記されていました。生命誕生のしくみについてです。生物は、受精すると着床し、細胞分裂を重ねて大きく育っていくことはみなさんご存じだと思います。実はそれは、小さな魂がそうさせているのです。生物が誕生する時、肉体は魂を、魂は肉体をそれぞれ求め合います。魂は両親から受け継いだ遺伝子と呼応して肉体を形作り、それを入れ物として、定着します。形作られた肉体は両親から受け継いだ魂を受け入れ、生命を生み出します。私たちはこうしてこの世に生を享けるのです。そして月日が流れ、肉体は死を迎えます。その時魂は、新たな居場所を求めて天へと向かいます。これが生命の死です。魂の居場所は、現世には一か所しかありません。それを失った時には、現世から離れていくのが摂理なんです。

ですが稀に、地縛霊のようにこの世に強い未練を残した魂は現世に残り、浮遊していることがあります。そういった魂は、基本的には時間が経つにつれて残る意味を失い、天へと向かいます。けれどもさらに稀に、現世でひたすら居場所を探し続けた結果、本来いるべきではない肉体へと宿ることがあるそうです。

ただ、それはあってはならないことです。魂自身と相容れることのない肉体。その体は必ず、入ってきた魂と反発します。肉体を動かそうとする魂と、魂の思い通りには動こうとしない肉体。そんな状態では無理が生じます。肉体は魂に逆らってボロボロになり、魂は肉体を我が物にしようとしてあらぬ方向へ成長させます。

研究所で行われていたのは、死者を蘇生させる行為――死者の魂を本来あるべきではない肉体に入れ、その持ち主を生き返らせる。そんなことは出来ないはずです。けれども、低い確率ではありますが他人の魂を受け入れることのできる肉体がごく稀に存在するのです。あそこではそれを作り出す研究をしていました。天界から望む魂を呼び戻し、その結果生み出されたのが私たち。

そして、その実験に失敗して、浮遊する地縛霊と結びつき生み出されたのが――

まひるはそこで一瞬、言いよどんだ。

夜生まれの多く集まるこの場に、あまりにも辛辣な事実を突きつけねばならなかった。

それでも、まひるは、言うしかなかった。深呼吸をして、心を落ち着けて、はっきりと言う。

「死者蘇生によって、生み出されたのが、この世界に跋扈している、死獣です。死獣が、どこからともなくあらわれ、そして倒しても倒しても、尽きることなく、人を襲うのは、こういうことなんです」

あたりは、水を打ったように静まり返った。当然である。

「なん……だよ、それ……」

一琉が声にならない声を上げた。その声は震えていた。

「それって……！」

有河の悲鳴にも似た声。まひるは、見ていられないというように視線をそらした。一琉は、まひるの話を理解するのに時間がかかったし、まだ信じられなかった。新しく飛び込んでくる情報量があまりにも多くて、まるで処理しきれない。それでも、興奮したままに叫んでいた。

「つまり……、死獣は、人間が生み出していたってことかよ……?!」

「そう、ですっ」

まひるは、急いで付け加える。

「でも！　死獣は死者蘇生の副産物なんです。死者の蘇生をやめれば、死獣もあんなには増えないはずなんです!!　多くとも台風や地震……そんな災害程度にしか、出現しないはずなんです。幽霊や……怪物や妖怪、おとぎ話ぐらいの存在だった時代だって、もっともっと過去にはあったんです！　だから……、もう、止めてほしい……っ！」

「そんな……」

委員長のからからに乾いた声。その場の全員の視線が、吸引されるようにしてまひるの瞳に向いている。その瞳の奥には、誰がいるのか。

チカと一緒に死にたいと思っていました。でも、まさかこの体が永遠に生き返らされているだなんて。私の知っているチカはもういないのに、それを繰り返さなければならない。そこまで考え終えた私の肩を、叩く者がいました。

「こんなところまで来て、気付いていないとでも思っているのか、００８８号」

はっとして振り返ると、呆れたような顔をした研究員が一人立っていました。この秘密を知ってしまったらどうなるのか？　身構える私に、研究員は笑うと、

「まあいいだろう。もともと隠す気もない。おまえからも情報を全部吸い出したら、生まれ変わらせてやるからな」

そう言ってぐいっと腕を掴んできました。

一度は全うした人生を、誰かの都合でこんなふうに生きなくちゃいけないなら——

そんなの——

私は手に持ったボールペンの切っ先を男に向けスイッチを押しました。これは実はただのボールペンではありません。メモと共に手にしたときに、私にはわかっていました。チカの手によって重力制御装置を応用して密かに作られたものだと。今はロストテクノロジーとなった各分野の専門家が蘇らされていて、彼女にはその才覚があったのでしょう。

途端に重力は反転。ペンを頭に限界まで加速。加速機能も搭載しているのは天才のなせる業です。両足が浮いた、と思うより先に、私は猛スピードで男に突っ込んでいました。

向かいの壁に激突する間際に即座にペンのヘッドを押しました。振り向くと、男は流血した腹部を押さえて倒れていました。騒ぎになる前に私は屋上へと走りました。屋上には洗濯物が干されていて人の出入りが毎日あり、特に鍵がかかっているわけでもありませんでした。私はそこから飛び降りて全てを終わらせようと思ったんです。

ところが、私は運がいいのか悪いのか、生き残ってしまった。重力を操るペンが落下から身を守ってしまったのかもしれません。

頭を打った私は、しばらくの間、なにも思い出すことができずにただ彷徨っていました。言葉を思い出したのは、一琉さんに会った時。一琉さんたちと過ごすうち、昔生きていた頃の記憶が呼び覚まされて、合成されて生まれてからの記憶と、混ざってしまっていました。それからの私は、みなさんご存じのとおり、です。

まひるが口を閉じ、リビングは再び静寂に包まれた。外を走る車のエンジン音が大きく轟き、そして消えた。ドアを閉める音がした。しばらくの間、カタタタタという振動音が、鳴っていた。

充満する重苦しい空気の膜を破るように、

「はっはっはーっ、とんでもねーなー」

加賀谷が、乾いた笑い声をあげた。ひきつり笑いだった。

それ以降、言葉が続かなくて、結局また静寂が訪れる。

まだ……全部信じたというわけじゃ、ない。一琉は冷静さを取り戻そうと試みる――。

こいつが嘘を言っているようには見えないが、曲解や誤解は、あるかもしれない。あるいは、記憶の混乱。昔見たSF映画と勘違いしているとか。でも、――こいつは実際に、大破のごとく故障した太陽光線銃を、直してみせた。

じゃあもし、これが本当だったら――？

まひるは言っていた。研究所は過去の情報や技術を知る者を集めて閉じこめ、現代に過去の文明を復興させようとしていると。

「そんなことしている理由は……何だか知らんが……」

つまりどっかの連中が、好き勝手に死人を生き返らせて、そいつらを人間扱いせず好き勝手利用するだけ利用して。その結果死獣を生んでいる。そして俺たち夜勤に死獣を始末させている。

まひるは、精神薬漬けと生きたまま肉体を切り裂かれる恐怖の中、よくわからない作業をさせられていて、今でも他の子供は、そんな地獄の環境下で生活させられている。

昼生まれ連中の金儲けか？　その産業廃棄物たる死獣に苦しめられてきた俺たちはなんだ？　人生の初めからどれだけ狂わされたと思っていやがる。何人のクラスメートが死んだと思う。どれだけの家庭が壊されたと思う。夜生まれも、昼生まれも、食い殺されて。

「許せることじゃないぞ……」

そのとき。がちゃり、と、遠くからドアの開く音と、

「あ、あらっ、旦那様！　お帰りでしたか!?　ごめんなさい、そうとは知らずお迎えもできず――」

奥から、真理子の声。ひどく驚いて、あわてている。

「丈人さん……？」

委員長がぱっと顔を上げた。その顔には緊張が走っていた。

「帰ってきたの？　そんな、急に……」

どたどたと足音を立てて、すぐに、その人はリビングに現れた。

「丈人さん！」

委員長が、彼の姿を認める。一琉たちも全員、反射的に起立して迎えた。その人――丈人は茶色の上質そうなスーツを着ていて、年は四十半ばという頃だろうか。細い目の下に刻まれた幾重かの皺。幹部特有の厳格な雰囲気を漂わせつつも、小柄で華奢な体つき。きちんとした階級は委員長に訊ねるのを忘れていたが、そもそも自分たち二等兵以下の階級なんてこの世にない。丈人は踏み鳴らす足をそのまま止めず、むしろ加速するようにリビングに入ってきて進み出る。髪と同じ色の、口元でそろえられた口ひげを動かして尋ねた。

「ああ、帰宅した。信徒に聞いたよ。〝保護している子〟がいるんだって」

「あ、この子……だけど……」

委員長が返すと、丈人は一琉たち来客には目もくれず、中央で遅れて立ち上がったまひるに近寄った。まひるは不安げに顔をうつむかせ、前髪の隙間から丈人を窺っている。

「野々原まひるさん、ですか」

そして成人した女性に話しかけるように、きちんとした言葉づかいで言う。

「研究所から通達がありましたよ。貴女を探していると」

まひるは突然のことに黙り込み、丈人を見つめていた。

研究所……？

一琉はまだ切り替わらない頭を無理やりもたげるようにして、視線を上げた。

「待って！　丈人さん、この子の話を聞いてほしいの！　どこかの研究所で、ひどいことが行われているのよ。大事件だわ!!」

「それはまたあとで聞く」

丈人は委員長を黙らせるようにぴしゃりと、一瞥して言い放つ。

「とりあえず、君たちは家に戻りなさい。私の車で送ろう。真理子、頼むぞ」

「はい」

名を呼ばれ、真理子が頷く。丈人は立ち上がると、一琉たち一班に向かって優しい口調で言った。

「あとは私たち大人に任せなさい」

「で、でも……っ！」

一琉が反論しようとすると、丈人の鋭い目がきらりと光った。

「彼女には捜索願が出されている。それがここにいた——本来なら誘拐罪として君たちを本部に連れていかなければならない」

誘拐？　捜索願も出されている？　誰が出しているんだ？　国か？

そして、落ち着かせるように、

「だが私がなんとかしよう。大丈夫、安心したまえ。それと、捕まりたくないなら、このことを他言しない方が身のためだ」

と。

夜勤軍幹部であるという丈人はもしかしたらもう何らかの事情を先に知っていて、急いで駆けつけたのだろうか。

それならば、彼に任せるべき……なのだろう。上層部が知り得ていて、動いているのだ。そこへ下っ端たちが気安く首を突っ込んでいいわけがない。でも、まひるのことを直接保護し、話を聞いたのは一琉たち一班でもある。それが誘拐罪だなんて……。そしてどんなに優しい言動をとっていても丈人には、一琉たちを、有無を言わせず寄せ付けぬ気迫があった。一琉たちは真理子に連れられるまま、追い立てられるように各自の家へと帰された。

一琉は自宅のドアを閉めると、黒衣も脱がずに椅子に崩れるようにして腰かけた。もう日は照っていて、真理子の運転する車から自宅まで、裸眼や顔に直射日光をさんさんと浴びたが、今はどうでもよかった。

ひとまず息を整えなければならなかった。

今、何が起きているのか。

まひるの話を簡潔に整理すればこういうことだ。過去の技術解明のために、死者を蘇らせて資料整理させていた。そして、その産業廃棄物として死獣を生み出していた。

もちろん、死者蘇生なんて現代の技術じゃ不可能だ。でも、何らかのロストテクノロジーを使って実現させているのだとしたら、不可能とは言い切れない。過去の文明は我々の常識を超えている。死者蘇生技術だってありえない話じゃない。だがこれが本当のことだとしても、やっていいことではないはずだ。倫理的な問題と、そして、自然災害だと諦めて夜勤たちが命懸けで駆逐してきた死獣が、人の造りしものだなんて。だからこそ、組織的に大がかりな研究を行いながらもこそこそと隠れるようにしているのだ。

しかし。軍の幹部に事件は伝わっていた。彼らはすでに動いていると言っていた。丈人だってあんなに急いで駆けつけてくれたじゃないか。それなら、一隊員でしかない自分にできることはもう、上が何とかしてくれるのを待つことしかないんだ。

一琉は天を仰いだ。あまりの重さに押しつぶされてスーッと口から空気が抜けていくような、ため息が漏れた。

大丈夫だ、と言い聞かせる。

これでいいはずだ。

その時、ドアをたたく音があった。

「一琉！　一琉！　帰ってきたのか!?」

この声は……？

「佐伯……さん……？」

無理やり体を起こす。そうだ、この人は電話で話したとき、なんだか妙な素振りをしていて。

「入るぞ、いいな!!」

あまりの剣幕に気圧されて、一琉は言われるがままに通す。

「一人か……」

佐伯の額から汗が流れていた。視線は鋭く、すみずみまで調べるように一琉の部屋に向けられていた。

「そう……ですが」

初めて見る、佐伯の真剣な表情だった。いや、初めてではないかもしれない。今までも何度か、その気配を感じたことはあった。

「そうか。それで、例の少女は？　会わせてくれ。今すぐ」

丈人と同じような鬼気迫る調子で言われる。

「それがさっきまで一緒にいたんですが……家主の方が帰ってきて、後は任せるように言われてしまって」

佐伯はしばし瞑目する。何か大きなものを失ったように、その場に座り込んだ。

「……なんとかならないか？」

「ど、どうでしょう」

自分だって困惑しているところだ。

「結構きつい口調で、誘拐罪とか言われて」

「今日知って駆けつけてきたんだな」

「そう……なんですかね。慌てていたのはなんとなく感じました」

それを聞いて佐伯は立ち上がると、踵を返す。

「くそっ。一歩遅かったってわけか。あの人の手元じゃ……」

「どういうことですか？」

この人は何かを知っているのだろうか。だとしたら、聞きたいことは山ほどある。

「いや、もういいんだ。忘れてくれ」

「もしかして、佐伯さん、何か知っているんですか?!」

「……このことにはもう関わるな」

詳しく事情を聞こうとした一琉を制するように、佐伯は多くを語らないままに出ていこうとする。

「佐伯さん！　佐伯さん……っ！　ちょっと待ってくださいよ！」

「お前の気にすることじゃない。じゃあな」

振り払うように、無理やり行ってしまった。

この人は、どこまで知っている？　研究所の存在や、何をしている組織なのかまで、知っているのか？　死獣の正体も……。

第十一章　最深部

凍てつく空気をビリビリと震わせて響く起床のラッパの音。落ちていく夕日の中、逆らうように目を開けた。

まひるの話を聞いてから幾日が経過したか。一琉は、変わらない日々を過ごしていた。まひるが来る前と、何も変わらない日々を。

顔を洗った一琉は、ラジオの電源を消したあと、新聞をぐしゃぐしゃに丸めて棄てた。黒の軍服に袖を通し、仕事の用意の入った鞄を担ぐ。

(今日も、なにもないか)

待てども、待てども、研究所のことはニュースに上ることはなかった。隊員間の噂話にすら上らない。隠れて行われているのだから当然か。一班の間では、もう何度も話し合った。まひるは今、無事なのか？　いったい、どこへ？　夜勤だって国から捨て駒扱いされるこの世界で、蘇らされた死人であるまひるは……？　今頃は国の手によって手厚く保護されているのかもしれない。だが、昼の暮らしを維持するために夜生まれの犠牲も厭わない今の社会に、そんな甘い観測をしていいのだろうか。旧時代のことを知りたがるまひるに、求められるがまま教えてやる日々が、遠く浮かんでは消えていく。まひるが無事ならそれでいい――。

だけど、あのタイミングで現れた佐伯は、何か知っている気配があった。

教官がガラリと戸を開けて入ってきて、委員長が「起立」と叫ぶ。一琉はワンテンポ遅れて立ち上がった。

その日の出撃のことだった。ここずっと、死獣の異常な数と大きさに一琉たち夜勤の誰もが翻弄されていた。今の夜勤たちで対応しきれる数ではない。それなのに出撃要請は来る。まひるに会った頃、この大きさ、数は異常だ異常だと騒いでいたのが懐かしくなるくらい、その状況はもう日常と化していた。

「棟方、そっちの死獣を頼んだ！　俺たちはこのデカいのをやる！」

一琉の叫びに、棟方は短く「わかった」と返事をして遠く闇に消えた。

今日は高架の下、分厚いコンクリート柱をうまく盾にして身を隠しながら、陰から小銃を構え、引き金を引く。

高速道路の上に行く死獣は無視だ。この時間帯は車も通行止めで、人はいない。昼生まれたちの生活にただちに影響があるわけではない。なんて、政治家みたいな言い訳をして放置するしかないのだ。本当はどこまでも追い立ててきっちり仕留めるところまでしなければならないが、最近はもうそこまで対処していられないし、上官からも求められない。

　今日のその「デカいの」は、古代の恐竜に似た見た目をしていた。視界に収めるには、軽く顎を上げて見ないとならぬほど、背が高く、太い二本足で立ち、両の手だけは丸まって小さかった。するどい顎と牙を持ち、しっぽは蛇のように長く、勢いよく振り下ろしてはあらゆるものを破壊していた。電柱ぐらいなら軽く一薙ぎ。一琉、委員長、加賀谷、有河でかかっても抑えきれない暴れん坊。手間取っていると、耳に挿したインカムから、次の死獣の出現を知らせるアナウンスが流れてくる。続々と。割り当てられる量としてはおかしい。でもすでに慣れてきている。

「委員長！　下がれよ!!」

　委員長は自分の身を犠牲にするようにして日本刀を掲げ、死獣を引きつけていく。銀の刃が、風に揺れる細枝のように震えていた。

「やるしかないわ！　少しでも多く、死獣を殲滅しなきゃ……！」

　昼生まれである委員長が刀で引きつけている間、一琉たち夜生まれが四方から光線銃で照射する作戦を言っているのだ。

「だが……っ！」

　あれは、緊急事態だったたし、失敗しかけていた。生き延びたのはまひるが庇ってくれたおかげで、ほとんど奇跡と言っていいものだった。こんなの、まともな作戦とは言えない。

毎日、毎日、死地にただ赴くような戦いの中で、繰り返すような手段じゃない。

「せめて、銃弾浴びせてもっと弱らせないと、無理だ！」

声を嗄らしてそう主張する。チ、弾切れだ。一琉は死獣に八九式小銃の銃口を向けたまま膝をついて、右手でグリップを握ったまま、左手だけで古い弾倉を引き抜くと同時に十字の向きに添えていた新しい弾倉をくるっと九〇度回して押し込む。念のためちらっと光線銃の水素カートリッジのメモリも確認する。燃料はある。委員長は耳を貸さない。自分一人が責任とるとでも言うような気迫で、死獣のすべてを自分に向かわせる。加賀谷と有河の援護射撃を受けながら、敵の懐に飛び込んでいくのが見えた。一琉は舌打ち代わりに、抜いた弾倉の底を銃の左側面のスライド止めに打ち付けた。

「死ぬ気かよ……！」

遊底が前進する振動を受けてから、逡巡して八九式小銃から太陽光線銃に持ち替えた。照射ボタンを押す。内部に磁場を発生させるための起動音が轟く。光線銃照射。他の一班全員も死獣を外側から囲み始めるが——、焼き殺すにはまだ時間がかる。やはり委員長の刀一つで持つとは思えない。この作戦は自殺行為。いっつもいっつも、こいつは——

夜生まれが死獣と戦っているのは、昼生まれが豊かにお気楽に暮らすための産業廃棄物処理だったことを知ってしまったんだ。その行動をバカらしいと思わないのか。

「一班ですべて殲滅するわよ！」

迷いがない。無謀だ。無鉄砲にもほどがある。ここで本当に死ぬかもしれないのに。

そのとき、一琉はまぶしい光の中に、なにか黒い塊が飛び込んでいくのが見えた。

「なんだっ!?」

一瞬のことだったためわからなかった。鳥が紛れ込んだか？　だが、宵闇に迷い込んだ鳩か鴉ごときで照射を止めるわけにはいかなかった。一琉は構わず光線銃を撃ち続けた。撃ちながら、少しでも早く死獣が焼けてくれるよう祈るしかない。長時間の照射で、光線銃内部の熱が持ち手の部分まで伝わってくる。白光に目が慣れてきたころ、一琉はその正体に驚愕して目を見開いた。

鳩でも鴉でもない。

あれは、人だ。

ダッフルコートを手荒に羽織って遮光ゴーグルをかけた、棟方法子。

彼女が、委員長の背中を守るようにして内側から、死獣が委員長に物理的な攻撃をくわえようとする瞬間、銃弾を叩き込んでいた。

光線銃の光の中で。

棟方は昼生まれでは、ない。だから焼けている。いや、燃えているように見えた。右に左にその身を躍らせるようにして小銃を構えては、細身を反動に軽く仰け反らせつついなして膝射する。一瞬だけ訪れた真っ昼間の中、彼女は王を守護する騎士のごとく、その身を焦がして一撃一撃正確丁寧に放った。外にいる一琉たちへの流れ弾などまるでない。すべての弾が敵にヒットして止まるからだ。

幸い、応援の到着は早かった。光線銃の数が二倍に増え、周囲が昼のように真っ白に明るくなる。対向線からも照らされて、まぶしくて目を開けていられない。飛び火がじりじり熱い。この勢いなら、死獣は倒せるだろう。だが、棟方が――。

時間が経ち、焼け焦げた臭いの立ち込める中、照射が不要になったとき。委員長は一人立っていた。

連絡が行ったのだろう。ほどなくして救急隊も到着し、四体もの死獣の焼死体にぎょっとしていた。それから彼らは自分が何のために呼ばれたのかを理解し、「ひいっ」と悲鳴を上げた。転がっているのは夜勤の人間である棟方法子だ。棟方の着ている黒地の制服には、なんの傷も汚れもない。しかし露出した皮膚は赤くただれて水ぶくれになり、今すぐに処置が必要な状態だった。強烈な太陽光をあれだけ重ねて浴びたとなると、黒衣の下だって焼けていないとは言えない。彼らは急いで棟方を担架に乗せ、医官の元へと運んでいく。蒼白な顔で見送る委員長の横を通りすぎる際、薄く目を開けた棟方は、満ち足りたような表情で言った。

「委員長が、やるしかないというのなら、私はそれをやる」

重なる光線銃の先、何倍もの太陽光に照らされた夜生まれの、凄惨極まりない姿。

それでも、彼女の精悍さはまったく損なわれない。

「あなたは、私の希望だから」

ああ、そうかと一琉は納得した。これまで、棟方のごく少ない言動の中に薄らとだけ感じていたもの。

　これが信者か。

　棟方は、おそらくは誰よりも「夜勤会」の信徒なのだろう。そしてその司祭である委員長を崇拝している。それが、口数の少ない小さな女の子でしかないはずの棟方の、底知れない強さだと。


　少しくすんだ白壁が真っ直ぐ続く廊下に、消毒液の潔癖な臭いが充満している。国立第一総合病院。重傷を負った東京都の夜勤負傷兵はだいたいここに送られてくる。

　脳神経外科、眼科、耳鼻咽喉科、歯科口腔外科、呼吸器内科、消化器内科、循環器内科、精神神経科、整形外科、泌尿器科、産婦人科――長方形の白い箱の中に人体の中身をもれなく順序よく配置したように、治療環境が完備された巨大総合病院。廊下に貼ってある青色や赤色の案内矢印が血管なら、その血流に乗ったように、目的地まで可動式ベッドが流れ着く。

「深達性含めて、第Ⅱ度熱傷三〇パーセントを超えています！」

「第Ⅲは!?」

「顔面部――ゴーグルのかかっていない部位が……！」

「ううむ……川島教授もお連れしろ！　皮膚科から！　急げ！」

　外科の前で急回転し、ストレッチャーは白衣の人たちの手によってその中に吸い込まれていく。扉がばたんと大きな音を立てて閉まり、追いかけてきた一琉たち一班も、そこで足を止める。消えていったストレッチャーを心配そうに覗きこんでいた看護師の一人が、こっちへ来て言った。

「こんな無茶……太陽光線銃の前に飛び出していったんですって？　どうして……」

「いや……」

一琉は言おうとしてやめた。無茶をしたのは隣でうつむいている委員長の方だ。棟方は、どんな過酷な訓練・実戦でも決して音を上げないし、その上で効率良いやり方を選ぶ聡明さを持ち、全てを擲つ様な——それは機械のような無にも似た——努力に裏打ちされた確かな実力を持つ。それで何度も一班の窮地を救ってくれた。その棟方が、こんなところに運ばれてきている。委員長が馬鹿やって飛び込んだせいだ。そうだ。でも……委員長ばかりも責められない。なぜなら、委員長があそこで身代わりになろうとでもしなかったら、一班がやられていたかもしれないというのも、現実だからだ。加賀谷か、有河か、それとも自分が。死んでもおかしくない。委員長が無鉄砲に飛び出して、それに優秀な棟方が追随した結果、死者を生まずに負傷だけで済んだともいえる。

「でも、幸運でしたね。いつもならこの時間は、負傷兵の対応に追われているわ。今日はたまたま重症度の高い負傷兵が他にいないから、最優先で治療してもらえていますよ」

「そう、なんですか。いつも、そんな風に……」

「ここ最近はね。医療機関だって悲鳴を上げているわ」

凍りつく。このまま夜勤をやっていたら殺されるのは、間違いない。

誰に？　死獣に？　親である国に、か？

一人ずつ、奪われていく。

絶望的な気分だ。

本当に、俺たちは、生まれた時点で死んだものとみなされているということなんだろうか。

委員長も、加賀谷も、有河も、その場にみんな立ち尽くしていた。


療養のために棟方が欠けてから、戦況はますます厳しくなった。敵の数もさらに増えた。まともに戦っても仕留めるどころか生傷が増えるだけ。欠けたら補充されるはずの人員も、どこも足りないと言って減ったままだ。

久々の休みの日。

一琉は西日と共に起床し、すぐにラジオの電源を入れた。ダイヤルを回して周波数を夕方のニュースに合わせる。ラジオの音声を流し聞きながら、身支度を調えていく。

日本の行く末を偉い人たちがあれこれ議論する声が聞こえてくる。

（本当にこのまま、この世界はどうなるんだ？　そのうち昼生まれにも徴兵令でも下るのか。じゃないとまた人類は――）

しかしよく聞けば、アナウンサーやご意見番は、「今、百年に一度の好景気が訪れている」などと嬉しそうに報告している。最近まで不況だ不況だと嘆いていた気がするが、いつの間に好景気に入ったのだろう？　その合間に流れている様々なコマーシャルは、どれも技術革新を謳っていた。車はまもなく全自動化の時代が来るらしいし、電源の入らなかった宇宙通信機は、本機自体の複製に成功したというニュースも流れた。医療の現場では超小型コンピューターがほとんどの手術を不要にして、寿命が延びると期待されているらしい。

新製品の開発で、昼の世界だって大忙しということだ。一琉は、くらくらするのを感じた。夜が今これだけ大変なことになっているというのに、楽しそうなことで。

それから新聞に目を通した。夜日新聞と、寝ている間に届いていた昼日新聞両方。まひるの言っていた研究施設の情報は、ない。一琉はため息をついてそれを雑に畳み、壁の時計を見た。

「そろそろか」

まだ起きたばかりなのだが、昼の生活リズムに合わせたらこうなる。黒衣を羽織り、一琉は昼の街へと向かった。

「いらっしゃいませ。何名様でしょうか？」

「二名です。……ああ、一人は、遅れて来ます」

「かしこまりました。お名前を頂戴できますか？」

「滝本です」

「滝本様ですね。それではテーブルにご案内いたします」

「はい」

一琉は黒衣を脱いで、店員の後について歩いた。昼の街の居酒屋に来たのはこれが初めてだ。外にあった行燈看板には大きく「新宿店」と書いてあり、その横に小さな字で他店舗の情報も載っていた。他にも展開しているチェーン店らしい。昼の街で飲むなんて、飲み代が足りるか不安だったが、まあここなら貯金から出せばなんとかなるだろう。案内された半個室のテーブルの手前の席について、電子注文のシステムの説明を受ける。テーブル端に据え置かれたタッチパネル端末に触れて操作することで、メニューを画面上で見ながら、遠隔で注文までできるという。

店員が出て行ったのを見届けてから、一琉はあちこちパネルを触ってみた。サラダ、海鮮、肉料理、デザート……くるくる画面が切り替わる。

（ふーん。すごいな。便利にできてる）

指に吸い付くようにしてページがめくれる演出の感触がおもしろくて、意味もなくめくり続けた。

「待たせたな」

遅れて到着した佐伯に驚いて、わっと声を上げた。

恥ずかしい瞬間を見られた気もしたが、「そんなにびっくりするこたねーだろ」と驚き方に驚く佐伯の顔を見ると、一琉はそれもそうだなと苦笑し、昼文明の利器から手を放した。

「悪いなーこんなところまで」

「いえ。話、聞きたかったですし」

ようやく佐伯と話ができる。

「さて、と」

佐伯は腰を下ろすと、ピッ、ピと慣れたようにタッチパネルを操作し、ビールを注文している。

「俺もビールで」

「あーだめだめ。未成年はここではノンアルコール」

「……はあ?」

佐伯がきょろきょろと店内を見回す。「あっ!? ここ禁煙席!?」

「えーと」

灰皿を探しているのか。

「かー、堅いんだよなあ。ほんと昼は」

佐伯はいらいらしたように、指をとんとんテーブルに打ち付ける。

「そこまで気が回りませんでした」

居酒屋で禁煙席なんて、夜の街じゃ聞いたことがない。丈夫な昼生まれのくせして健康に気を遣ってんだな。

「あっ、ちょっとすいませーん、店員さーん、席替えてほしいんですけどー」

佐伯は半個室から身を乗り出して、通りかかった店員を呼び止める。

「恐れ入りますが、お手元のタッチパネルからお願いいたします」

一瞬止まってくれたものの、空いた皿を抱えて足早に厨房へと去ってしまう。

「来てくれればいいじゃんかよぉ……ちょっとだけなんだから」

しぶしぶといったように、佐伯はタッチパネルに触れた。

「さーてと。まあいいや。どうしたどうした？　また仕事の愚痴かぁ？　まあ飲もうぜ」

佐伯はいつもの調子でからっと笑って言うが、一琉はそのペースにのせられまいと意識して、

「俺、佐伯さんに情報をもらいにきたんです」

と、目を見て言った。

佐伯はタッチパネルのメニューを見ながら一瞥をくれる。「へえ」

「佐伯さんって……一体なにを調べているんですか」

「まーいろいろとなー」

苦笑いされた。ピ、ピ、と電子音が響く。

「過去の技術の研究施設のことも、知っていますか」

「あー？」佐伯の手が止まる。

「死者蘇生と死獣について」静かな間。「知って、ますか」目が合う。その目はもう笑ってなどいない。

「あのとき……」

まひるが話し終わって、丈人が帰宅して追い出された時。タイミングよく、佐伯が大慌てで一琉の家の戸を叩いた。不審な様子で。

「佐伯さん……なにを慌てて駆けつけてきたんです？　そもそも、佐伯さんが普段からいろいろと嗅ぎまわっているのって、なんなんだろうって考えていたんです」

あれから、佐伯と連絡を取ろうとしても電話が繋がらなくて、電報まで打ってようやく今日、こうして捕まえられたのだ。逃がしてなるものか。と、思っていたが、佐伯は意外と取り繕ったりもしない。聞かれることをある程度予測して来たのかもしれない。

「お待たせいたしましたお客様」

「ああ……喫煙席に変えてもらおうと思ったんだけど」

佐伯の要望に、やってきた店員は申し訳ない表情を作り、言いよどむ。

「喫煙席……は、ただいま満席でして……」

「うん。よし、じゃあ、わかった」

佐伯は、一琉の方を向くと、きっぱり言った。

「一琉、ちょっと店を変えよう」

「……どこまで行くんです」

昼の街のチェーン店居酒屋を出てから、一琉は佐伯のバイクに乗せられて、どこかに運ばれていた。あたりはもう夕焼け空、日光的には問題はないのだが……こっちは基地内だ。というか、来た道を戻っている。

(夜生まれにとって、夕方過ぎはまだ寝起きの頃だぞ。こんな時間から開いている飲み屋なんてあるのか?)

どこか秘密の隠れ家でもあるのかもしれない。

「ついた」

「え、ここ?」

あまりにも見なれた場所で佐伯が停車するので、「降りろ」と言われるまで一琉はそのまま乗っていた。傾いたような古びた木造建築。見慣れた引き戸。

「鬼怒屋……?」

いつもの飲み屋じゃないか。

「まだ準備中じゃないですか?」

明け方まで飲んで、ここを寝床にした客が帰る時間でもある。出ることはできても、これから客として入るのは……。

「いーんだよ。たのもー」

ガシャガシャと、鍵のかかった引き戸をノックする。明かりが点き、ぼやっと人影が動くのが見えた。

　薄く、戸が開かれる。

「おい。佐伯か……。こんな早い時間から、なんだ」

　強面の禿げ頭が、まだどこか眠そうな声で出迎えてくれた。

「おーう。時差ボケだ。泊めろー」

「……入れ」

　いいのか……？

　一琉もおそるおそる、あとに続く。ぶっきらぼうな禿頭の店主に、ちら、と意味有り気に一瞥されたのが気になった。

　いつもは人でにぎわっている、がらんどうの店内を横目に、不思議な気持ちで、二階に上がろうと階段に向かう。簡易な宿になっているのは知っていたが、実際に足を踏み入れるのは初めてだ。

「そっちじゃねーぞ」

　ひそひそ声で佐伯に引っ張られる。

「え？」

「ていうか、一琉って鬼怒屋に泊まったことあったっけ？」

「ないですよ。陽が昇ってきたら、どんなに遅くても帰れる時間にはここ出ますし、俺。でも、たしか宿は二階だって聞いたような……」

「地下だ」

ドスの利いた低音声に一琉が振り返ると、床から、たこ頭がにょっきり生えていた。地下へと続く隠し扉の階段らしい。佐伯に後ろから押されて促されるまま、一琉は店主に付いていく。

「せま……」

暗く、急な階段だが、安全のために壁に両手をつくのに、小さく肘を曲げないとつかえてしまうほど狭い。まるで地下壕のような雰囲気だ。

「頭ぶつけるなよ」

「う……はい」

店主の注意に、一琉は緊張した。なんなんだここは。ざらついたむき出しのコンクリートで、丈夫な黒衣を着ていなければ、擦れて服が破れていただろう。だが、黒衣をバイクに置いてきて薄着のままの佐伯は、慣れたように体をコンパクトに畳んで後ろからすいすい下りてくる。

そのときふと、急に視界が開けた。

「ええっ!?」

店主に明かりを点けられたのだ。驚愕する。

「こんな……!」

そこには洋風の手狭なバーカウンターが構えられていた。室間を意識したように壁にずらりと並べられたワインボトル。天井から吊られたグラスは、湿気った朽木のようなあの外観からはとても想像つかないほど、磨かれていてぴかぴか。昼の街に並んでいても違和感ないほど、質のいい空間がそこにあった。

「"BAR goblin" ……？」

カウンターの向こうの壁に掲げられた輝くプレートの金字を読み取る。

「ああ、それは、俺がふざけて付けた店名だ。気にするな」

着席してタバコをふかしながら佐伯に促されるままに、一琉も隣のカウンターに座る。夜の街では堂々と経営できないだろう。この質では、あまりにも目立ちすぎてしまう。これだけの高水準の店をここで普通に経営しようとしたら、立ち行かないはずだからだ。昼との不純な関係を疑われる。密輸業者か、とか。

「ここならなんでも話せる」

「あり……がとうございます」

まだ、ちょっと落ちつかないが。

「それで。聞きたいことってのは？」

「あの……」

そのとき背後から声がした。

「おい」

「あ。貝原」

　さっきの店主が警戒するような空気を纏いつつ入ってきて、無意識の癖のようにカウンターの向かい側に回る。黙ってこちらをじっと見ている。サングラスの奥、大きな二重の目。にらまれているんじゃないかと思うような目つきだ。元からの顔つきのような気もする。

「……いいんだろうな？」

「ああ」

　佐伯が彼の前に片手を伸ばすと、貝原と呼ばれた店主は歯ぎしりするように顔を歪ませて頷いて、持っていた品書きの板——から一枚の紙を取り出し、佐伯に渡した。

「一応、最新版だ」

「サーンキュ」

（なんだ……？　俺にわからないように、佐伯さんに何か渡すつもりだった？）

　一琉はとりあえず様子を窺うしかない。

「お。昨日の日付だね。ありがたい。トキちゃんの調子はどう？」

「変わらん。というか、俺に聞かれてもさっぱりわからん」

　様子を窺うのしかないのは向こうも同じらしく、視線と意識はこちらに向けられたままだ。佐伯は、何かのリストが載った紙から顔を上げると、貝原に訊く。

「……気になる？」

「当たり前だ!!」

貝原は噛みつかんばかりに、吠えた。けっこう短気な人かもしれない。

「オーケーオーケー。紹介しよう。彼は滝本一琉。血縁的には俺の姉の息子で、一応甥っ子に当たるんだけど、まあ、見ての通り夜生まれだから」

甥と叔父というのは単なるきっかけだ。この世界では、血縁関係なんて、重要な意味をなさない。

「お邪魔……しています」

「……よく見る顔ではあるな。うちに来るやつの一人だ」

「その通～り。俺がよく連れてくるだろう？」

「ああ」

続いて佐伯は一琉の方を向いて、

「一琉、この人は貝原（かいばら）。ここの店主ね。それから俺らの――」

「ただの店主だ。よろしく」

佐伯が何か言いかけたのをぶった切るようにして被せ、貝原は雑に自己紹介を済ませる。

「はあ……よろしくお願いします」

突如、貝原が身を乗り出して佐伯を羽交い締めにして、

「のわっ。ちょっと、ちょっと。乱暴はよしこちゃんっ！」

「黙って来い……っ」

引き摺りだすようにして扉の外へ引っ張っていった。腕っ節の良さでは、あの貝原には

たぶん佐伯も敵わないだろう。背も高くガタイもいいし、よく考えれば、軍にいないのが不思議なくらい筋肉隆々だ。どうしてこんな居酒屋を経営しているんだろう。

いったいどういうつもりだ！　とか、先に説明しろ!!　などと遠くうっすら聞こえたが、それは一琉も聞きたかった。

いったい、ここはなんだ……？

連れ去られた佐伯の放り投げた紙を拾い上げる。

（ＩＤ番号と名前の一覧……？　ＩＤ番号だけの欄もあるが……）

同じＩＤで、複数の名前を持つ者もいる。その場合は、一つを残して残りは二重線で消されていた。

（あ……!?）

目に飛びこんでくる文字列。

（ＩＤ００８８、野々原まひるっ!!）

一人だけ右端に、チェックがついていて目立っていた。だがそのマークの上から二重線が引かれている。

「こらぁ!!」

怒声と共に、太い腕に突然リストを奪い取られた。いつの間にか貝原が戻ってきていた。

「ったく、佐伯!!　不用心だぞっ」

「いいんだって、いいんだって。一琉にはリスト見せる気でいたから」

幾分よれたシャツを引っ張りながら、佐伯が戻ってくる。

佐伯は貝原の手からすいっとリストを抜き取ると、一琉に改めて手渡した。

「ったく、ちょっとは俺にも相談しろ!!」

「佐伯さん！　これって……！」

一琉は貝原に構わず佐伯に尋ねる。

「もしかして……」

「お察しの通り、だよ。それは研究所に囚われている少女たちの最新リスト」

「……っ！」

一琉は再度リストに目を通した。

「野々原まひるのエマージェンシーサインが消されている。――戻されたみたいだね」

戻された……研究所に――!?

「これ……一体どこで……」

「それは聞いちゃダメだ」

出所が不明でも、信頼できないわけではなかった。その中には、まひるの名前だけでなく、大井千佳の名もあったからだ。まひるの話に出てきた活発な性格の少女の名前。大井千佳という名前の下に佐川光。大井千佳の方は二重線で消されていた。

（……少なくとも、まるきり偽物のデータというわけではない……）

どうして、まひるが研究所に戻されているんだ。丈人や夜勤の上層部がなんとかしてくれる、きっと大丈夫なはずだと自分に言い聞かせていたことを、一琉は悔やんだ。まひるは無事なのか？　まひるの話では、要注意人物とみなされた者は廃棄されると言っていた。または、麻酔もなしに手術されるとか。もしかしたら、もう……。最悪の想像が脳裏によぎる。いや、まひるはまだ生きているはずだ。そうであってくれ……。


「おっと、トキちゃんありがと」

そこに、すすすと割って入ってきたのは時江だった。いつも鬼怒屋にいる二十代中ごろぐらいの女の人。首元で切りそろえられた栗色の髪を揺らし、茶を出してくれた。


「ウーロン茶ですよ」

「ありがと」

佐伯は軽く笑って礼を言う。一琉も小さく頭を下げた。


「んふふ～。それ、どこで手に入れたのでしょーねー？」

彼女は楽しげに、一琉に問いかける。


「おいおいトキちゃん、ヒミツで、しょ？」

「ふぁーい」

佐伯は一琉からリストをするりと回収して言った。


「ま、簡単な取引だよ。あの子の話したこと、それから行動――俺に全部教えてほしいわけ。そしたら情報をあげる」

「それよりもっとすっごいモノもあるわよー？」

「次に彼女の安否が確認できるようなことがあったら知らせてやってもいい」

「本当ですか……っ！」

一琉は立ち上がらんばかりに食らいついた。情報交換ということらしい。まひるの状態を教えてくれるというのに隠す理由も思い当たらない。知りたがっている人間にそう簡単に吹聴するのもよくないかもしれないが、誰に話すのが正解で、誰に話したらいけないのかの判断も今はできない。情報交換ということなら、と口を開く。

「話しますよ。何から話せばいいいですかね……」

「全部だ。全部」

「わかってますって」

じれったそうに、佐伯が急かす。

「あ……でも」

「ん？」

「まひる……こないだまで、一緒に行動していたんです。どうしてまひるがいるうちに、接近しなかったんですか」

こんな風に後で俺から聞くより、本人に直接なんでも聞けばよかったのに。

「知らなかったんだよ。俺としたことが、灯台もと暗しだ。知ってたら確保してたさ。電話を受けて気付いた時だって、おまえの電話が盗聴されているかもしれないから、警戒して仕方なくああして待ち伏せするしかなかった」

佐伯は少し息を吐くと、続けた。

「研究所も、慌ててたよ。重要人物を逃がしたわけだから……。上にばれないよう内々に処理しようと、おおっぴらには動かなかった。俺はそのチャンスを逃すわけにはいかなかった。でも、ようやく彼女の居場所を突き止めたと思ったら、彼女はもう寺本丈人大佐の手元で……」

「寺本丈人大佐……」

委員長の父親代わりだ。夜勤の上層部とは聞いていたが、大佐だったのか。あまりに雲の上の存在すぎて、知らなかった。

「寺本大佐……の手によってまひるが研究施設に戻されたっていうのが、いまいち理解できません。だって、夜生まれの代表が、夜の世界を裏切っていることになりますよ……。そんなこと、あるはずがないです。さすがに……」

癒着しているとでもいうのか？　まさかそんなこと。金か？　たしかに昼は、夜のとは比べ物にならないくらいの資金力を持つ。でも、そもそもそんな風に富が偏る行為に加担するなんて——。

佐伯は、シニカルな笑いを浮かべ——でもそこに少しだけ哀しさを滲ませながら、言うのだ。

「死者を蘇らせたいと思っているのは、昼の人間だけじゃないってことだよ」

前に飲んだ時に見た、佐伯の遠い視線の先。

「佐伯さん、あなた……何者なんですか。この店も」

その視界に、自分が入っている。

まひるから聞くまで知らなかったこの世の真実を、既に知っていただけじゃない。こんなアジトを作って、実際に行動していて。


まひるとの出会いからこれまでについて一通り話し終えたとき、空になったグラスにウーロン茶のおかわりを時江が持ってきてくれた。

「そういえば、トキちゃんに買い物に付き合ってくれって頼まれてたんだったね……」

「あ……いえ佐伯さん忙しいならまた今度でも……ん-、でも……そろそろ必要だなあ」

「だよねえ」

「なんとか……！　今日、買い物に行きたいですっ」

「う-ん」

「だめ……ですか？　うるうる」

引っ越ししたてで家具を揃える若妻のような会話は、物騒な違法ＢＡＲにそぐわない。じれったいほどにのん気だ。

「蔵力時江中尉殿に言われちゃあな」

と、佐伯が両手を上げて、降参したように承諾する。

「中尉!?」

一琉は思わず口を挟んで訊ねてしまった。

「それは、昔の肩書きじゃないですか……。それに、今も昔も、私は佐伯中隊長代理殿の忠実なる部下ですよー」

照れたようにむくれて言う時江だったが、

（え、佐伯さんよりも階級が上なのか……？　ええっと、この人も何者なんだ!?）

「もし君が年下じゃなかったらちょっと扱いづらい部下だったよなー」

「時々、進言しちゃいましたからね……」

「まあ進言というか命令というか……やれやれ。これだから理系女子は」

「いや～佐伯さんは、私の意見もちゃんと聞いて通してくれるからつい」

「俺に意見するに見合う実力と階級があるだけに、やっかいな女の子だったよ。そして言ってることが半分は正しいとわかるのに、もう半分はまるで意味不明ときてる」

「技術的なことは説明が難しくって……。でも、佐伯さんは根気よく付き合ってくれて嬉しかったです」

「……君のそのせいで宮本中尉中隊長が逃げちまって、俺が中隊長代理なんて大役に就かされたわけだけど」

そうだったのか……。

「ま、トキちゃんは中隊のアイドルだったからねえ～、だからオジサンもがんばれたよ。若いっていいよね！」

「あーっ。悪かったですね～、今はもう若くなくて」

「いや、十分若いって。貝原なんか見てみろ」

佐伯がちょいとカウンターの向こうを指す。

「貝原さんは、ちょっと、とても佐伯さんと二つ違いには……」

「うるせえ！　とっとと仕事ン戻れ！」

「はい、はい」

佐伯は手をひらひらさせ貝原を追っ払う。そして少し考えるように顎をさすると、

「一琉、代わりに行ってくれないか」

と、一琉に問いかけ、時江も「あら」と、期待するようにこちらを振り向いた。

「買い物、の付き添い……ですか？　え、今から？」

佐伯からまひるが戻されたという話を聞いてからというもの、あいつが薬を飲まされ精神崩壊しているうちに体を切り刻まれるんじゃないかと、気が気じゃない。

「ああ。頼めるか？　中尉殿の護衛任務」

もーう、中尉は昔の話ですー！　今は居酒屋のトキちゃん！　などとふざけ合っている二人を横目に、一琉は自分を落ち着かせた。まひるの話以上のことは、自分は知らない。佐伯はより詳しそうだ。そんな佐伯たちがよく行く場所に行ってみればなにかが摑めるかも。それにまたこの人と連絡がつかなくなるくらいなら、関わっていたい。

「今日は非番ですし、それはいいですけど……でももう日も落ちてきているし、あまり時

間ないですよね。シェルターも閉まっちゃうんじゃ……？　俺、昼の街なんてそんなに詳しくないですよ」

「あ、いや。ちがうんだ。昼の街じゃない。夜の街だ。闇の街とか、闇市っていった方が近いか」

一琉はそれを聞いてはっとした。

「闇市……一体、何を買いに?!」

今しゃべっているここが一般的な飲み屋ではないことを思い出した。ただの買い物じゃない。どうやら本気で、護衛任務だ。

「あの、弾薬借りられません？　ベレッタですけど。弾数が不安で」

「ああ、あるよな貝原？」

「ある」カウンターの向こうにいる貝原はぶっきらぼうに佐伯にそう答えて背を向け、棚からワインボトルを数本下ろすと、その奥の火薬庫らしき引き出しから紙箱を二箱取り出した。

「九ミリのパラベラムだな。もってけ」

「ありがとうございます」

貝原から手渡される時、もうひと箱余分に載せられた。

「ったく佐伯、おまえが行け」

「あーあー俺は、ちょっと用事がね」

「……」

三箱の弾薬箱が、なんだかずっしりと重い。貝原の視線を感じる。

「……俺が行けたらいいんだが、あいにくな」

この人なら、いるだけで十分威嚇になるだろう。

「やめとけやめとけ。おまえみたいな目立つ奴が歩いていたら、通報される」

貝原は軽口をたたく佐伯を睨んで制しながらも、

「まあ実際、俺はここの店主として顔が割れているからな。俺とトキエが揃って闇市を出歩いていることで、店に査察が入ったらめんどうだ」

と、引き下がる。そしてこちらを測るように、暗いサングラス越しに再び一琉を眺めて言った。

「だが、ガキ一人じゃな」

一琉は言い返さなかった。実際自分は十六で、戦闘の経験も浅いと自身でわかっていた。それに、このみてくれに言われちゃ何も言えない。それに……貝原という人は言葉が悪いだけで、時江と、もしかしたら自分のことまで、心配しているようなニュアンスも含まれているような気がした。憮然とした言い方にならないよう気を配りつつ、加賀谷あたりを思い浮かべて訊く。

「誰か、連れてきた方がいいですか」

一班は今日はみんな非番だ。どうせヒマしているだろう。

「うーん……？」

　すると、時江が割って入った。

「闇の街はスラムといえばスラムだけど、あてもなくふらふらしに行くわけじゃないですし。さっと行ってさっと帰ってきます！　ぞろぞろと行くのも良くないし」

「そうか」

「心配性だねえ。貝原は」

　佐伯が苦笑い混じりにつつくと、貝原は「お前は意地が悪い」とクロスを手にグラスを磨き始めた。

第十二章　闇市へおつかい　―護衛任務―

　外に出るとあたりは暗かった。夕日ももう落ち切る寸前で、闇夜の中に消えかけの焚火のような赤を残すばかりだ。一琉は腰のホルスターに差した拳銃の存在を黒衣の上から触れて確かめ、ふうと息を吐き、先を行く時江に続いた。鼻歌交じりの彼女を、傷一つでも付けて帰すことになったら、自分は殺されるだろう。時江は、裾を紐で絞ったような丸いシルエットのカジュアルな黒衣を、涼しい風に膨らませて、気持ちよさそうに歩いていた。

　一琉とは反対に、緊張している感じはなかった。それにしても……あんなところへ、何を買いに行くというのだろうか。あの、無法地帯――闇市へ。

が。

「闇市って、よく行くんですか？」

一琉は近づいて、小声でそう尋ねてみた。佐伯に連れていってもらっているようだった

「うん、そうだね」

闇市の連中とまで繋がりが……？　佐伯は一体どこまで手広いんだと途方に暮れるよう

な気分になる。

内緒話を楽しむように、時江も半歩近づいて囁き声で言う。

「秋葉原じゃ……手に入らない部品も、あるから……！」

「え、と……？」

詳しく聞いてみようと思った時、不穏な気配を察知した。前方、右、後方を確認。後方

に、基地内配置の夜勤兵が三、四人見えた。

「近くに死獣が出たみたいですね」

獣の咆哮が上がり、次いで、まぶしい光がカッ、カッと足されていく。

「迂回しましょう」

「そうね。対応はされているみたいだけど」

基地内は面積に対しての人員配置が多いので安全だ。だが、だからといってわざわざ死

獣の出た道を選んで行くこともない。時江は近くの細道を曲がった。電燈も少なく、通ろ

うとしたこともないような道だ。十メートルくらい先にバス停が見えた。こんなところに、

バスが通っているのか。夜勤の住む基地に電車は存在しない。代わりに、バスが網の目のように無数に走っている。

「乗るよー！」

っと、バスが停まるのが見え、走り出す時江を追いかける。転がり込むように二人、乗り込んだ。

一琉はバスの中でさっきの話の続きを聞いてみるつもりだったが、開くドアに足を踏み入れ段を上がった瞬間、そんな雰囲気ではないことを悟った。車内は空いてはいるものの、異様な空間が広がっていた。額から顎下まで切り裂かれたような傷のある眼帯者、右のズボンの裾を膝上で縛ってある片足しかない者、鼻をすすりずっと咳をしているうろんな乗客……事情を抱えたような乗客たちが、じろっと、一琉たち二人を見ていた。なんだ、おまえらは……何の用で……こっちに来る？　と。空いている二人席に着いた時に隣の時江をちらと見ると、大丈夫、とでも言うように微笑み返された。一琉は黙って前を向いた。途中から乗車してきた者も似たような雰囲気で、終点まで一言も言葉を発しなかった。

腐敗した街、闇の街、闇市……呼び名は数々で、ある程度想像はついていたが、実際に足を踏み入れてみるとその意味がよくわかるものだった。くたびれた露店や、うらぶれた娼館。ここは怪我や病気、その他事情により夜勤兵から転落した夜勤が集まる典型的なスラム街だ。時江はしばらく歩くと、プレハブ庫のような倉庫の前で足を止めた。

「ついたー。ついたついたっ」

看板も何も出ていない建物だが、時江に迷う様子はなかった。

「ハードおじさんっ！　時江が来たよ～」

ハードおじさん……？

名前の時点で怪しさを感じたが、一琉が驚いたのはその人を見てからだった。その声に窓から顔を出したのは、老人……いや、中年か？　老人にも見紛うほど、薄汚く黄ばんだ歯はほとんど抜け落ち、白髪は何年も放置したようにごわごわとして野良犬を彷彿とさせる。穴の開いたボロボロのシャツを着て、垢なのか褐色の顔の皺を増やすように、彼はにかーっと笑うと、

「おお……お……グ、グヒッヒッヒ、キ～～～ヒヒヒッ！」

奇声のような笑い声を上げ始める。一琉は首筋にナメクジが這うような不快感を覚え、ぞくっとした。

おい、大丈夫なのか……？

「一琉くん、ありがとね。ここまでで大丈夫だから、外で待ってて」

むしろ、こいつからこそ守らなくていいのか？

心配にはなった。なったが……一琉は疲労を覚えながら片手を挙げて、小屋に入っていく時江を見送った。ここまでの道程を思い返せば、おそらく、問題ないのだ。一琉は苦々しい気分になった。はっきり言って時江は一人でも平気だった。金をせびろうと纏わりついてくる怪しげな浮浪者を、笑顔の中ににらみを利かせてうまく捌き、颯爽と目的地に向

かって不自由なく歩いていた。一方で一琉は酔ったような娼婦に絡まれ、時江に恋人のフリをして振り払ってもらったりと、あまり役には立てなかった。やれやれだ。

しばらく時間ができた一琉は出入り口の前で突っ立ったまま、街の様子を眺めていた。

商人らしき人が、指を、二、三と立てて、道行く男に何かを交渉していた。成立したのか札と引き換えに、小袋を渡す。どこからかうめき声が聞こえたと思ったら、娼館の裏手から、血みどろになった女性が這いつくばるようにして出てきた。そう思ったら、また引き摺られるようにして、店に戻されていった。それを見て、まひるの状況を思い出した。

（研究所に戻されているんだよな……）

佐伯から知らされた事実。夜勤幹部に確かに引き渡したはずなのに、一体なぜそうなっているのか。

（どんな状態で、いるのか……）

まるで家畜のような扱いをされるという、あの話が本当なら、保護者がそこへ戻すなんてこと、していいはずがない。本人だって拒んだはずだ。身内である委員長にすら、行方は知らされていないという。どういうことなんだ？　事実としてわかっているのは、まひるは壊れた太陽光線銃を、確かに直してみせたということ。そしてそれはこの世界において、何を差し置いてでも必要とされる技能であるということ。

そこまで考えた時だった。絹を裂くような悲鳴が轟いた。それも複数だ。一琉は腰のホルスターに手をかけ、息を潜め備えた。時江の行った方ではなかった。外だ。死獣が出現したのだろうか。太陽光線銃は、ある。

　ほどなくして地響きがしたのでどうやら正解のようだった。夜勤だろうと非番だろうと死獣が出ることに関係はない。だが、勤務時間ではない今は、自分の身を守る以上に戦う必要はない。配置された夜勤兵の対応を待てばいい。地響きは段々と大きくなり、死獣が近づいてくるのを感じたが、そろそろ夜勤兵の足止めが間に合うはずだ。

　しかし、一琉は視界の端、彼方に、動くものを捕らえた。凶暴に荒れ狂う何か。月の下、工事現場のような音とともに、露店をぶち壊して暴れ出たのは、ゴリラのようなⅡ型の死獣だ。まだ距離はあるが、獲物を探すように動きは激しい。露店を壊すたびに散らかる鉄骨とくっついたのか、まるで背骨が突き出るようにして背中から十本近く生えていた。目を凝らせば、ゴリラ死獣の周囲には八九式小銃を手に対峙している制服を着た兵が二人三人と見えた。やはり夜勤兵は駆けつけているようだった。

　だが、あいつら一体、何をしているのだ？　なりふり構わずもう照射を開始しないと
――！

　昼民と違ってシェルターという時間稼ぎの手段を持たない夜勤は、その代わりとして集団で固まって住み、死獣が出たら即座に袋叩きにして排除するというのが鉄則だ。

　あの夜勤兵は、何のんきにやってんだ!?

「きゃああっ！」

「たすけて！」

蜘蛛の子を散らしたように逃げ惑う闇市の住民。そのうちの一人が、ゴリラに突進されて気絶した。ゴリラはそのまま乗っかり、大口を開けて捕食する。
チ、ほら被害者が――。
一琉は光線銃を抜いた。あの死獣がこっちに来るのは時間の問題だ。今日は非番だからとこのまま無抵抗にやられるわけにもいかない。

兵士があまりにも行動しないので、一琉は自分から飛び込んでいった。

「おいっ、なぜ、戦わない！」

言いながら、轟音を立てて光線銃を起動、死獣との間合いを適正距離に詰め、照射する。

だが、兵士たちは――

「と、とにかく、慎重に!!　怪我だけはすんなよ！　見捨てられるぞ！」

「わかってるよお！」

顔面蒼白になりながら、小銃を手放さずさらに握りしめる。

「うわああ！　こっち、来るな！　わああっ」

八九式小銃を闇雲に撃ちまくる。一琉はそいつに向かって叫んだ。

「もう小銃は捨てろ！　死獣相手だぞ!?　埒が明かないだろうが！」

太陽光線銃を当てないと、死獣を完全に止めることはできない。そんなの中学校で習う基本的なことだ。ここにはすでに五人の兵がいた。しかし、

「誰だか知らないが、おまえも、気を付けろよ！　正規軍人が非番になんでこんなところ

にいるのかはどうでもいいけど、ヘマしたら一生ここで過ごすハメになるぞ」

誰もそれをしない理由。

光線銃を照射している者は、その間、無防備。だから仲間たちが援護する。その前提である「仲間」が……

「く……くそ、おい……！」

ここには一人もいない。

もちろん、一人きりで光線銃を照射しつづける一琉にも。

当然だが一人分の威力では死獣を焼き殺すのに時間がかかる。

孤軍奮闘という言葉が浮かんだ。

なんとかゴリラ死獣の動きが鈍くなってきていた。無作為に人を襲うのをやめ、この元凶である一琉に目を付けた。殺意の形相で、一琉を睨みすえる。人間の十倍ほどの拳を握りしめると、空気を震わせるように猛る。その衝撃に心臓を握られたかのように、呼吸が詰まった。死獣の証か、異常なまでに筋肉質なゴリラの、突進の構え。

だれか……だれか……俺を、援護しろよ……照射を重ねろよ……。

このまま照射していても間に合わない。孤立無援の中、一人犠牲になる意味もない。命知らずの特攻委員長を普段見ているから気が付かなかったが、これが普通の反応なのかもしれない。この世界では。

あと少し――でも、どうにもならない。もう、ここから逃げよう。一琉は光線銃を下ろしかける。くそっ。馬鹿でもいい、弱い奴でも、構わない。共に光を重ねてくれさえすれば――。そこへ、一琉を追い越し――光の先にまっすぐに飛びこんでいく影があった。無謀な影はそのまま、ゴリラとぶつかり、組み合う。足止め。そして、もちろん、すぐに――ゴリラの握力が、スイカを割るように、その者の頭をぐしゃりと潰した。踏み越えるように、ゴリラが前進を再開する。だがその瞬間、少し離れた左側から、

「坊主！　そのままだ！」

なぜここにいるのか、駆け付けた貝原が死獣に光線銃を向けていた。

「う、うおおおっ！」

一琉は、もう一度、重い光線銃を持ち上げる。

ゴリラの正面に飛び込んでくれた見知らぬ味方に、貝原の光線銃、そしてもう一度銃を上げる一琉。それは、たしかな変化だった。つられるようにして、傍観していた夜勤兵が次々に小銃を光線銃に持ち替え、死獣に照射を加えていったのだ。一人、また一人と――。

大きくなる光の中――死獣は完全に沈黙した。

「は……はあっ……やった……」

助かった。合わせてくれて、助かった。緊張が弛緩し、全身の力が抜けていく。膝に手を置いて、片手で額の汗を拭った。「……やった……」

光線が消え、訪れた暗闇。目が慣れてくる。死獣の足元、無残な死体がそこにあった。

「いっ、いやあああああああ」

そこに駆け寄る一人の女。「なりちゃん……！　ああ、こんな……ひどい……うそよっ」

そこに広がっているのは、血の海と肉塊だ。

一琉は何も言えず、ただ見ていることしかできない。

誰だが知らないが、おまえのおかげで、俺は……。そして、この場の全員が、一つになることができた。

女は泣き叫びながら、振り返る。

「ああっ、あ、あ、あんたたち！　……っく、……っく、あっ、あっ、あっ、あんたたちがっ——！　あんたたちがモタモタしてるからッ、あたしのッ、彼が死んだじゃない!!」

誰も、何も言えない。あの時、あの一瞬を、今は死者となったこの男が作らなかったら、一琉はやられていた。生理的な拒絶感をもたらすはずのむごたらしいその肉と血は、しかし、この世のものとは思えぬほどとても神聖なものに見えた。一琉は、人生で初めて、自然と手を合わせていた。

だが、

「う……うるせぇ！　こ、こ、こ……こっちだってな、ひっ、必死なんだよ!!」

耐えきれなくなったように、周囲の兵から声が上がる。

「怪我したら、おおおまえらみたいに、ここに堕ちちまうだろうが!!」

「そうだ、こんな場所で、そうなってたまるかよ——っ」

狂気の現実の中では、狂っていく自分を正しいと認めるしか、生き残る方法がない。

「この人でなし!!」

恋人を失った女が涙を流しながら、至極真っ当な批判をしたところで、

「お、おまえらはそれ以下だろ！　さっさと死ねよ！」

逃げるようにして、去っていく。

そうでないと、壊れてしまうから。

それは、慟哭する女も、同じだった。

商人が近寄ってきて、彼女にそっと何かを握らせる。女はその場に座り込み、渡された何かを吸い始めた。

「はあ……ああ………」

みるみるうちに、その女は落ち着きを取り戻していく。

「ありがとう……気持ちが、楽に……なった……ああ、もっと、もっとちょうだい……」

薬か。

商人は喜んで倍量を渡すと、「また、ここでね」と悪魔のような囁きを残して消えた。いいカモが見つかったというような死神の笑顔だった。

見る影もない無残な姿に変わり果てた恋人の亡骸の傍で、彼女は一人幸福そうにぼーっと空を見上げていた。

一琉のように、目を背けずに立ち止まっていた何人かの街人も、彼女のその様子に哀れむような、蔑むような視線を残して、解散していく。

救いようがない。

なんだ、これは。

「そんなんで……いいのか」

風の音に重ねるようにかすかにつぶやいた言葉に、彼女は敏感に反応した。急に正気を取り戻して、

「なによ……なにがわかるの……。あたしに……心壊して死ねっていうの……っ!? 何がわかるのよ!! 他に、他に、どうしろっていうのよ……っ」

立ち上がって、また、あふれる涙をそのままに、叫ぶ。

「なりちゃんはね……! 元は軍人だったのよ……! でも怪我で、除隊になって……ここに回されて……!」

一琉は、死体――いや、なりちゃんと呼ばれたその男を見た。

そうか、軍人だったのか。

「ここで国から、死骸処理部隊よりももっと誰もやりたがらないような汚くて嫌な仕事を押しつけられて……。出会ったときはあたし、正直最初は、この人みっともない、ダサいなって思ってたわ。貧乏だし、長時間労働で時間もないし、いつも疲れてて、デートしたって、休み休みで。でもね！ なりちゃんはあたしと違って、それでも、誰かがやらなくちゃいけない大事な仕事だからって誇りを持って、やってたのよ！ あたし、見習わなくちゃって、思って……薬もやめたし……盗みとか、詐欺とか、そういう仕事も、辞めた

のよ……」

　元はどんな階級かとか、今はどんな役をしているかとか関係なく、この「なり」という男は、立派な人間だったのだろう。女は、彼を思い出して悲しくなったのか、こらえきれなくなったように、袋に口を付けた。

「――っは。はあ……。はあ……。ああ……ちょっと、あたしも横になろ……」

　アスファルトの上に散らばる無残な血肉の横に、彼女はリビングのソファに寝転ぶように横たわる。

　誰もがそんな風に、正しく立派に、強いわけじゃない。

「もう……、なりちゃん、ねえ、まだ、寝ないで～。おきて、おきてよ～。なりちゃんってば、すぐ、寝ちゃうんだもんーいつも……」

　それならば、

「そっか、でも、そうだね……疲れてるんだね。いいよ……おやすみ。ねえ……もしかして……さあ。そんなに、頑張って働くのって、さあ……、うふ。あたしの、ためかなあ？　あたし、結婚したいって、言ったことあったよね。まだ、自信ないなんて、言われて、あたし、冗談にしたけど、でも、なりちゃんってば、なんだか、前より仕事頑張ってるなって、思ったから。もし……か……して、って……」

　これを悲劇と言わずに、なんと言おう。

　この女の目には、この肉塊が、愛しい彼の寝顔に見えているらしい。いや、そう思おうとしているのか。彼女は袋に明らかに致死量とわかる量の薬を足して一気に吸い込むと、そのまま添い寝するように、目を閉じた。

上には上があると言うが、下には下があって、地獄の中に、地獄があった。

「終わったかな、一琉くん」

「あ……時江さん」

いつの間にか買い物を終えて外に出ていた時江に、事務的ともいえる口調でそう確認された。

「こんなの……って、おかしく、ないですか」

酩酊する女が、まひるの話に出てきた精神崩壊者の姿と被った。肉塊となり横たわる死体は、手術台の上の開かれた実験体。

そして、今にも起こりうる可能性としての、まひるの変わり果てた姿として。

「……俺は、こんな、こんな世界を……認めるのが、嫌だ」

時江の目を見る。

「私も、そう思うよ」

さらっと。彼女が簡単にそう頷ける理由が、一琉にはもうわかる。

彼女のその瞳には、いつかの佐伯と同じ熱量の火を灯している。

怒りの表現など、必要としていないのだ。どんな冷たい言い方も、その熱を冷ますには、到底足りるわけがないのだから。

「俺は……俺は……」

そんな一琉の背に、

「キィ～ヒヒヒ」

あの耳障りな笑い声が聞こえたと思ったら、曲がった腰に手を当てつつ、浮浪者然としたさっきのオヤジがドアを押して出てきた。ハードおじさんとかいう奴だ。

「おーぅい、金はもらったけど、アレ、アレがまだじゃ！　ワシの、生きがい!!」

にかーっと、笑いを浮かべる。

「あ……あー……ま、忘れてたわけじゃないよ」

時江は、げーっと顔をしかめて言う。

「たのむじぇ～、ソフトな姉ちゃんっ」

「はぁ～ちょっととっ、そんな言い方しないで～！　あたしはハードおじさんみたいにそんな風に名乗ってないんだから！」

一琉は身構えた。時江はこの爺に身体でも売るのだろうか。だが、――時江の貞操の危機とも思えるこの状況を、貝原は呆れたように見ているだけだ。

「はいこれ」

時江は興奮気味のハードおじさんにＣＤのようなものを握らせた。

「マニュアルもデータで入ってる」

「やったーっ！」

「んもう、嫁入り前の女子に、こんなの作らせて。――でも私は、ツールを作っただけ。その用途は聞きませんからね!!」

べーっと舌を出す時江。ハードおじさんは気を悪くした風もなく、CDに音を立ててキスをしていた。

「でも本当、よく廃材かき集めてあんな性能のいいもの組み立ててくれますね」

「フハッ。ワシのゴミ漁りは家電専門だからな。アルミ缶ハンターの縄張りは荒らさない代わりに、今のところ、ブルーオーシャンなんじゃよイッヒッヒ」

「そうは言っても、ちょっと知識があって目を付けただけの浮浪者にはここまでできないと思いますけど。修理の限界に挑戦とか言ってはんだ付けまでしてくれるし」

「あんたこそ、OSを自作しようとする人間なんて、そうはいないね」

「それは大げさですよ~自作って言っても、電子空間にある既存のプログラムを取り入れて組み合わせたりしていて完全オリジナルじゃないし……。だって、基本がないとなにやるにしたってできないし……買えたらいいのに売ってくれないし!! こーのー、ばか国はーっ!!」

テレビすらまともに見たことの無い一琉にはその会話の意味がわからず、貝原を見た。貝原も表情を変えず聞いている。まったく理解していないようだった。まあでも、国の悪口を大声で言えるのはここだけだ。

「よし。あのソフトをテストするには――ここってちょうどいい環境かも。一琉くん、こっちおいで」

「俺……ですか？」

時江に連れられて、一琉はプレハブ小屋の中へと招かれた。

「これは……」

第十三章　そして、少年たちは

病院にいる棟方を除く一班四人は、基地内にある小さなビルに来ていた。線香の臭いが漂うそこは、心が静まり返るような静寂に満ちていて、四人の足音だけが響いていた。暗い階段を二階まで上り、現れた重い観音扉を、一琉が引いて開けた。するとあたりは、金縁の黒塗り扉が、コインロッカーのように壁一面に並んでいる風景へと変わる。それぞれに死者の遺骨が納められているのだと思うと荘厳なものを感じた。あらかじめ伝えられていた番号の扉で足を止める。

一班が非番の今日、全員軍服で集まったのは、先ほど一琉が声をかけたからだ。

「やあ」加賀谷が――野並宏平、と書かれた名札の嵌められた扉をコンコンとノックし、声をかけた。「そこ狭くね？」

「ちょっと、加賀谷くん」

ふざける加賀谷を委員長がたしなめる。

「いや、野並なら、この扉から顔だけにょっきり出して笑わせにくるはずだ!!」

「くくっ」

有河も笑った。つられて委員長も思わず想像したのか、ごまかすように大げさに神妙な顔でため息をついた。「バチが当たるわよ。滝本くんまで」

一琉はそう言われて、笑っていた自分に初めて気付く。そっとひっこめつつ、思った。もっとも笑いから縁遠いはずのこんな場所でまで、人を笑わせるなんて、野並はやっぱり野並だな、と。

「……で、滝本」

加賀谷に呼びかけられる。

「野並の墓前に俺らを集めて、何を話そうって?」

投げかけの後に、遅れて送られる視線。穏やかに、促すように。

「……ああ」

そうだ。俺は、ここで、話したいことがある。正確にはここは墓ではない。「御骨場(おこつば)」と呼ばれ、戦死したばかりの夜勤の御骨が保管されている場所だ。親族のいない夜勤は、御骨を祀っておく家もない。そのため、共同墓地へ納骨するまで御骨を一定期間保管する安置所がここ御骨場。故人の生前に関係のあった者が、心の整理を付けるために、期間限定でこうして個別の場所が用意されている。野並はもうすぐここから移動されて、十把一絡げに集団埋葬される。そこで骨は他の夜勤たちと一緒くたになり、一枚の大きな墓石に

「野並宏平」という名前が小さく刻まれるだけだ。

「本当は、全員に、聞いてほしい。でも棟方は――」

「病院だものね」

委員長が、歯切れ悪く頷く。

「そうだ。まひるも、いないな」

改めてそう付け足す一琉に、三人は静かに耳を傾ける。

「野並が死んで、棟方は入院した。そして保護されたはずのまひるは――」

一琉は、告げた。

「まひるは……研究所に連れ戻されている」

一瞬の間があった。

「うそ……っ」

言葉を無くす有河と、ちらっと委員長の方を見る加賀谷。

「委員長……どうなってんだ？」

「こんなこと……。わたしにも……わからないわ」

ばつが悪そうに俯く。委員長の家庭事情は複雑だ。一琉はそれも承知していたが。

「その情報は……どこから？」

委員長が訊ねる。

「知り合いから……深くは言えない……」

　班の全員が、固唾をのんで衝撃を受け止めていた。

「でも、その命もあとどれだけかはわからない。俺は、さっき……通信傍受した映像を見たんだ」

「ええ……っ？」

　驚くというより、戸惑いと、訝しがるような目を一琉は向けられた。無理もない。多少でも知識がなければ、傍受の意味すら普通は知らない。

「どう……だったの？」

「わからない」

「は？　わからない、って……」

「傍受しているからか、元のカメラが悪いのか、そんなに綺麗な映りじゃなかったんだよ。だが似たような子供は、明らかに無理やり……何かをやらされていた。まひるの言った、通りだったんだ。全部」

　一琉にそう言われ、今度は押し黙る。一琉は続けた。

「何かの操縦席みたいなのに座らされていたり、一方で、別の映像には……もう、人とは言えないような、姿になっている子供もいたんだ」

「それ……大丈夫なの？　まひるんは……」

「……少なくとも言えるのは、まひるが戻されているのは確かで、まひるが言っていたことは本当だったたってことだ。映像を入手するのはリスキーで、これ以上はできないと言われたが、一度だけ名簿は確認した。その時まひるにはまだ二重線を引かれていなかった。大井千佳には、引かれていて……」

一琉の言葉が、重くのしかかる。――有河はこらえるように俯いて、頷いた。

「どうして……まひるんが、戻されちゃってるのかな」

「必要なんだろう。あの知識が」

太陽光線銃を復元できるとしたら、それは何にも代えがたい技術だ。強力化できる可能性も視野に入れれば、みすみす手放すことはできないだろう。たとえそれが、逃走したという罪を犯した者であっても。金の卵を産むガチョウの様に、生かすことを選択するに違いない。

「……今頃、怖い思い……してるよね」

有河が、絶望的な表情で、小さく声を漏らす。

「見た限り、高待遇なんて様子は、全くどこにもなかったな」

おぞましい想像に、暗い空気が漂い始める。

「まひるの話が本当だった以上、俺たちだって危険はある」

一琉の言葉に、音もなく全員がこちらを向く。

「どこまで気付かれているかはわからないが、少なくとも、警戒されてはいるだろう。研究所の存在や、中で起きていることを知ってしまった人間として、マークされているかもしれない」

言葉を無くしていた。

「まひるを心配している余裕は、俺たちにはないのかもしれない。丈人大佐の立ち位置が、全く不明で、何とも言えないところだが――」

委員長以外が反射的に引きつった表情になるのは、大佐と聞いてのことだろう。大丈夫、失礼は無かった、はずだ。あの大屋敷を多少、溜まり場にしていたぐらいで。

「――俺たちごとき、いつでも消せるに違いない。今こうして生きているのが不思議なくらいだ」

そう付け足した一琉に、さらに空気が固まった。

「た、た、大佐の……娘の、いいんちょの班員だから、はあぁー……あーりぃたち、たすかっ……た……とか？」

「どうだかな」安全かどうかまでは、わからないが。

「よく考えると、危なすぎるのな。俺ら」

加賀谷が乾いた声で笑った。断崖絶壁の縁に立たされていることを、遅まきながら把握していく。

「だから……考えがあって、ここに来たんだ」

ここなら一班が集まっていても不自然じゃない。監視カメラがあったとしても、ただ墓参りしているだけに映るはずだ。

一琉は、ひとつ深呼吸をしてから、声をひそめて、言う。

「まひるを、取り戻さないか」

「俺たちで……？」

「そうだ」加賀谷に返す。「まひるを取り戻し、死獣を生み出している死者蘇生装置を、壊す。それでこの異常さを世間に露呈させるんだ」

もちろん、こんなことは危険に決まっている。昼の連中だけじゃない。夜勤上層部だって嚙んでいる可能性が高い。目を付けられ、理由もなく消されることだって十分ある。でも……それなら、このまま嬲り殺されるようにして死んでくのか？　俺たちも、まひるも。

「あーりぃは……まひるんを、助け出したい。他に囚われている子も、たくさんいるんでしょう？」

有河の言葉に、加賀谷は小さく頷く。

「そうだな……まるひちゃんたちを連れ戻して、死者蘇生装置をぶっこわして、死獣の息の根を止めて……痛快だぜ。おもしれーよ」

「わたしも。わたしもやりたい」

委員長も、両の手をぐっと握り、顔を上げる。

「堕落した昼のなれの果ての姿を、この世に知らしめるの」

四人は顔を見合わせ、頷いた。

「丈人さんの部屋に、こっそり……入ってみよう、かな」

夜勤軍幹部の情報収集を委員長に任せられるのは、頼もしい。あと、研究所を襲撃するためには内外の地形の把握も必要だ。下見に行って、外から把握できる限りでやるしかないだろう。

「ああ——でも、ちょっと待て」

一琉は、はやる気持ちを抑えて、自分を落ち着かせた。

「いいか、わかっているか？　ここまで言っておいて何だが……よく考えろ。今、俺たちは危険だが、生きてはいる。殺されるような目にも遭っていない。つまり、このまま何もせずにじっと息を潜めるようにして動かなければ、何事もなく過ぎていく可能性だって十分ある。だが、歯向かったらそれも無くなるだろう。上の連中は、人を平気で殺すようなやつだっている。動きがバレて除隊で済むならまだマシで、闇市に追われるか、問答無用で消されるかもしれない」

有河、委員長、加賀谷に、

「それでも、やると言えるか？」

それぞれ、目を見て確認する。

やはり、沈黙が返ってくる。

まあ、そうだよな。

ここで揺れているようでは、意志を貫き通せないかもしれない。

でも、ここで一切揺れないようでは、思考がまともじゃない。

「覚悟が決まったら、いつでもいい。俺に、合図を送ってくれ。今日でもいいし、明日でもいい。勤務中でも、非番の時でも……。話は、以上だ」

御骨場の空気と同化したように静まり返る三人から目を離し、一琉は野並の遺骨の入った扉の前に向き直り、手を合わせる。

(力を、貸してくれ。野並)

そして、その場を後にした。


返事を待つ間、一琉は自分一人でも現状を打開できる方法を模索した。なにせ時間は限られている。まひるが生きているうちに、自分が生きているうちに……なんとか、しなければ。軍服のまま、鬼怒屋ののれんをくぐる。

「いらっしゃいませー！　ごめんなさい今はまだ……あら？」

入って目が合ったのは、可愛らしいエプロン姿にはもう違和感しか覚えない——蔵力時江元中尉技官殿の姿だ。

「あの……」

一琉はコホン、と咳をする。

「時差ボケです。泊めてください」

少し緊張しながら、一琉が合言葉を告げると、彼女は——にっこり笑って奥に手を向けた。「どうぞ。どうしたの？　佐伯さんなら、交渉に失敗したみたいでそこらへん駆け回ってるわよー」

「あ……いや、時江さんの力を借りたくて……相談させてください」

「私……？　とりあえず、中入る？」

「ありがとうございます。すみません。ご無理言って」

「いいわよー。特別ね？」

　彼女について地下へと下りていくと、先日とはまた違う景色が広がって――思わず立ち尽くした。ＢＡＲとは別の意味で夜の街にそぐわない物が並んでいた。怪しげに光を放つ中型の液晶ディスプレイはどう見ても昼物の一級品で、だがそこに映されているのはテレビドラマなどではなく、無機質な真っ黒画面に、白文字だ。シンプルにそれだけ。隣に並べられたもう一回り小型の液晶ディスプレイも同様。だが脇には分解されたＤＶＤデッキのような廃材や、グリーン色の基盤が剝き出しに突き刺さっていて、積み上げられた諸々の機材を配線するコードはまるで蔦を這わせる雑草のように、床や壁を覆い尽くしていた。

　驚いて動けない一琉の後ろから、時江が困ったように顔を出す。

「ごめんなさいね。隣のＢＡＲと、あと通路が狭いのは、こっちをどんどん建て増ししたからなの……。ここは私の部屋。んー昼の街を相手にしようと思うと、どうしてもマシンもそれなりにしないといけないしー……かといって一般人が手に入れられる部品って限られているから、せめて理論上は追いつけるように無理やり組み合わせたりして……フフ、不恰好よねえ」

　そう言って時江は、何か大がかりな機械に微笑みかけるのだ。ママ友たちと公園でベビーカーを押しながら、不出来な息子を可愛がるように。

「こーんなに大きくなったけど、でもね。昼の国家技術には、実は全然及ばないの。さすがにハードを近づけるのには限界がある。でも、ソフトを動かせられれば、あとは問題ないわ」

「やっぱり、あのリストとか、映像は、時江さんが……？」

「そうよー。役に立つでしょう」

「はい。ありがとうございます」

「うん。よしよし。興味持って聞いてくれるの、うれしーな。うちにはホラ、若い子にしか興味ないオジサンと、電卓すら使えるのか怪しいオヤジしかいないから」

「電卓ぐらい使える！　暗算の方が速いだけだ」

ぬっと、そこに貝原が顔を出した。おい、何やってる？　と軽く小突かれる。一琉はぺこっと頭を下げ、だが興味を抑えられず聞いてみた。

「でも、昼の技術相手に対等に渡り歩くって……どうやっているんですか」

「ん？　ああ……そうだな～、目的はやっぱり、クラッキングを成功させることだから、意外と対等でも何でもないのかもしれないな？」

一琉は首をかしげる。時江は一人、うんうんと頷いて、続ける。

「ほら、この国はパソコンなんて、夜はまだしも昼民だって勝手に持てないように規制されているでしょ？　それだけじゃなく、通信までだいぶ制限されているのよ。国にとって情報は命だからね。でもねー、情報が漏れることを過度に怖がって、手段を奪うことでそれを解決しようなんてのは、ちょっと短絡的で野蛮よね。少なくとも、私のハッカー倫理には抵触するわよー？」

悪ガキを叱るような口調で、ふうっとため息をつき腕を組む。一琉がぽかんとしていると、

「盾ってどうしてできたかわかる？」

「え……と？」

「矛があったから。逆に言えば、矛がなければ、誰も盾なんて作ろうとしない。セキュリティーも同じよ。誰もクラッキングしないなら、セキュリティーなんて無意味な処理、誰もしないし、その技術だって進歩しない。上の連中、ほんっと迂闊なのよ。技官だった頃から私、不満だったもの。あったまきちゃうわ～」

そして、ピンが折れて動作不良を起こしていたカードの脚の――他の廃材から削り取ってその傷を克服したはんだの跡に、愛しい恋人の内臓に触れるがごとく、そっと、指を這わす。

「だから私は、このツギハギ自作ＰＣでも戦える。この矛であけられるのは小さな小さな穴だけど、そこからすぐに瓦解するわ。だって彼らは、盾の作り方を忘れてしまってるどころか、もしかしたら盾という概念すら失ってしまっている可能性があるから。彼らは保持し向上させていくべき技術を、自らロストテクノロジーにしてしまったのよ。バカね～」

時江は、一琉と会話しているというよりも、古今東西から集積された技術そのものに語りかけているのかもしれない。

「全部の通信を遮断するわけにもいかないし、例外的に許可されている場所があるの。でも、通信が可能ってことはそれだけ無防備だから、あえて、低レベルなマシンを置いてあったりするのよ。低レベルなマシンだから攻撃受けても何も問題ないって考えね。その分、セキュリティーレベルも低い。でーも！　そんなマシンだって、こんなジャンク品の寄せ集めからみたら、十分高等な物なの。だから、そこを踏み台にして、もっとハイスペックなマシンを、どんどん狙ってったってわけ」

一琉は頷いて「あの……時江さん、それって」と口をさしはさむ。

「なに？」

ここに足を運んだ理由。質問を投げかけるチャンスだ。

「海の外の様子とかも、見られるんですか？」

日本の外はもう人が生きられる状態ではなくなっている。だけど、放置されたロストテクノロジーが眠っていたり、それを使って生き延びている民族だっていないとは限らない。閉鎖されたこの日本を脱出して、外で生き延びている民族に倣って、生きていくという選択はどうだろう。一琉がそこまで言ってみた時だった。

「あー……それは……無理、だと思うわ」

済まなそうに……どこか、言いづらそうに、時江は首を横に振った。

「……そう、なんですか」

まあ、そううまくはいかないらしい。時江はあれだけのことができるのだから、なんとかなることなのでは、と思ったのだが。

駄目か。生命線が一つ消える。

「もしよければ、理由を教えてもらっても、いいですか？　専門的な説明になると、自分が理解できるかどうか、怪しいですが……」

「いや、なんていうか、その……日本の外の世界を見せることくらいなら、できちゃうんだけどね」

つまり、希望も何もない外なんかを見たって仕方がないということか。

肩を落としそう尋ねる一琉に、時江は何かを言いかけて――一琉の背後に視線を合わせた。

「なぜなら海外は栄えたまま、平和そのものだからね」

「……え……」

一琉がぞっとしたのは、それが佐伯の声だったからだ。振り返れば彼は、怪しく笑っていた。「俺が戻りましたよーっと」

一琉は用意していた言い訳を――佐伯に無断で時江を頼ってお願いしに来たことへの――慌てて並べようとして、ふと気が付く。

「さ……栄えている!?　えっ――それは……」

「平和だよ」

　言いながら、佐伯は隣のＢＡＲへと移動する。一琉は、置いていかれないよう、追いかけた。

「だって……日本の外はもう壊滅状態なんですよね……？　今はもう滅んだ、かつての大国アメリカとか、中国とか――！」

「ロシアもイギリスも、アフリカもオーストラリアも全部普通にあるよ。全部。外国は滅亡していて、日本だけが生存し続けていることにしているけどね。あんなの嘘さ。死獣ももう東京のⅠ型より小さいのしか出ないね」

　そんな――

「信じられない……だって！」

　だって、教科書には――

「教科書を始め新聞やテレビを捏造してたら、真実なんてわからなくもなるだろ。実際に渡航するのは不可能なんだし」

　愕然とする一琉に、カウンターの椅子に腰を下ろした佐伯は、視線をふーっと空中に彷徨わせる。

　時江がノート型のパソコンを持ってきて画面を指さした。そこには、シェルターに覆われて真っ暗闇であるはずの夜に、宝石のように煌々と輝く景色が広がっていた。高速道路に、自動車の赤いテールランプが動いていて、ぱっと画面が切り替わると、今度はどこかの海岸沿いが映し出され、水面にはライトアップされた船まで通っていた。

　これが、日本の外……？

　まだ衝撃から立ち直れないまま、一琉は思考する。「そ……それなら、なおのこと、協力者を募れないんでしょうか？」

　そこに、ようやく口を挟めたというように、貝原が出てきた。

「無理だな」

　一琉は視線を向けるので精一杯だ。これも仕事のうちなのか、それとも単にその場所が落ち着くのか、貝原はカウンターの向こうの定位置に立つ。

「海外はどこも、昼の街よりも発展してはいる。戦時中なのは日本だけだからな。だが協力なんてのは無理だ。第三次世界大戦で核戦争に突入して世界は滅亡したなんてことになっているが、それだって政府のでっち上げで、日本だけが世界中からタコ殴りに遭っただけなんだから」

「なんですか……それ」

「もともと死獣大国だった日本は、いち早く太陽光線銃の開発に成功した。そこまではよかったんだが、日本はそれを独占しようとした。太陽光線銃がほしいなら言うことを聞けってな。それで世界中を敵に回した。同時に、死獣は日本から生まれているんだっていう噂が流れ始めて、差別が進んでなあ……。日本が滅べば死獣も滅ぶって通説になった。実際、死者蘇生によって生み出してもいたんだ。それで鎖国して歴史を伏せて今に至る」

「そ。この国を維持するために、好き勝手されちゃ困るってわけ、お偉いさんは。自分の天下が衰退するのを、望むわけがないからね。外には、危険すぎるテクノロジーもあるし。情報をコントロールするためには、全滅しているように見せかけておくのが、吉ってわけ」

この三人の中では、そんなことは常識なのだろう。

「……俺は、そんなことも、知らずに、生きて、きたのか……」

そして、そんなことも知らずに俺は、反乱を起こそうとしているのか。

「仕方ないさ。それが、普通だ」

佐伯の遠い視線――。あの日、鬼怒屋で飲んだ後に見た、ベテルギウスという星を思い出した。夜空に浮かんでいるように見えるその星は、ただ過去の光を見ているだけで、実物はそこにはもうない。そんな現実を知った時のような、地盤が揺らぐ感覚。

「教えてください！　俺に、もっと、真実を――」

でも自分は、この厳しい現実の中を、生き抜くと決めた。

「一琉」

佐伯は遮るように言った。

「おまえはもうこのことには……これ以上首を突っ込むな」

静かに、しかし厳しく注意するような、冷ややかな制止だった。

「なぜですか」

佐伯は学校の先生のようなため息をつく。

「そろそろ、ヤケドじゃすまないからだ。見てきただろ、底の底を。おまえもああなるんだぜ」

空っ風のように、その息は乾いていた。

「俺はもう用済みってことですか」

まひるのことはもう全部話し終えていた。

「ああーぁ。邪魔なんだよ」

佐伯は切って捨てるように言う。

「俺達の邪魔だ。子供が入ってきて真似するな」

子供。

このＢＡＲに始まり、彼らの技術、経験、知識、情報も、何もかもが、長い年月を感じさせる。それに比べたら、たしかに、俺は幼い。

でも、

「佐伯さん」

一琉は動じず言い返した。

「……言っていたじゃないですか」

彼らの中にある、マグマの熱。その正体が、一琉にも少しだけわかってきていた。

「俺達は生きているって」

「ああ。言った」佐伯はごそごそとマッチ箱を取り出し、タバコに火を点けようとする。

空ぶり三回。掠ったと思ったら湿気っているのか、うまく点かない。「だから、わざわざ命を無駄にするな。自分で自分を殺すな……」

「そんなつもりで言ったんじゃないでしょう。その言葉」

遮るようにして。

「すり替えないでくださいよ」

佐伯の手が止まった。一琉は、ぐっ、と佐伯の押し黙る感触を踏みしめる。

――精神と肉体。

佐伯からマッチをひょいと取り上げて、一擦り。ぽっと火を灯してみせた。揺れる炎越しに、佐伯を見る。

「俺はもう、死んだようには生きない」

「チ……」

佐伯は舌打ちしてそれを奪い取ると、

「火遊びじゃねえんだっての。本当にヤケドじゃ済まねえぞ。言っとくが」

紫煙を口端から上らせた。

「今じゃなきゃダメなんです！」

「あの女の子かぁ？」

「……はい」

佐伯は眉根を寄せると、心底やっかいだとでも言うように、煙草を銜えた口をへの字に曲げた。

「若いって怖ぇーな……」

一琉は何を言われても、意志を曲げる気はなかった。

「それだけじゃないです。死者を蘇生させては、大規模に監禁しているんですよ？　過去のテクノロジーの情報を吐きださせ、出なくなってきたら薬を飲ませてでも記憶を揺すって、壊れたら今度は人体実験って……そしてそれは、死獣を生み出す問題行為なわけで、それが、今だって行われているんです。俺はそれを、どんな方法でもいいから止めなきゃならない。どんな手を使ってでも、今やるしかない。それに、俺だって、もう――」

たとえ、持っている力は少なくても。

佐伯はそこまで聞いてからふと、年上の顔を引っ込めたように、口を開いた。

「俺が、夜勤を辞めることになった理由、話したことなかったな」

そうして「昔の話だが」と切り出した。

「昼中心の国の支配を止めようと夢見た、馬鹿な夜勤たちがいた。みんな、若かった」

え、と佐伯の顔を見た。一琉を気にした風もなく、続ける。

「燃えていたよ。昼生まれ優位のこの世界を転覆してやろうってな。夜勤で徒党を組んで、昼の世界に乗り込んでやろうってな」

佐伯の口から、息と共に紫煙が漏れる。

「でもそれは失敗したんだ。あっけなく」

細く細く立ち昇る。

「そして仲間を失った」

マドラーでグラスをかき混ぜる貝原の手も止まる。

「そんなバカは一人で十分。あ、貝原もまだバカやってるけど。トキちゃんも」

そう言って佐伯はグラスを受け取って一口。冗談を言うように笑ってみせる。

「俺はいいんだ。失うものなんてもう、なにもないから」

一琉はその時、ある日突然佐伯が消えてなくなる未来が脳内をよぎった。あり得ることだ。この世界ではよくあることだし、それに、そうでなくとも、この人はいつどうなってもおかしくない気配があった。

ふと、「そうしたら一人でも飲みに来るのだろうか、俺は」という疑問が湧き起こった。なぜそんなこと考えたのかといえば、彼の表情が、それを思い起こさせるようなものだったからだろう。

「俺はやるけど。どれだけ時間がかかろうと。どこまで国を追われようと。あいつ達ができなかったことを、代わりにやる。なんせ……そのために、生きてるようなものだ」

彼はタバコの灰を灰皿に落とした。沈黙が訪れた。一琉は言葉を発することができなかった。手近な感情を拾い上げたところで、意味がないと思えた。この人は、一琉の覚悟、希望、想いを、軽んじることもなく、全て知った上で、止めているのだ。

「こんな風に、なってくれるな」

灰皿に置かれっぱなしのタバコの灰が、またのびていく。

「俺……は」

立ち昇る紫煙を見つめながら、一琉は言った。

「……俺だって、このまま夜勤兵でいても、いつかは死ぬ、と思うんです。倒し切れない死獣を前に、仲間もどんどん危険な目に遭ってるし、本当にもう、みんないつ死んでもおかしくない。囚われているまひるだって、地獄のような思いをさせられながら今にも殺されるかもしれない。今すぐやるしか、ないんですよ。俺には心配する家族だって、生まれた時からいないけど」

一琉は続ける。

「俺は、この身も、死なせるつもりはありません」

心も、肉体も。無謀なことを言っているのかもしれないという自覚はある。

「失いたくないものが、奪われたくないものが、今は……ある、ので。だから、やる」

俺にとっての家族。一班は最初は六人だったのに。まひるも入れれば七人のうち、もう、三人欠けた。

それからちらと、佐伯を見た。無防備な表情。目が合った。

「俺が、好きだと思うものを、守るために、戦いたいんです。どうしても」

明日を幸せに生きるために、自分や誰かを守るために、戦うことは、弱さか、強さか。

静まり返る。貝原も、身じろぎせずに黙って立っていた。

一琉は佐伯から目をそらさなかった。

沈黙を破ったのは佐伯だった。飽いたかのような顔を作って視線を外し、手元のハイボールの氷を揺らした。

「……勝手にしろ」

「止めたところで無駄だもんな」

間髪入れずに貝原が笑った。

「諦めるってよ。昔の自分に似てるから」

「貝原く～ん」

佐伯の声は冗談を装っていたが、貝原を横目に捕らえた瞳は笑っていない。

「勝手にします」

一琉はふう、と息をつく。

「はいご勝手に、どうぞ」

「資料もご勝手に、見せてくれるらしいぞ。よかったな坊主」

「ありがとうございます」

「貝、原」

佐伯が不機嫌そうにすごむ。貝原はまあまあ、と、佐伯の空いたグラスを取り替えた。

「言っとくが、俺たちは一切協力しないからな。もう、ここには来るなよ。足がつく」

「佐伯さん……っ」

「だめだ。物分かりの悪いお子様とはここでお別れだ。勝手にやって、勝手に死ぬんだな。俺の知らないところで頼むぜ」

佐伯が言い終わるか終わらないかというところで、

「はい！　いっちょあがりっ。ただいまー」

明るく威勢のいい声と共に時江が軽やかに飛び込んでくる。

「え、おかえりなさい……？」

「はいこれ」

目を丸くする一琉の前に、時江は得意気に、数枚の用紙を差し出す。なんだ？　建築の、図面……？　タイトルを見てはっとする。

「こっ、これは……！　一体、どこから……」

「研究所設立時に総合建設業者が提出した図面のデータだね。政府のデータベースに保管されてたよー」

しれっと言っているが、とんでもないところからの帰り道のようだ。

「ありがとう、ございます！」

研究施設の内部構造情報……これで、襲撃の具体的な作戦が組める。

「トキちゃん……」

佐伯が深いため息をついて、とめどない濁流を前に放心するかのように頭をかいている。

時江は中隊のアイドルだったという経歴を感じさせるようなチャーミングな笑顔で、敬礼して言う。

「佐伯中隊長代理、いえ、佐伯准士官っ、これは技官蔵力中尉からの命令なのであります！」

「あー……はいもうやめてやめて、やめてくれ……隊長代理業務と縦社会の板挟みになった時のあの偏頭痛が蘇るから〜……」

そうしていつもの調子を取り戻したような顔をして、佐伯はウイスキーを飲み干すと、

「とにかく、もう忘れろ。手を引くんだ。今すぐに」そう言い残して、席を立って出ていった。


基地と戦場とを隔てる門の近くにそびえ立つ文化会館の一室を、委員長が押さえて準備してくれた。建物の上の方に掲げられた文字盤をよく見れば、「夜勤会　文化会館」とある。全国各地にある夜勤会の集会施設なのだろう。立派なものだ。一琉たちの部屋は、薄暗く、鉄製のドアの小窓以外には窓のない、館の奥まったところにある集会室だった。長テーブルのある絨毯に、半分は障子で仕切られた畳敷き。

「ここに来たってことは、覚悟はできてるのか？」

一琉は周囲を見回した。加賀谷、有河、委員長。棟方を抜いて、いつもの一班メンバーたち。椅子もない長テーブルの周りに、薄い座布団を敷いてみんな並んでくれている。

「もっちろーん☆　あーりぃたち一班でまっひるんを救うんだもん！　秘密結社だね！」

有河が楽しそうに身を乗り出して無意味に挙手する。

「死者蘇生装置、派手にぶっ壊そうぜ！　ついでに、昼の悪事も暴いて晒し上げ、な！」

加賀谷は両の手の指をL字型にしてつなげて、ばばばばばと口先で効果音を付けて銃撃の真似をしている。

「遊び感覚じゃ死ぬんだぞ、本当にわかってるのか？」

一琉がピシャリと言うと、有河は静かな口調で言った。「もちろん」

「俺はこれがデフォルトなだけだが？」

加賀谷からも揺るがぬ声が返ってくる。本気でふざけている訳じゃないらしい。

「……先に話した通りだ。まひるは捕らえられているし、のんびり構えている余裕はない。でも、本当に、いいんだな」

加賀谷はニヤッと一瞥をくれ、有河は優しく微笑んでいる。委員長は真っ直ぐ真剣にこちらを見て頷く。

背水の陣――だけじゃない。やってみせる。俺には仲間がいる。

「さて研究所の所在地だが……」

視線を上げ委員長に水を向けた。

「まかせて」

テーブルの端にいた委員長はそういうと立ち上がり、上座に座る一琉の元まで歩いてきた。場所を替われということだろう。一琉は素直にその場を明け渡した。そもそも、どうも自分がリーダー的な立ち位置にいるのは落ち着かない。

「研究所の所在地は、滝本くんの親戚の……佐伯さんの言った通り、社会環境研究所という名目で東京・九段下にたしかにあるわね。実際に現場も確認したわ。突入と逃走のためのルートは今準備中。後で話すわね」

「ああ」上出来だ。「委員長にはすでに話したが、決行は一週間後の今日」

今この瞬間、全員の視線が一琉に集中していた。

「正午きっかりに出撃だ。太陽の下では不利だが、死獣がいては戦況が読めなくなる」

頷く一同も思考を巡らせている。

「夜中に侵入して、シェルターを壊して、死獣に襲わせることも考えた。昼生まれに集まる死獣の性質を利用するか、と。だがそれでは被害の規模が想像できない。あくまで、狙いは研究施設に収容された少女たちの解放と、死者蘇生装置の破壊、それから、そう、昼生まれの悪行の晒し上げ。奇襲をかけて、規模を最小限にとどめて、落とす」

聴衆が納得したように頷く。

「一週間後のこの日に決行する……理由は？」

加賀谷からの質問に一琉は、

「なるべく早く行動したい。最低限の準備期間として、一週間。このことが露見したら、俺たちだって上から消される可能性がある。そうならないうちにすぐにやる」

当然の現実だ。でも何度覚悟をしても、その重さに、押しつぶされそうになる。

「それからその日は……」

そこで一琉は、大勝負に出るつもりで言う。「日食が起きるんだ」

「日食？」

有河がきょとんとして聞き返す。

「ああ。正午からかなり長い時間、夕方のように暗くなる。太陽が完全に隠れたらもう真っ暗だ。俺たち夜生まれへの日光の打撃もかなり弱まる。そして死獣は出ない」

「へぇえ……」

一琉の説明に、有河が感心したような呆けた声を上げた。

「たとえ昼間でも、空にある月から月夜見（ツクヨミ）様の大御稜威（おほみいづ）の輝きを少しでも受けられればいいと、私も思うのよ」

と、夜勤会の伝道師が添えた。「月夜見尊（ツクヨミノミコト）の遺（のこ）し給（たま）ひし正道（まさみち）を踏み行はせ給へ。……きっと、研究所は正道を踏み外した。月夜見様は、それを戻そうとする私たちに味方してくれるはずよ」

有河は小首をかしげて言う。

「んー、なんか、ドラマチックかも」

「そうか」

「うん。私たちが昼に突撃して襲うのにぴったりの日だね」

一琉は軽く肩をすくめて頷いた。

「さて。というわけでここからは当日の段取りから決めていく」

「了解！」

「わかったわ」

「おっけー☆」

加賀谷、委員長、有河は立ち上がってめいめいに声を上げる。

第十四章　日蝕の時

決行前日は仕事を休んだ。体調が悪いということにした。実際はもちろん、昼夜逆転による体調までしっかりと整えている。怪しまれるので、委員長は有給休暇、一琉は当日仮病、加賀谷は無断欠勤して、有河には普通に出勤してもらった（でも途中で帰りやがった）。

その日、文化会館の奥、いつものアジトに集まった棟方以外の一班は、しかし夜勤時以上の武装をキメていた。黒衣の下にはきっちりと制服を着込んでいる。日食が起きるとはいえ日中の市街戦だ。サングラスも忘れない。市街戦の紫外線対策、なんて冗談を思いついて、一琉は心の中でくだらんと笑った。

一琉は出発前に、改めてみんなに伝える。

「まひるは今、研究施設にいる」

加賀谷、有河、委員長の目を見ながら、

「研究施設の中では今でも死者の蘇生と、生き返らせた者の利己的利用と殺戮が繰り返されている」

改めて、繰り返す。

「その産業廃棄物として、死獣を生み続けている。それを始末させられているのが、俺たち夜勤だ。巧妙に、生まれたその瞬間から、国家ぐるみで搾取が始められているシステム」

親から引き離された無力な夜生まれは、国に提供され、昼生まれを支え続ける憐れな奴隷として使われる。知識も、力も、愛すら与えられず。

「もう悠長なことは言っていられない！　研究所の構成員を俺たちで勝手にしょっ引くんだ。まひるを取り返すぞ！」

各人、ごくりと唾を嚥下し頷いた。一琉も、返すように頷く。

「さて、行こう」

空は晴れていた。日蝕日和だ。

＊＊＊

東京、新宿、国立病院。

白の壁、白衣、白いシーツ。それから、体中に巻かれた白い包帯。

「う……うぅ……ああ……」

細い体躯を折り、握った拳がシーツに幾重ものしわを作っていた。

「この激痛は……皮膚組織の再生に伴うもの……。それだけの、こと……」

しんしんと降り積もる雪のように、なにもかも覆い隠された白い世界の中で。

――ザザッ……こちら、東京・新宿!!　……何者か……ザッ……より、街は……

持ち込んだ黒色のラジオだけが、現実感を流していた。

＊＊＊

一琉たちは有河のトラックに乗って、昼の街を走っていた。研究所への正面ルートから。立てつけの悪さのせいで、カタカタと古めかしい音を鳴り響かせながら。おんぼろ車が、街中で目立っているのではないかと気になった。あたりはもう薄暗い。日食が始まっているのだ。

「なんだか、警備の軍人が目につくな。数が多いんじゃないか？」

荷台の隙間から外を覗きながら、加賀谷がつぶやく。「五十メートルおきに一人は立っているんじゃないか？　昼の街……こんなに軍が警戒していたか？」

「緊張しているから、そう見えるのかもしれないが、……まあ、しいて言えば、ここには第一基地の夜勤会のお宮もあるらしい。警備体制は厳重だ」

「え。それってまずいんじゃないのか？」

加賀谷が焦ったように訊ねる。

当然、警備人数が多ければ多いほど、テロ行為は鎮圧されやすいに決まっている。

「委員長と俺が用意したルートで向かえば問題はない。作戦実行だ」

ほどなくして、あたりが騒然とし始めた。「あっちの方で立てこもりだって……」「やだ怖いっ」「どこ?」「駅のビル」「十六歳ぐらいの女の子が人質みたい……」「夜勤会がからんでいるんだって」「やだー……信者の行動かしら」警備に当たっていた軍人が、蜘蛛の子を散らすようにいなくなる。ビルの巨大スクリーンに、「東京新宿ビルで立てこもり。十六歳少女が人質に」と、ヘリのカメラからの映像が映し出された。

「きゃー！　いいんちょ、大胆不敵ぃ☆」

有河が、高まりを抑えるようにして胸に手を当てている。交通整備が始まった。大通りを封鎖し、事件現場周辺を迂回させ、一般市民の安全を確保するためと、犯人を孤立させるため。今頃、憲兵隊は対応に奔走していることだろう。意識もそっちに集まっている。それに、一般市民の目もない。

「よし、うまくいっている」

一琉は小さく頷く。第一作戦、クリア。立てこもり事件をでっち上げ、警備網をそっちへ誘導し固める戦法。

「俺達は目立たず、裏口からだ」

裏口といってもドアがあるわけではない。時江にもらった資料によると研究所には点検用の床下扉があり、床下へとつながっている。床下は壁に囲われているのだが、その壁は薄く、加賀谷の持参したレーザー銃でなら音もなく焼き切れる。そこから侵入する予定になっているのだ。

「おーらい！」

有河がアクセルを踏みこむ。事件現場から、少しだけ外れた通り。人もまばらになり次第に一人もいなくなり、東京新宿の空気が異様な感じを纏っている。ブウンというエンジン音を響かせてトラックは走る。ふう、と一琉は荷台の暗さに戻ろうとした。

「ええっと委員長を拾う場所が——あれっ!?」

事件現場の裏通りを走る予定が、ブレーキを踏む有河。一琉は慌てて運転席に顔を出す。

「どうしたんだ?」

「こっち憲兵がいるよっ。このへんまで出てる……」

見るとたしかに、いないはずの場所に憲兵が三人配置されていた。

「道は合っているはず。現場に急行した憲兵の数が予定より多いのか……?」

「とりあえずっ、どうしようっ!?」

「そうだな……」

落ちつけ、と自分に言い聞かせる。作戦を復習する。委員長を拾い上げ、憲兵に気付かれずにかいくぐり、研究所に床下から侵入。そこからは二手に分かれて、一琉と加賀谷が発電所に向かい、停電を起こす。昼間だが施設は一切窓のない作りになっているので真っ暗になるだろう。夜勤は職業柄、夜目が利く。その間に有河と委員長がまひるたちを救出。加賀谷が死者蘇生装置を壊し、一琉は証拠となる書類を押さえ、研究所が何をしているのかを暴く。

「こういうときは……」

気付いた憲兵の一人が、トラックを停めようとこちらに手を振って近づいてくる。彼は協力者ではない。当然、不審な車が入ってきたら、停止させて免許証の提示と、引き返すように言うだろう。

(引き返すか……？　今ならまだ、ギリギリ……でも、そうすると、まひるは……それに、委員長も……)

「滝本！　考えてるヒマはねえ！　もう突っ込もうぜ!!」

「……！」

横からの加賀谷の勢いに背中を押されるように、一琉は叫んだ。

「突っ込め!!　有河!!」

「ええ～っ、えっ、わ、わかったあ！」

一琉は提げていた八九式小銃を構え上げる。それを見て加賀谷も持ち上げた。死獣を撃つためではなく、敵を、撃つため。

ブロロロロ、と加速。困惑気味だったのろのろ運転のトラックを停めるつもりで近づいてきた憲兵が、驚いて脇に飛び退いた。

「こちら、Ｆ－５！　不審なトラックが侵入！　繰り返す！　不審なトラックが侵入！　古いトラックで、サングラスをかけた女ドライバー！　夜勤と思われる!!　配置につけ！」

「急げ有河！　サクッと委員長を拾うぞ！」

「が、がんばるう～」

パン、と銃声。そして「こっちだ!!」「いたぞ!!」という声。そしてまた、

「はやっ!?　もう騒ぎになってきた!?」

「人を見たら、銃でタイヤを狙われないようにジグザグに走れ！」

加賀谷と一琉の声に、

「ええええっ!?　む、むりだよぉ～」

有河は悲鳴を上げながら、ハンドルを切る。一琉と加賀谷は荷台を転がされるように大きく揺らされる。よし、うまいじゃないか。

「情報の回りが速い！」

「昼の癖にぃ……！　ちょっとはその技術、夜の戦闘に回してくれよー」

「文句を言うのは勝ってからだ。勝てばいくらでも言えるし変えられる」

士気を落とさないよう口ではそう言いながら、一琉は別のことを考えていた。いくら不審なトラックだっていったって……銃弾を浴びせるのは早すぎないか。こちらからは撃ってもいないし、銃を見せてもいないのに。事件現場とはいえ、だ。ただトラックが指示を無視して進入しただけ。急いでいる命知らずな運送屋かもしれないだろう。空を見ると、

太陽に月が半分ほど重なっている。もう夕方六時くらいの暗さだ。

「だめ！　先回りされてる！」

「チッ。ルートがふさがれている」

「一琉、後ろからも、もう来てるぞ！」

「全部だめだよ!!」

「うそだろ！　おい……どうする……っ」

全面包囲!?　信じられない。前からも、後ろからも。鍛えられた動体視力が、過ぎ去るビルの隙間の裏通りにも、人が控えているのを捕らえる。だが、身動きが取れなくなったトラックは次第に速度を緩め、鍛えられていなくとも、囲まれていることが容易にわかるようになる。

（対応が速すぎる――っ！）

「弾幕張るかっ!?」

荷台に載せていた有河のマシンガンを引き摺るようにして、加賀谷が提案する。

「……もう、それで突破するしかないか……!?」

このまま完全停止したら、袋叩きになるに決まっている。

それに、一琉はわずかに息が上がるのを感じた。時刻は正午を二十分回ったところだが、太陽が欠け始めてあたりは夕方のように暗い。それでも昼は昼だ。長くいれば倦怠感が襲ってくるだろう。運転席の有河はさらに重いはず。持久戦なんてもってのほかだ。

「しかし……この厚い壁をか……」

　ついに進撃を止めざるを得なくなる。くらくらするのは、太陽のせいじゃない。二層三層となった人の壁。撃てば即刻撃ち返してくるだろう。それも、致命的な量を。緊迫した空気。張り詰めた糸を切るように、囲む憲兵隊の持つトランシーバーが一斉に鳴りだした。

「『E－2に侵入者ありッ！　F－1からも』」

　敵は状況を窺うようにお互いに視線を交わしている。

　侵入者!?

　瞬間。ダダダダ……と、どこからか連射音。一琉たちに向けられたものではなかった。穴が開いたように、左の包囲網が乱れる。薄くなった包囲網に、思い切った加賀谷が持ち上げたマシンガンで追撃の弾丸をばらまく。不意を突かれ飛び退く細道の兵たち。細胞膜が破られたかのごとく、抜け道ができた。

「わっ!?　でかしたぁー！　かがやきんぐー！」

　有河がアクセルをべた踏み、ビルの合間を猛突。

「今のは――!?」

　走り去っていく車の後ろ姿。考えるのは後だ！　好機を逃すわけにはいかない。

「――このまま委員長を拾い上げに行くぞ!!」

「つーか、これ、お、重っ……！」

「がんばれー！　まけるなーあ！　そんなもん軽い軽～いっ！」

運転手有河からのエールを受けて、歯を食いしばりつつ加賀谷がマシンガンを保持しつづける中、一琉は状況を観察していた。トラックで走っているうちに街が大混乱に陥っているのがわかってきた。侵入車を、一琉たち以外に見かけたのだ。憲兵たちはかき回され、今や散り散りになって別の侵入者を追っていた。そして、——隙を与えてくれたあの車にもう一度出会う。山道も登れそうなゴツイ四駆車の助手席から、何でもないようにひょいと小銃を構えては、細腕が、寸分たがわず標的を撃ち抜く。大きく揺れている高い車高の窓。ひょい、ひょい、ひょい。振動の流れに逆らわないまま、しかし銃身は勝手には揺れずに、何事もないかのように。目標と照準がぴたりと合った瞬間の、激しい衝撃に跳ね返る姿に、ようやくそれが凶器だと思い出すような安定感。

サングラスの下、一琉と視線が合ったのか合ってないのか、馴染み深い角度で口元がわずかに上がるのがわかった。

「来てくれたんですか、佐伯さん……!!」

やっぱりこの人だ。トラックに近寄ってきて並走される。

「佐伯とユカイな仲間達、到着ですよ」

「時江もいるよ！」

後部座席から身を乗り出す時江は手にトランシーバーを持っていて、

「え～～、Ｆ－３、Ｆ－４からも侵入者ありっ！」

どうやら無線に割り込んで、ガセネタをばら撒いてくれているらしい。

　佐伯が、ぼやくように言う。

「まったく……俺が長年コツコツと計画してきたことが、一瞬でパァーだぜ」

「すみません……」

　責められているわけではないことは一琉もわかっていた。自分は何に対して謝ったのだろう。佐伯の持つ哀愁に対してだろうか。

「ばかやろー。今が時だと俺が判断したんだよ。こんな役回りになるとは思ってもみなかったけどなー」

　ここを突破できなきゃ、敵の心臓部には到達できない。

「佐伯!!　いつまで無駄口叩いてやがる!!」

「はいはいちゃんと始末してますって」

　猛獣のように吠える運転手の声を聞き流し、佐伯は合いの手を入れるがごとく、銃を向けた者から順に、一人二人はいはいと撃ち倒していく。

「坊主ッ、こいつで最後の足止めをする！　とっとと行けー」

　言うが早いか、貝原は四駆を最大限に活かして急速回転。それと同時にくるとマガジンを入れ替えた佐伯は、立ちはだかるようにして連射モードで弾丸のシャワーをばらまく。

「一琉！　立ち止まるなよ……！」

　俺の代わりにやってこい、と。

「はい」

佐伯たちを背に、一琉たちは真っ直ぐ進む。

＊＊＊

それはほんの数分前の話だ。鬼怒屋にて、

「おい佐伯ィ」

貝原は、後ろ姿に呼びかけた。

鋭い眼光が刺すように向けられる。傭兵とはいえ現役兵の殺意のこもった視線を受け、貝原は肩をすくめた。

「久々だな。おまえが本気で怒っているのは」

「当然だ」

もちろん、その声には怒りが込められている。こうなっては、自分の手に負えないことはよくわかっている。勝手なことをして放っておいたのだ。いろいろと覚悟する以外、するべきことは自分にはもう何もない。と、貝原は理解した。

「隊長の怖い怖いお説教の後は、かわいそうな部下たちに泣きつかれて、俺の所持金が飲み代へと消えるんだ。お手柔らかに頼むぜ」

素直にすっかり降参した貝原に少しは毒気を抜かれたか、佐伯はひとつ息を吐く。気合を入れ直して叫ぶか殴るか。お好きにどうぞ、と貝原は正面に立っていたが。

「おい……おい……」

　一人きりの隊長は、貝原を前に泣きそうな顔を隠すようにして、カウンターに伏せた。

それきり、動かない。「おい……」貝原はつるつるしたこめかみをかく。

「佐伯〜〜〜ィ？」

　重症のようだ。

　やれやれ。

「まさか、おまえにまで泣きつかれる日が来るとはな」と苦々しく言いつつ、強めの酒を入れてやる。

　お猪口に酒が注がれる音が響く。貝原が、底に描かれた蛇の目と、にらめってこしているると。

「……止められなかった」

　ぽつりと。

「あの年頃が、一番、危うい時期だと、わかっていたのに」

　ぽつりと。

　気まぐれな煙の輪のように、吐きだされては、形も定まらぬ間に、消えていく。

「経験談だな。はは」

　貝原が白い歯をにかっと出すが、佐伯はそっぽを向いたまま動かない。

「でもなあ俺は、あの坊主がそんなに悪い判断をしているようには、思えなかったぜ」

頑なに顔を背け続ける佐伯の手元に酒を出す。

「佐伯の言うとおり、俺たちは昔、若気の過ちで三人の仲間の命を失った。それから長い年月をかけて、入念に準備をしてきた。今度こそ完璧にやり遂げられるようにな」

佐伯がこれまでに積み重ねてきたものの大きさは、貝原もよくわかっている。

「そんな俺たちから見れば、あんなのは、体当たりもいいとこだ。笑えるな」

そうさせるだけの、佐伯の深い悔恨も。

「けどな、体当たりでも、必要な時にやるのとやらないとでは、その価値は段違いだろ」

ああ、今日はなぜだか、背中が小さく見えるな……隊長さん。

「別に俺は、〝参加することに意義がある〟みたいな、運動会みたいなスローガンのことを言っているわけじゃねーぞ。最初から負けに行く戦なら、意味がねえ。やらねえほうがマシだ。でもな、お前を見てると、思うんだよ。かつての戦いを、空いた観客席の前で亡霊たちのために、ひたすら準備だけ、し続けているようにな」

貝原はそう言うと、静かに窺うように口を閉じた。佐伯は、僅かに身じろぎして言う。

「おまえ……まるで自分にはもう、必要のないもののような言い方だな。戦うことが」

「馬鹿。違う。そうじゃない」

むくりと、上体を起こした佐伯の目にはもう一度、炎が灯っている。貝原は言った。

「忘れたわけじゃない。でも、復讐のためだけに費やしてなんになる?」

「だからあいつらに手を貸すってか？　ここでほだされて、下手打って捕まれば、今までやってきたことが全部、水の泡になるんだぞ。わかるだろ。一琉たち連中にしたって、あれで勝つ見込みなんてあるか？　ないだろ」

「ああそうだな。ないな。昔の俺たちそっくりだからな」

「だーったら、やめさせるのが賢明に決まってる。失敗するのが目に見えているのに、何も繰り返すこたねーだろ。一琉がここまで幼いとは、ってびっくりしてんだ。もっと冷静なやつだと思っていたんだが」

「でも少なくとも、あいつらは今の俺たちとは違う」

「はっ」

「今の俺らには無くなっちまったものを持っているのも、あいつらだろ」

だから時江も資料を渡した。

「……」

無くなってしまったもの。

「あいつらが戦うと決めたのは、今の俺たちみたいな理由じゃない」

佐伯が黙り、貝原ももう何も言わない。

沈黙に自分を映して、自分を眺める。

本当はわかっている。

抱えてきた重みに圧迫されながら、さらに憎しみを増やして、もっと身動きが取れなくなって。

ここで動かなかったら、結局、このまま背負い続けるだけになると。

――岡田さん。都築さん。山本さん。

あの頃の佐伯たちには、彼らはとても大人に見えた。だけど年齢だってとっくに超えてしまった。

決行の前日、岡田智和は自室でピアノなんて弾いていた。その時彼は、何気なく言ったんだ。「自分で自分を殺すなよ」と。あれは本当は、佐伯自身が言われた言葉だった。そしてその言葉は、歳を重ねるごとに重くなり、焦燥ばかりが充満する。先に旅立った彼らの方が、今でもよっぽど生きていて、死地に赴くような気持ちで生きているのは、自分の方。

佐伯は、震える手を握りしめた。強く、握っても、握れば握るほど、震えは収まらない。岡田さんたちの死を無駄にしないために、次こそ、次こそ必ず実現するために、俺は――。

そこに、貝原の手が重ねられた。強い力で。

「俺たちに……光を、照らし当ててきたのは、おまえだ佐伯。俺たちは感謝こそすれ、おまえだけに影を背負わせてきたことに、気付かなくて……悪かった」

すいっと、貝原はドアの向こうに視線を送ってやる。窺うように、こわごわと覗いていた時江も、それでぱっと駆け寄って、手を重ねた。

「私も……っ、ごめんなさい！　私、自分のやりたいことばっかり、楽しいとこ取りしてて……隊長は重い荷物も持っていたん……ですね」

佐伯は、何か気の利いたことを言おうと、二、三、口を開いてまた閉じると、

「いいんだ……そんなことは、いいんだ」

結局、言葉にならないことに戸惑って、自分にため息を吐いた。ああ、そうだ。俺は、背負ったものに潰されて——大切な物を見失っていた。

「俺の方こそ——」

ありがとう。

「計画は一旦白紙に戻す。——行くぞ」

いつかの光を。

＊＊＊

「委員長がいないよ……？」

約束の場所に来ても、彼女の姿はなかった。

「どこかに隠れたならいいが。救出されて憲兵隊に事情聴取されていたら、まずい」

「でももう、この騒ぎじゃ仕方がないぜ。俺達だけで、先へ進むしか……」

計画が失敗したらそれこそ顔向けできない……。勝てば官軍だ。

「わかった。必ず勝とう」

言いながら妙な予感が、一琉の胸中を食い荒らしていた。ここに、委員長がいてくれたら消えたはずの嫌な感覚。それが、残ってしまった。委員長は作戦通り、立てこもり事件をでっち上げてくれた。憲兵の数が多いのはそのためで、織り込み済みだ。でも、立てこもりビルから離れるほど――研究所に近づくほど、その数が増してきていたのは――なぜなんだ、委員長。

見えてきた。白くそびえ立つ、病院のような研究施設。普段まったく人気のなかった、どこか浮世離れして見えるそれが――近づいてきて、一琉はぎりっと奥歯を噛みしめた。

研究所を等間隔にぐるっと囲う柵のように見えるもの。

「なんて数だ……！　研究所は警備されて……憲兵隊に守られている！」

「うそだろおい！　あれじゃ、オレたちがいくら武装してたところでたかが知れてるぜ！やられる」

加賀谷も目を皿のようにして声を上げる。佐伯たちが抑えてくれているのも、時間の問題だ。

「どうするの!?　ちるちる、これ、停車したらまた囲まれるよ!!」

運転席からの有河の気が動転したような声。

あんな人数の憲兵隊が守っているところを、突破するのは不可能に近い。

一琉と加賀谷と有河の三人で、ざっと二十はいるこの軍隊とやりあう？　ばかげている。無謀だ。それか、このままトラックでつっこんでみるか。ガラスが何枚か割れて、明日の新聞のどこかには載るだろう。まあ、昼の悪事を晒し上げるための話題性という意味ではまったくの無駄ではないかもしれん。

だが、目立つことを嫌うはずの研究所がそんな警備を据えた理由。今日に限って。

「……どうしてだ……」

一琉の心を、最悪の予感がついに覆い尽くした。

「ごめんなさい。投降して頂戴。危害は加えないわ」

昼に属する軍隊である憲兵隊と、その助っ人として臨時召集されたであろう夜勤軍の中央。

清廉の象徴のような長い髪。正しさと優しさを貫こうとする意志の目。

「どうしてだ……」

彼女を視界の中心に捕らえた時、一琉の微かな声は、哀しみを携えた怒声に変わる。

「どうしてだ！　委員長!!」

「あなたたちのことはもうすべて伝わっているわ。あなたたちが今まで考えてきたこと、これからしようとしていること。だからもうやめるの。お願い」

いつもと同じ制服を着た仲間が、そこにいた。

いつもと同じ刀を、こちらに向けて。

「よくやった和美」

ぱち、ぱち、ぱち、と、ゆっくり手を叩きながらその後ろから現れたのは、委員長の父親代わり——隙なく佐官軍服を着込んだ、寺本丈人大佐。

「君たち、あとは我々に任せなさいと言っただろう。まさか私の家に0088号が匿われていたとは、私も表沙汰にはできず困ったよ」

一琉は反射的に叫んだ。

「聞いてください！　まひるのいた研究所が、死獣を生み出していました！　私が今やろうとしているのは、それを止めることなんです！　ここを通していただけませんか！」

「ああ、そうだね。同情するよ。でも、死獣によって悲しむ人間がいるということは、その逆で喜ぶ人間だってたくさんいるということを、君たちはわかっていないね」

「逆……？」

何かが、脳裏によぎる。

「ここを壊すわけにはいかないのだよ」

「でもそこはっ、俺たち夜勤を苦しめている、諸悪の根源で——っ」

「あの研究所が死獣を生み出していることは、わかっている。だが、見過ごさねばならないのだ」

わかっている!?　わかっているのに見過ごすだと!?

「なぜです！　夜勤に人生捧げてきた大佐なら、死獣を生み出す行為なんて、絶対に許せないはずでしょう!!」

丈人は醜悪な笑みで吐き捨てた。

「くだらないなそんなもの」

「なんだって……!?」

激しく詰め寄る一琉を、丈人は一蹴する。

「……消えていった仲間の数は、俺たちの方が多いのだ。悪く思うな」

なんだと……?

「特定の誰かを生き返らせるには、特殊なやり方があるのよ……。その人をよく知っているることが条件だけど」

委員長が、自棄になったようにそう説明した。

「あたしがこれを知ったのも……まひるちゃんが来てからよ」

そして、言う。

「丈人さんを含め上層部は、死んでいった仲間を順番に生き返らせてもらう権利を持っているの」

声を無くす一琉たちに、さらに付け加える。「……あたしもね」

委員長の一琉たちに対する裏切りに満足したように、「あとは頼むぞ、和美」と、踵を返して研究所の中に入っていく。

「そ……んな……」

「いいんちょ……」

ブレーキを踏んでいた有河が愕然としたように力を無くし、トラックがふらふらと力無く彷徨うように動く。

「それって、どういうことだよ……委員長、オレたちを裏切るってことか……？　いや、もうずっと、そのつもりでここにいたのか……？」

加賀谷は蒼白な顔で手を額に置いた。

「そうよ」

委員長は、身じろぎもせず、頷いた。「悪い……？」

「どうして……」

「天涯孤独の加賀谷くんには、わからないでしょうね。滝本くんも」

委員長は冷酷な声で言うと、加賀谷、一琉を越えて、有河の方に視線を向ける。

「アーリー、あなたには、家族がいたわね」

「……うん」

「有河一家は、戦闘能力も優秀。お父様もお母様も、現場で高く評価されているわ。どうしてあなたがここにいるの？　研究所を壊しに？　死獣がいた方がいいんじゃない？」

突き刺すような言葉。有河は「そんなこと……ないよ……」と、声をくぐもらせた。

「滝本くんは、ずっと気にしていたわよね。あたしが、取り繕った善人じゃないかってこと」

委員長はようやく仮面を外せたことを喜ぶような薄ら暗い微笑みを浮かべると、

「ええそうよ。あたしは善人なんかじゃない。結局、自分のことしか考えていない」

一琉に向かって言った。

「これで満足？」

叩きつけるような悪意。

一琉は、満足？　と聞かれて、そうは思わない自分に気付く。

夜勤に誇りを持てる気高さに、弱き者を絶対に見捨てない優しさ。口では、心の中でも、忌々しく罵りながら、本当は委員長にはきれいでいてほしかった。こんなクソみたいな夜に生きたい変わり者の昼生まれでいてほしかった。そうしてくれている限り、こんな夜にもちょっとはいいことあるのかな、なんて、ぼんやり考えることができたから。

本当に……それが委員長の素顔なのか。せいせいした、と心底涼しげな、悪びれる様子のないその顔が？　……誰だ。そこに笑って立っているのは。

委員長は、そんな顔はしない。

たとえ、元いた家族を取り戻すために、俺たちを裏切ったとしても、委員長はそんな風に、笑うようなやつじゃない。それじゃまるで、ただの狂人だ。ロボットだ。何だこれは？　俺の感じた、委員長の人臭さってのは、もっと――ちがう！

「それか……あなたたちが、あたしを殺して……」

委員長の目元に光るものが見えた。

「あたしを、殺しなさい……それで、突入して、壊しに行けばいい……」

委員長は腰に提げている鞘に日本刀を収めると、かけがえのない大切な物のように胸に

抱いて、

「ほら、裏切者を殺しなさい！」

胸を張る。

ああ、やっぱり仮面がまだあった。

ほら、その表情はもう不自然なほど無表情だ。大きすぎる感情を、無理やり押し殺したような。どんな感情？　恐怖？　罪悪感？　哀しみか？

ちがう。ちがう。委員長は、今まで考えなしに特攻していたわけじゃなくて。

一つのことしか考えていなかった。

――死にたがっていたんだ。

うっかり死んでしまえば、自己矛盾だって綺麗に解決する。死んで、向こうにいけば、家族にも会える。いつだって委員長は、死ぬチャンスを窺っていたんだ。

ようやく、寺本和美という一人の像が結ばれたのを感じた。

委員長は、寂しいのだ。

「委員長」

「なに」

形のいい眉が、ぴくりと動いた。

「裏切りのために、一緒にいたのか」

「そうよ！」

「大佐のために？」

「違うわ」

「じゃあなんのためにだ」

「だから、家族を生き返らせてもらうためよ！　あたしの、たった一つの居場所だった家族を、もう一度、戻してもらうためなのよ……！」

これが……佐伯の言っていた「死者を蘇らせたいと思っているのは、昼の人間だけじゃない」という意味……家族のいない一琉には、わからなかった。

「委員長の居場所は、ここにはないのかよ」

委員長が、思わぬことを言われたように口を閉じる。一琉は続けた。

「血の繋がった家族と過ごした日々が、どんなものだったのか俺は知らない。俺には家族と呼べるものがないからな。でも、じゃあ、野並が死獣に襲われたとき、助けに行ったのはどうしてだ？　そんなにあの世に行きたかったのか？」

「それ……は……」

委員長は、戸惑うように視線を彷徨わせながら、小さく言う。

「だって……もう、大切な人たちが、一人でも、いなくなるのは……もう嫌なのよ……！」

そしてまた自分がきれいごとを言いかねないと気が付いたように、きっとにらむ。

「どうして奪われなくちゃいけないのよ！　これ以上！」

「過去は、振り返るだけで十分だろ。取りに戻るものじゃない」

返す一琉の言葉に、委員長の顔が歪む。

「知ったようなこと言わないで……！　あたしの気持ちなんて、誰にもわからない」

そしてその身を引くと、大声で叫んだ。

「家族が生き返るなら、もうなにもかも意味ないの！　ぜんぶぜんぶ差し出すわ！」

委員長と丈人の間に今までどんな関係が築かれてきて、どんなやり取りがあったのかは知らない。委員長の元あった家庭がどんなに温かなものだったのかも。でも、少なくとも、これだけはいえる。

「俺たちまでか？」

共に死線を乗り越えてきた一班の存在だけは、ここにあるだろ。

「それは……でも……」

気丈に振る舞っていても、委員長の口からは言葉が出てこない。心の迷いが、伝わってくる。一琉は自信を持って、問いかけた。

「俺たちが委員長に対しても、そう思っていないとでも思うのか」

運転席の有河が頷いた。

「そうだよ」

微笑みを携えて。

「あーりぃ、いいんちょのこと大好きだよ。ずっとこのメンバーで一緒にいたいって思ってる。そのためなら強くなるし、なんだってするんだよ」

「そうだ。何を言っててんだよ委員長。委員長が考えているほど、オレも、おまえも、孤独じゃないぜ」

加賀谷も、それに続く。

天国でもなければ、蘇生される死人たちの間にではなく。

「ここに、居場所があるってことだろ」

今、まさにここにも。

「俺と生きてほしい。一緒に」

一琉は、立ち尽くす委員長に手を差し伸べる。まるで愛の告白をするかのような優しい声が出た。暗い帳が下りてきて、俺たちの夜が広がっていく。

「でも……あたし……」

仮面がぱりんと割れるように、涙が飛び散る。

その顔は、いつもの彼女の優しい泣き顔だった。

「もう、遅い……わ……あたしは裏切ってしまった……」

その時。

「委員長」

この声は……？

ここにいるはずのない、聞き慣れた声にはっと背後を振り返る。

委員長がびくっと緊張するのが一琉にもわかった。少年にも見紛う少女が立っている。華奢な肩幅の軍服の上から、黒衣を羽織って。目元まで包帯を巻いていてもわかる、変わらず精悍なその瞳の持ち主。

「法子……」

「どうしてここにっ⁉」

委員長は顔を背けた。とても正視できないといったように、己を隠すように。

一琉の疑問に、棟方は「ラジオを聞いて。おおむね把握した」と端的に答えた。そして、涙にぬれ、自分の罪の重さに俯く一人の少女の前に進み出る。

「来ないで！　撃って……法子……あたしを、もう殺して！」

だが、棟方は初めてそうするように、彼女のその頼みを無視し、構えていた小銃を下げた。体から握りこぶし一つ分だけ離して、左手で真っ直ぐ垂直に持つ。

委員長が、言葉を無くしたように立ち尽くす。

「こんな……あたしを……。まだ……あなたはっ……」

最上級の敬礼、捧げ銃――天皇陛下や首相、国旗掲揚時にしかとることのないような最敬礼。委員長の素顔を前に、棟方の意思表示は、微塵の揺らぎもない。

「法子……ごめんなさい、ほんとは、あたし……！　あなたにそこまで尊敬してもらえるような人間じゃないの……！　ちがうのよ……っ」

しかし、委員長の泣き声にかき消されぬ声で、棟方ははっきりと言った。

「それは私が決めること」

委員長のしゃくりあげる息が止まった。

「あなたに万能なんて求めていない」

棟方は淡々と、委員長の返事など待たずに、続ける。

「あなたが不完全なのは、あなた以外の誰もが知っていること。あなたができないことなど、他の誰かにやらせればいい。ただ一つ、あなたにしかできないことを、やってほしいだけ」

「あたしに、なにが、できるの……？」

委員長の縋るような問いかけに、棟方はなんの迷いもなく答えた。

「希望でいて」

「希望……」と復唱する委員長に、棟方は言った。

「まだ、ここにいるのは烏合の衆」

棟方の背後には、年齢も性別もばらばらの集団。一琉が委員長の家に泊まった時に見かけたのと同じような――夜勤会……!!

棟方が連れてきたのか？　それだけじゃない。こんなに大勢のラジオ局も……昼のテレビ局も混じっている。委員長の起こした立てこもり騒動で、近くに集まっていたのかもしれない。

委員長は、硬直を解く。

小さく息を吸い込み、視線を上げる。

そして、夜勤会の信徒、憲兵隊の夜勤軍、テレビやラジオの向こう、昼も夜も関係なく、すべての人民を見据え、マイクを手に、叫んだ。

「あたしは夜勤会・新宿区第一司祭、寺本和美――」

研究所を、指差して。

「――見なさい！　正道を踏み外し、怪しき禍を起こすものの正体を」

委員長は熱くも落ち着いた声で民衆に語りかける。

「死者を蘇生させ、この世に死獣をもたらしているのはあの研究所だ！」

惹きつけながら、

「昼世界空前の技術革新、そして夜の世界の死獣激増の真の理由。月夜見尊の遺された「月は鏡」という言葉の意味は……昼の民は、栄えるために過去の偉人を蘇らせ、ここに閉じこめて研究を進めていた。神への冒瀆行為――その罪を、死獣という形で、私たち夜の民は背負わされていたのだ」

高らかに、

「私は今、ここに宣言する！『新夜勤会』の設立を！　同意するものは武装せよっ！　夜勤よ、今こそ月の輝きとなり、この暗闇を照らす時である！」

鮮やかに、彼女は戻ってきた。

研究所を囲うのは、正規軍であるはずの憲兵隊の何倍もの人数になった、銃を構えた夜勤たちだ。年も性別もばらばら。服装も、戦地にいる時と同じ格好の者から、私服や寝間着に日除けの黒衣を羽織っただけの姿まで。あたりはすっかり真っ暗闇に包まれている。

「もっと、もっと、夜生まれを集めなさい！　寝ている者は起こしなさい！」

委員長のよく通る声が、夕刻のように暗い街にまだ響いている。集まった戦車の走行音にかき消されることもなく聞き取れる。後ろを見れば、さらに多くの歩兵がこちらに向かっていた。まだまだ集まるらしい。

皆は耳を傾ける。おそらく委員長の司祭者としてのこれまでの経験と信頼があるからだ。彼女にいつの間にやら軍服の上から羽織らされたのは、例の真っ赤な彼岸花柄の黒ちはや。

「新夜勤会よ！　研究所を攻め落とすのだ！　集えーっ!!」

おーっ！　と、声が上がる。先導者への賛同と、敵への怒りの声。もともと、ガスは充満していた。長い年月、夜の闇の中に溜まりに溜まっていた。彼女はそこに火を放ってみせたのだ。まったく、夜勤の反乱ほど怖いものはないのではないか。彼らは正真正銘の「兵士」たちなのだ。烏合の衆がリーダーを持ちさえすればそれは強力な軍となり、戦争だって起こせる。

空には暗黒の半円が、じわじわと、浸食するように広がりゆく。半分軍服半分巫女の今の委員長の姿は、新しい時代の象徴になりそうだと一琉は思った。

「目標はあの研究所！　囚われた魂の解放だ！　あたしに続け！」

委員長が叫ぶと、黒衣を纏いそれぞれの銃を提げた夜勤たちは、それぞれの思いを胸に、突撃していく。憲兵隊を相手取り、ぶつかりながら、研究所へと進んでいく。ラジオ局やテレビ局も、命がけでカメラを構えていた。

その場は混沌を極めた。誰が敵で、誰が味方なのか？

一体なにを争う。何を守る。委員長は必死に主張を続けた。

「死獣は、この研究所の死者蘇生行為によって生み出されている！　過去の高度な技術と引き換えに！　そして夜生まれの上層部との癒着によって、放置されている！　いや、無知なる夜勤によって積極的に保護されているのだ！　死獣を生み出す機関を守り、死獣と戦い、死んでいくとは、いったい何のために生き、戦っているの!?　今からでも遅くはない！　武器を向ける方向を変えよ！」

昼に派遣されていた夜勤の一部や、昼の手先として立ちはだかっていた憲兵隊が、迷うような素振りを見せ始めた。同時に、こちらの反乱軍も、同じ夜勤を討つことにためらいが生じてくる。憎むべきは、死者蘇生行為なのに。

そうだ、説得してみせろ、委員長。

気付かせてやるんだ。委員長なら、導けるはず。

「滝本くん！」

神輿の代わりに戦車に戴かれていた委員長に呼ばれ、一琉はトラックの荷台から降り、駆け寄った。ハッチから半身を出した委員長が、指示する。

「この場はあたしに任せて。今から突破口を作るから、中に入って死者蘇生装置を壊してきてちょうだい！」

　一琉は思わず確認した。

「いいんだな」

「ええ」

　彼女は、強く頷いた。

「あなたたちと生きるわ。だからお願い。死なないで」

「ああ」死なないさ。

　望む世界を作るために行くんだ。死ににいくわけじゃない。

「まさか軍隊を作ってくれるとはな」

「少しは一班の班長として認めてくれたかしら？」

「いや――」一琉はおどけて言った。「おまえはもう、新夜勤会軍の大将になっちまったからな」

　委員長は困ったように肩をすくめた。

「すぐに向かわせるわ。早く待機して」

　一琉は頷くと、正面玄関に向かってやや右へ移動。途中、トラックの荷台から加賀谷と運転席から有河を降ろし、誰だか知らないが偉そうな銅像の陰にいた棟方に合図。一琉たちが来るのを見計らって飛び出た彼女は、正確な弾道で玄関の鍵を粉砕する。

「有河、先に行け！」

一琉が、いつものマシンガンを持った有河に叫ぶ。

「ええっ、あーりぃが突撃部隊!?　あーりぃ足遅いのにぃ」

「遅いったって俺たちの中では一番だろうがっ」

隊での体力測定は足の速さだけ二位らしい。もちろんあとは全部一位だ。

「しょーがないなあーっ！」

一琉がドアノブの脇に付き、片手に手榴弾を持って右手をノブにかける。有河はその斜め後ろに、マシンガンを構えてすぐに撃てるよう待機。棟方と加賀谷は蝶番側について身を潜める。

一琉は息を整えると、瞬間的にドアを少し開いて手榴弾を投げ込み、すぐに閉めた。爆発。間を置かずに再度素早く開き、有河が突入。加賀谷と棟方も援護するよう左右に分かれて入る。敵はいない。

「進むぞ！　囚われている前人類たちを撃たないよう注意な」

「うんっ」

一琉の声に有河が頷き、全員で走る。一琉は時江にもらった研究室内地図を頭に叩き込んである。突入時以外は有河の横に付くようにして、先導する。

階段を駆け上がり、先と同じようにして突入。たまに出くわす研究員は、どいつもこいつも拳銃を手に、あわあわ言いながらやみくもに向かってきた。だが出てくる前に気配がありすぎるので準備ができる。相手が安全装置を解除し、引き金を引き、あれあれ弾が出ないぞ、ああ、こうか、とやっている間に、ずどん、と狙って撃ち込めた。勉強しかしたことのないような昼生まれの素人の構える銃など、怖るるに足らない。赤子の手をひねるかのごとく、だ。あまりにあっけないので、急所を外してやる余裕さえあった。経験したことのない痛みに悶えてまったく向かってこないのでこれでいい。

手術室の並ぶ廊下のひんやりした空気。その先に、まひるの言っていた「！」マークのついた黄色いステッカーの貼られた鉄の扉が見えてきた。

「これか……」

前人類たちがいる可能性があるため、手榴弾は控え、いち、にの、さんで一琉がドアを開け有河がマシンガンを構え突入、加賀谷と棟方が続いて入り左右に広がり援護。中にいた研究員がはっと驚いているうちに、棟方が目にもとまらぬ速さで彼の銃を持った手を狙い撃つ。続き加賀谷が腿を貫く。悲鳴を上げた研究員は顔を恐怖の色に染めながら、床にころりと転がった。

眼前にそびえ立つのは、死者蘇生装置だろうとわかった。奇妙なデザインをしていた。なめらかなフォルムの支えが二本、両手で空間を包み込むようにして伸びていた。その先には丸い光がそれぞれ二つ灯っていた。電球のようなものは見当たらず、どのようにして光っているのかはわからない。一見無意味に見えて、しかし必ずこの形状でないといけない意味がありそうでもあった。真ん中のものが、まひるの言っていた合成台だろう。

ずーっと昔から、ここに据え置かれていたのだろうか。とても現代人が作ったとは思えない。

見ていると、どこか、深い海の底に沈んで揺蕩っているような、安心するような、不思議な気分に陥ってくる。

まるで、お母さんのお腹の中に戻ったような。それで形の意味に気付く。死者蘇生装置の――子宮だ。

「そこまでだ」

およそ、研究員のものとは似つかない、毅然とした制止。そこに現れたのは――

「……寺本丈人大佐」

寺本丈人――大佐であるはずの彼はただ一人で、死者蘇生装置の横に立っていた。

「まさか、我が愛娘まで丸めこむとはな」

一琉も加賀谷も棟方も有河もほぼ同時に銃を構える。

「だが、貴様らにあの子の傷を癒せるものかね。愛を知らずに育ってきた者に、この痛みはわからんだろう。あの子が昼に生きなかったのは、私が強制したからではない。あの子が自分で決めたことだ」

だが動じた風もなく、彼は語り続ける。

「真昼の野原の真ん中、ぽっかりと空いた暗穴を見ていると、吸い込まれていくのだと言ってな。でも、生かされた自分は、自分を守って死んだ者の分まで生きねばならない。

だからその穴を、夜の闇で隠すため。生きることに必死になれば、穴のことなんか忘れられるだろう？　だから夜勤になった。私のためだとか、信心のためだとか、理由はいろいろ言っていたが……。おぼろげな月の光を見上げて追いかけているうちに、いつの日か、ついうっかり足を滑らせて穴に落ちて死ぬのが、あの子の本当の望みなんだよ」

そこまで聞いて、一琉は口を挟んだ。

「さっきまではそうだったかもしれません。でも今はもう違います。死ぬためじゃなく、死を忘れるためでもなく、生きるために戦っています」

そう叫ぶ一琉の一瞬の隙を突いて、大佐の前にずらり、盾になるようにして並ぶ者がいた、……まひると同じような格好をした少女たちだった。その数、十数人。

「その子たちをどうする気です！　身代わりを……命じたのか！」

人質のつもりだろうか。無関係な少女を――だが、中学生、いや小学生でも通りそうな女の子が、物騒な武器をその細い腕で、小ぶりな手で、

「その子たち？　一体、誰のことを言っているのかわからんね」

大佐は並んだ少女たちに、親しげに微笑みかける。

「彼らは私の、部下たちだ。まだ一部の者だけで、容れ物もこれしかないがね。言っておくが、私の隊は強いよ」

なっ――！

八九式小銃、拳銃、そして太陽光線銃を、少女たちはこちらに向け、正確に構えている。

「あの四人を捕らえろ。手段は問わん。殺しても構わない」

大仰に、手を振りかざして、丈人は命令を下す。少女たちは——

「「はい、大尉！」」

一糸乱れぬ呼応。そして、何の迷いも、躊躇もなく、ただ命令に忠実に従って走り出す。

「な、この子たち……!?　えっ、待って、どうしよう！」

有河が、戸惑うように後退する。いつもの寄る辺を探すように、棟方も一歩出遅れた。

あの少女たち——いやおそらく〝彼ら〟は、訓練を受け、経験を積んだ兵士だ。

一琉は可愛らしい見た目への先入観を振り払い、敵兵を撃つために小銃を持ち上げた。

が、手元が熱く弾ける感覚と共に、それは床を転がっていった。少女は、一琉の構えた銃身だけに照準を絞って撃ってきた。遅れて痛みがやってくる。右手が真っ赤に染まっていた。武器を奪うだけじゃなく戦意喪失させるための威嚇射撃も兼ねている。

「ちるちる！」

有河が悲鳴混じりに振り返る。

「弾道にかすめただけだ」

傷口は派手だが、縫えば完治するだろう。

「おまえたち、銃を下ろせ」少女が叫ぶ。「さもなくば撃つ」

銃口はこちらを向いたまま、ぴんと張りつめた空気。その苦しいほどの緊張は、少女たちが主導で作りだしている。のまれているのは、一琉たちの方だった。

有河と加賀谷、そして棟方もそれぞれ銃を投げ捨てた。少女の中でも、リーダー格の者が手でサインを送り、一琉たち四人に銃を向け続ける者、四人を拘束する役割に回る者とに手早く分かれる。

後ろ手に摑まれ、大佐の足元に転がされるようにして突き出された。

一琉たち四人を床に押さえつける一人一人の少女の力は弱いが、逃がさぬよう人手の数をきっちり計算されて隙がない。

「ご苦労」

顎を床に押し付けられた一琉の鼻先で、軍靴を鳴らす音が響く。少女たちはスリッパのぱたっという音だ。敬礼を交わしているのだ。

「さて、どうしたものか……」

丈人は考え込むように黙る。すると、先のリーダー格の少女が一歩、丈人の前に進み出た。

「恐れながら、寺本大尉」

「なんだね。片平軍曹」

「この世界は、私が戦死した後の世界だと伺っております」

「ああ……その通りだ」

丈人のその声色は、愛情と哀憐の混ざったものだった。敵を這い蹲らせたこの戦場にそぐわぬほど落ち着いたものだった。

「大尉は――」

だが、少女の姿をしたその軍曹は、そうではなかった。

「なぜこのような恥辱を私たちに与えたのです!?」

昂ぶる感情を抑えたように、訊ねる。

「ふむ……?」丈人はそれを不思議そうに見ていた。「君はその容れ物が気に入らんか?」

「大尉!」

「すまないね。少しだけ辛抱してくれ。これから生まれてくる隊員にもそう伝えてくれ、第一小隊小隊長片平軍曹殿。今は技術的にそれが限界なんだ。それと、もう私は、大佐にまで昇進したよ」

「違いますっ、そんなことは……」

どうでもいいというように、その軍曹は食い下がる。

「私たち第一小隊は強大な死獣に襲われた昼民の一家をお護りして果てたはずです……っ。酷い戦いでしたが、それでも、寺本大尉を信じてこの身を投じました。それなのになぜ私は、今ここにこのような形で呼び戻されているのです?!」

「あの時は私の力が至らなくて、すまなかった。結果に関しては、ああ、よくやってくれた。君たちに護られて生き残った少女は今、私の養女として立派に育っているよ」

「でしたら、なぜ、私たちを蘇らせているのです」

「それは!　私は中隊長として、失った部下たちを取り戻す手段があるなら、それを実行するまでだからに決まっている！　忘れたのか！　私たちは生まれながらに国に預かられた者同士、同じ家族のようにしてやってきたじゃないかッ」

ここまで言われてとうとう丈人も、感情を顕わに言い返した。軍曹はそれには頷く。

「忘れるわけがありませんよ！　死獣に支配された夜の中で、共に戦い明かしたことを」

「ならどうして……」丈人は、心を裏切られたような顔で、訊ねた。「もっと喜んでくれないんだ……！」

支えにしてきた物が、崩れ去るように。

「私たち第一小隊はこんなことのために死んだわけじゃありません！」

毅然として、少女は進言する。

「死者を生き返らせる代償として、新たな死獣を生み出して、喜べるとお思いですか！」

「……なぜ、それを……」

「一人の、少女が……野々原まひると名乗る子でしたが、彼女に教わりました。蘇った者は、もう、みんな知っています。侵入者の騒動に紛れて、独房から抜け出した彼女が、話してくれました。彼女が先頭に立って、意見をまとめています」

（まひるが……）

独房から抜け出して……？　チカという子の後追いまでしようとしていたまひるが、自分から危険を冒してそんなことを……。

一琉はかすかに微笑んだ。まひるは生きている。自らが希望となるべく、生きている。

「そん……な……。俺は、何のために……」

丈人は、愕然としたまま生気を吐き出すようにそう漏らし、立ち尽くした。

一琉は、横でもぞもぞと身じろぎする有河に気付く。

「うんうん。じゃあ……おねーちゃんにっ、まかせて！」

小さい少女を二人持ち上げながら、立ち上がる巨人。桁外れの怪力。見た目は女だが、騙されてはいけない。体は少女そのものの彼らと違って有河の力は——男を圧倒的に凌駕する本物だ。

「てーい！」

少女の拘束を力ずくで振り払った有河が、気の抜ける掛け声とともに振りかぶったのは加賀谷特製の手榴弾。火力が上がっているやつだ。が、そっちじゃない！

「操作パネルの奥が本体だ！」

液晶に向かって投げようとしたのを方向転換、一琉に言われた通りいろいろなスイッチのある機械の方へ。昼世界の一部の人たちが使うパソコンの本体は、画面じゃなくて傍らにある四角い箱の方なんだ、ってのはよく言われる話——爆発、そして轟音。蘇生装置の明かりは消え、衝撃波で割れた水槽から液体が流れ出した。悪臭。だがそれよりも、なにかはわからないが、ぞっとするような悪寒にうっと、胃の中のものがせりあがってくる。

見れば、少女たちも口元を押さえてうずくまっている。今の……うちに……っ！

「あ……ああ……なんてことを……。おまえたち……この世界を崩壊させるつもりなのか」

床に伏して血の混じった涎を垂らしていた研究員が、かすれさせながら声を上げた。一琉は渾身の力を振り絞って立ち上がる。

「どういう、ことだ……っ」

吐き気をこらえ、問いただす。

「こ、こ、古今東西の魂を、こんなにいっぺんに……!!　いいわけがない、大暴走だ……、し、知らんぞ……！」

嗚咽が引いてきたと思ったら、熱風のような、空気まで揺れているようなエネルギー爆発を肌に感じ、今度はぐらっと立っていられない感覚に襲われた。尻もちをつきそうになるのをバランスを取って耐える。地響きがする。下から突き上げてくるような揺れ。ここから出ないと――ドアの方を振り返ろうとした時だった。

俊敏な黒い影が向かってくる。一琉は身を翻し、とっさに躱した。

コウモリ……?

しかし、その影の顔と思しき中央には赤く怪しく光るものがある。自然に生息する生き物ではない。これは……死獣だ！　棟方が床に転がるようにして捨てさせられていた小銃を拾い上げ、銃口を死獣へと向ける。だが、その死獣は素早く回避。

「そんなっ!!　室内に死獣が出るなんて！」

「ああ――まったくだ……って、えっ!?」

有河の声に一琉が振り向くと、その先にも、新しい死獣が生まれていた。ほとんど無機物に近い、白一色の真四角の豆腐のような不気味なシルエット。背後からも物音がして、振り返れば——ぴくぴくとのた打ち回る肉の塊のような何かがあった。そこらじゅうに魂が吹き込まれていくのを肌で感じる。

尋常じゃないぞこれは……。

「外に逃げるしかない！」

もう戦うなんて無理だ。逃げるしかない。

一琉たちは視線を交わし合うと、ドアに向かって駆けた。

ふと、不自然な静寂を感じて背後を振り返った。

丈人が、狂乱の部屋の中央で、佇んでいた。

すべての希望、生きる理由、意味を失ったように崩れ落ちた彼は、そこから動かない。

(ここで死ぬ気か……？)

「ちるちる！　何してるの早く！」

「あっ、ああ——」

あとのことは元隊員たちに任せ、一琉は外に出た。

「大尉、大尉……しっかりしてください!!　寺本大尉!!」

放心状態だった丈人は、少女の姿をした部下たちに体を揺らされて我に返った。だが、我に返ったところで、足元が抜け落ちた感覚は消えず、いっそう暗闇に落ちていく気分が強まっただけだった。

今までずっと、部下をもう一度生き返らせることだけを支えに、自分は生きてきた。

死者を蘇生させられるというロストテクノロジーの噂を聞いたとき、なんとしてでもその技術を使いたいと思った。大佐の立場をもってしても、そこに介入するには相応の代償が必要だった。最後は憎々しい昼の連中にも頭を下げて頼み込んだ。部下を殺した死獣を生み出し、自分たちは安全なところで儲けているという相手であることはもちろんわかっていた。それでも、死んだ部下を生き返らせるという不可能を可能にしてくれる相手は彼ら以外にいない。昼に対して理不尽だと思いながらも、夜に対して後ろ暗い感情を殺しながらも、過去に縋ることにしか、希望がなかった。

そしてようやく再会したその部下たちにまで――

その場にくずおれた丈人の口から、一つの結論がすんなりと出た。

「いいんだ……もう、俺は、ここで」

ここで、終わろう。

思えば……生きていくことは、苦しくて仕方がなかった。

こうして、もう、自分の居場所が、どこにもなくなったのだから。

ちょうどここに、死獣が暴れている。これに、殺されよう。自分も。

「な、な、何言ってるんですかッ！　大尉！」

しかし、少女たちは、丈人を覆い隠すようにぐるっと一周囲む。

「おまえたち……私は……私はもういいんだ」

「だめです大尉!!」

死獣は少女たちを襲わない。だが死獣は、この場にただ一人普通の夜勤である丈人を、逃がす気はないようだ。ぐるぐると、隙を窺うようにうろつきまわる。

死臭を放ち理性をなくした死獣。

黄泉の国から呼び戻された魂たち。

囲われた丈人は、その中に融けていきたいと思った。

死獣は逡巡する素振りを見せながらも、丈人を捕らえようと牙をむく。少女たちは抗うように太陽光線銃を、死獣に向けて放つ。だが、すぐにとはいかない。少女は十数人いたが、死獣の数も多い上、丈人を守るために囲っている少女の周りをさらに死獣が囲っているため、集中砲火ができない。光を突破した死獣は、丈人めがけて大蛇のバケモノのように足元から這い上がり、締め付けようとする。だが、割って入った少女が身代わりになる。

「ぐっ――がっ……」

噛みつかれた少女は口から大量の血を吐く。その鮮血から、「――福田一等兵……っ!」

丈人は目が離せない。少女は苦しみながらも、だが丈人に笑顔を差し出して言う。

「……でも、本当は嬉しかったです。そこまで私たちのことを考えてくださって」

そしてまた、死獣が光をかき分け突進する。謎の真っ白の立方体。狙いはもちろん丈人だが――

「させるか！」

少女が身を挺して盾となり、守る。「……――わあっ!?」少女は、呑みこまれるようにしてその豆腐のような不思議な素材の中に消えていった。

「櫛本伍長――っ!!」

すぐさま、両脇の少女が空いた空間に回り込み、補塡する。

「もう、もういやだ、俺はもう……やめてくれ！　やめろ！　俺を守るな」

だが、軍曹が首を横に振って言う。

「寺本大尉、いえ、失礼いたしました――寺本丈人大佐。大佐の仕事はまだ、ここにたくさんあるはずです」

この軍曹は生前にはもちろんこんな出過ぎた真似などしなかった。だが、一度は天に昇った身からこうして今、寺本丈人を見て、あの恐ろしい大尉も、きっと最初から、こんなに弱い人間だったのだろうと、穏やかな気分で理解できるのだった。

「長い眠りから目覚めたと思ったら……二回もこんなこと、させないでくださいよ」

そう言って軍曹は部下に命じる。

「たとえその身が朽ち果てようとも、決して銃を離すな！　大佐をお守りするんだ！」

そうして少女たちは盾になり、内臓が破裂して口から血を流しても、指を光線銃から離すことなく撃ち続けた。光に焼かれながらも死獣は、敵の邪魔な鎧を剝がそうとするように、嚙み付いて――

ようやく、何匹もの死獣が倒れ、そして何人もの少女もまた、再び息絶えた。

自らも重傷を負った軍曹は、薄れゆく意識の中、上官へ最後の報告をする。

「た……た、大佐、し、し、死獣が……途切れ、ました……い……今です……！　外に、お逃げ、ください……」

丈人は、倒れる軍曹を抱きとめる。

「こ……この次は……、光の中で……、あなたに……お会いしたい」

軍曹の眦から涙が、こぼれた。同時に、丈人も。

「また……昔みたいに」

「……——っ！　また、また、俺を置いて……いくのか……」

軍曹の少女の体は、冷たく動かなくなっていく。

そうして、今までの狂騒が嘘のように、無音。

静寂。

爆破された死者蘇生装置。

焼き殺されて動かぬ死獣の死体。

戦い終えた少女の死体。

丈人は震える足で、そこに立っていた——。

第十五章　古より

一琉が外に出ると、あたりは日が沈むときのように暗くなっていた。まだ真っ昼間にもかかわらずだ。兵たちはまだ競り合っている。

そこに、悲鳴が上がった。

「西に死獣が出たぞ!!」

「死獣だ!!」

死獣!?　一琉は空を仰ぎ見た。昼生まれたちのシェルターが慌てて閉められていく。

「こっちもだ！」

「うああ、こっちも！」

しかしたしかに、西の方に死獣が暴れているのが見えた。馬の全身にモップの毛のようなものが巻きついている。そして目の前の人や、昼生まれの住居に、狂ったようにタックルを繰り返していた。

道路の向こうでは木の化け物のごとき奇妙なものがその身を振り回していて、戦車の陰からは鉄材が磁石に引き寄せられるようにして固まって、どうやら死獣になりかけているらしい。探せばキリがない。ありとあらゆるものに命が吹きこまれ、暴走していた。

研究員の心配していたことはこれか。一琉たちは死者蘇生装置を壊すとともに、溜めていた魂を一気に放出させてしまったらしい。

「ひいい！　誰か来てくれ！」

　牽制し合っていた憲兵と夜勤の二人が、もうここで争っている場合ではないというように、一時休戦して手に手を取り立ち向かっていく。

　だが、それにしても多すぎる。一人一体倒しても追いつかない。人類と死獣とが入れ替わるのではないかという勢いで、死獣があふれかえっていた。何だこれは。地獄じゃないか！

　テレビ局の連中が騒いでいた。カメラマンと映像スタッフが、叫んでいる。「名古屋も、大阪もひどいことになっているらしいぞ!!」「東京が先か?」「わからない！　でも九州はまだ――」遠くの地にまで同じ現象が起きているらしい。

　そのときだった。

「待ってください！　一琉さん！」

　ずいぶん懐かしい声に、一琉ははっと振り返った。

　研究所の中から、一人、歩いてくる少女。

　暗闇を照らすような金の髪、白のワンピース。細い体躯に、丸い目がきらめいている。

「まひる……！」

　一琉は光を見るときのように、目を細めた。

「無事だったんだな」

「ええ。記憶を取り戻したはずみで、より多くの情報を持っていたので……」

それで殺されずに済んだというわけか。

まひるはにっこりと微笑む。「助けに来てくださって、ありがとうございます」

なんだか、その笑みは、今までと違ってどこか大人っぽい。

するとその後ろから、まひると同じ白いワンピース姿の少女たちが階段を下りてきた。四十人を超えるかといった人数が、ずらりと並んで、こちらを見ている。

「一琉さん聞いてください。わたし、生前は太陽光線銃の開発研究者だったんです」

「開発？　研究者？」

まひるが？　一琉は思わず聞き返した。

「はい！」

見た目は中学——いや小学生のようだが、しかしこれはまひるの容れ物であって、本人の身体ではない。

まひるが肯くと、

「死者蘇生装置の魂が放出されたらこうなることは、わかっていました。このままでは、死獣は増殖を繰り返していきます」

「それは……本当なのか」

「本当です」

他の少女たちも、肯いていた。ここに閉じこめられているのは、見た目は少女でも——

過去の研究職の精鋭たちだ。

「回避する方法は……ないのか？」

「……一つだけ」

まひるは、前に進み出て――「まひる？」一琉の軍服のポーチに手を入れた。

「これを」

手際よく抜き取ったのは、太陽光線銃。まひるが研究していたという、死獣を唯一倒すことのできる武器。それを、一琉の手に握らせる。

それを合図にするように、後ろに並んだ少女たちも、一人一丁ずつ銃を手に持つ。デザインは一琉の知っているものとは幾分違っていた。「みんなの分の太陽光線銃も作りました」機能美を追求した無駄のない形とでも言おうか。過去の技術に現代が追いつくのは、まだまだ先のような感じの。

「できるかぎり多くの光線銃を、あの月の影に向けてください」

「え？」

「伝えてください――外にいる、太陽光線銃を持ったみなさんに！　早く！」

「待て、それはいったい――!?」

「いいから早くお願いします！　蘇生させた魂を肉体から分離させるには、こうするしかないんです！」

「蘇生させた魂を肉体から分離……？　まさか、それが死獣を倒す方法なのか!?」

「はい。無限増殖する死獣の根絶のために、開発された二つの武器。太陽光線銃は、そのうちの一つです」

「なんだと!?」

「もう一つの武器――月の鏡の装置とセットで使用しなければダメなんです。でも当時は、一番効果のある日食の周期が来るまでに世界戦争がはじまってしまったから――」

「なんだって……？　待て待て」

まひるの言っていることを理解するのに頭が追いつかない。

「ごめんなさいこれ以上説明するのは無理です！　早く！　月を！　日食の時間内にしか効果がないんです」

驚いている暇はない。てきぱきと指示するまひるを見て、これが本来の姿なのだと改めて理解していく。蘇らされたのは太陽光線銃の生みの親なのだ。

「わかった」


研究所から白いワンピース姿の少女たちが走り出す。タンポポの綿毛が飛ぶように、わっと広がる。

「おい、子どもがこんなに！　ここは危険だ――!!　逃げろ!!」

少女を庇うように死獣の前に出ようとした兵士を、

「平気です！　私たちには、死獣は危害を加えない。……完全体と不完全体とはいえ、敵対しなければ、同胞には手を出しません」

少女たちが進み出て、サーカスの猛獣使いのごとく、駆け寄る死獣を手なずけ落ち着かせる。それを見た兵士は少女の陰に隠れるようにして、死獣から逃れた。だが、少女たちの数に比べて、死獣はあまりにも多すぎる。闇雲に光線銃を振り回す夜勤たちに、一琉は叫んだ。

「みんな、聞いてほしい！」

しかし。

「おい！　聞け！　聞くんだ！」

「みなさーん！　聞いてくださーい！」

ここにいる人間はそろってパニックを起こしていて声なんて広くは届かない。まひるの小鳥のようなか細い声など、もっとダメだ。

(委員長はどこだっ……！)

見回せば、簡単に見つかった。戦車の上、高いところに戴かれたあの目立つ赤黒巫女だ。

一琉はまひるの手を引いて、駆け寄る。

「おい！　委員長」

「滝本くん！　まひるちゃんまで！　ここは危険よ――」

「まひるがいれば大丈夫だ」

委員長は小首を傾げながら、一旦頷く。

「それより、やってほしいことがある。できる限り多くの人に、太陽光線銃を日食に向けて撃たせろ！」

「は、はあ!?」

戸惑うのも無理はないだろう。一琉自身も、まだ疑問だらけだ。

「いいから早く。まひるがそう言うんだ！　ロストテクノロジー……太陽光線銃の生みの親が」

「委員長さん！　お願いします！」

「……っ!?」

そして、何かに思い至ったか、委員長は愕然とした表情に変わった。

「つ……月は鏡なりて、これを、照らし出せ……」

委員長のつぶやく声を聞いた棟方は小さく息を呑むと、まひるを見つめる。

「神の御子……様！」

そして、見つめるのも失礼だとでも言うように、ぱっと瞳を伏せ、頭を下げた。

委員長は、神前に打ち震えるかのように泣きそうな声で、

「そういう……ことね……。今はもう、月夜見様の、遺した言葉となっていたこと……」

喜びの確信を得た。

「委員長、なにやってる」

「わかったわ」

もう、迷いを断ち切るように一度目を閉じ、頷いた。

委員長が、巫女服の袖を振って手を前に突き出す。

「皆の者、聞きなさい！」

凛と響く声。信徒は、混乱の最中にいても、死獣から意識を離し、委員長の方へと視線を向ける。一言も聞き漏らすまいと、耳を澄ませる。

（やはり、ただの一般人が呼びかけるのとは違う）

一琉が感心していると、委員長はまひるを、ぐいっと戦車のハッチに引き上げた。

「わっ！　わっ!?　委員長さん!?」

軽々と宙に舞いあげられるまひる。

「いいから、私にまかせて」

あわてるまひるを委員長が小声でたしなめる。そして、声を張り上げて叫ぶ。

「よく聞きなさい。この方の名は、野々原まひる!!　そして、今そこで体を張ってそなたらを守っている少女たちと同じ……今は亡き遥か過去から蘇りし、天の御子の方々だ――！　死獣を退かせるこの力。まさしく、人ならざる証拠。そして、たった今――御子様から神託を受けた!!」

瞬時のうちに、よくもまあ大層な言葉に変わるものだ。伊達に、鶴の一声で新夜勤会を立ち上げたわけじゃない。

唐突でも。そこに希望が掲げられたら。いくら目の前に死獣がいようと、何十年と使ってきた太陽光線銃だろうと。

「え、っと……っ！　そのっ、た、太陽光線銃を、月に向けてくださぁいっ！！」

まひるの後に、委員長は確信と共に添える。

「月は鏡なりて、これを、照らし出せ！」

人は行動を変える。疑いもなく、希望の光を頼りにして。

「加賀谷くんとアーリーは、研究所の子たちを手伝って！」

委員長を守るように戦車の脇で死獣を抑えていた加賀谷と有河に、委員長が指示を飛ばす。

「わかった！　任せとけ！」

ちょうど研究所から、彼女たちが十人がかりくらいで何かを運び出していた。巨大スポットライトのような、大砲？

「くっひゃあ～！　大砲が、一、二、三門!!　すげぇすげぇすげぇーっ!!」

「すみません、これ、重くてっ」

少女たちは、加賀谷を頼るように見上げる。

「ううっ」

がたん、と大きくバランスを崩す。一門十人かかっても、運び切れていない。

「あーりー！　一番デカいヤツ持ってやって！」

「は、はいはーいっ！　あーりぃおねえちゃんに貸してねーっ」

加賀谷に言われ有河は一人で一門を預かった。的確な判断だろう。一琉はまひるに確認する。

「あのスポットライトみたいなのはなんなんだ？」

「太陽光線砲です。研究開発の一環として施設で作らされていました。太陽光線銃をさらに強力にしたものです」

太陽光線の「砲」か。少女たちは轟音を纏い、起動準備を迅速に行っていく。加賀谷が、興奮気味に、準備完了の旨を伝えに来た。

「皆の衆!! 太陽光線銃、構え！」

委員長の指示で、脇に控えていた棟方がぱっと仰ぎ、光線銃を天に向ける。その場にいた者もそれに倣い、構える。委員長自身も不安定な足場でも棟方に体を支えられながら、銃を天に向けている。加賀谷は太陽光線砲を構える少女たちに手を貸しながら、まひるに修理してもらった光線銃を上げた。砲を抱えてぽかんと空を見上げる有河は、これから何が起きるのだろうとわくわくしたように。その近くに停まった四駆車の窓から、身を乗り出して佐伯たち三人組も——無事だったのだ——自前の光線銃を持ち上げている。一琉も、自分の命を預けてきた太陽光線銃を、暗い天へ向けて持った。太陽を隠す、暗空の月に向かって。

ついに日食の最深闇に入った。月が完全に太陽を隠す、皆既日食だ。途端、急激に暗闇が広がっていく。さっきまでも暗いとは思っていたが、とても昼とは思えないくらいに、あたりは真っ暗闇に包まれた。まるで真夜中のようだ。瞬間的にこうも景色が変わるものかと驚く。

「照射!!」

スイッチを押す。聞き慣れた轟音がそこかしこから響き渡る。あたり一面、白い光に包まれた。立っていられないほどのまぶしさと、熱、轟音。闇から一転、真っ白の光の中だ。光、光、そして背後には陰影が濃く伸びて、やがてそれすらも、光にのまれる。

なんだか、天界にでも来たかのように、時が永遠にも感じられるような、一切の感覚がマヒしたような、不思議な感覚で、

「こんな方法が――あったんだな――」

そう、隣のまひるに話しかけていた。

「はいっ。これで――こうする、ことで――……」

そこで言葉が途切れた。ふと、まひるの表情が気になった。何かと決別するような、痛みを堪えたような、切なげな視線。

〝「蘇生させた魂を肉体から分離させるには、こうするしかないんです！」〟

これが太陽光線銃の本来の使い方。何か代償があるわけでも――

いや、代償――……？　まさか。

「聞いて、いいか――」

「――はい」何かを感じ取ったのか。まひるの返事はどこかかたい。

「まひる――もしかして、おまえ……、おまえたち――」

蘇生が成功した死者と、失敗し暴走した死獣。完全体と不完全体とはいえ同胞――ということは。

思わず光線銃のスイッチから離しかけた一琉の指に、細い指が重ねられた。それから反対の手に、光線銃が握らされたとき、ああ、と確信に変わった。

「おまえたちも、みんな……消えるんだな……」

「はい」

まひるは肯定した。見えないけれど、おそらく、微笑んだまま。

「それでいいのです」静かに据わったような声で。「私たちはもう、死んでますから」

「おまえの話に出てきたチカっていう子に……褒められてこいよ」

くすぐったがるように、まひるは笑って言った。

「冥途の土産ができました」

そうして、まひるの気配が――消えていく。死獣とともに――、魂らしきものが、天高く、昇っていく。

一琉は、最後に聞いておけばよかったと後悔した。

まひる、おまえ実は何歳だ?

食の最大を超え、日食が終わるまで、水素カートリッジを取り替えながら、光線銃の

バッテリーが切れるまで、ひたすら撃ち続けた。

その情報はマスコミを通じて日本中に伝わり、光の量も次第に増えていった。日食の暗闇が、各地から、それぞれの手から発射された光によって、本当にまるで真昼のように照らされて。それが止んだ時。日食が終わって、太陽が再び姿を現した時。一琉は太陽から身を隠そうとして、妙な具合を感じた。なんだろう。体がムズムズとして、春の風を受けたような感じがした。体がぽかぽか暖かいような気がした。

天から、まばゆい光が差し込む。まぶしい。染みついた条件反射で、身をすくめる。澄んだ青空。白い雲がもくもくと浮かんでいた。鳥が一斉に羽ばたいた。灼熱の太陽が、遠く輝いている。空想の世界を眺めているように、呆けた。

焼けるような暑さや痛み、体に悪いような感じ――それが、まったくない。

どういう、ことだ……？

夢の中を彷徨うように、働かない頭のまま、ふらふらと彷徨う。体は不安に縮こまるが、本能が大丈夫だと言っている。その場には、夜勤軍たちが一様に静まり返って、その変化に佇んでいた。夢遊病患者のように、ふらりふらりと。鮮やかな世界に身を揺蕩わせて、道端に咲くコスモスの花の色相を見ては、不思議そうに首を傾げた。陽の光の下の彼らは、戸惑っていて、中には怯えているものもいた。

「まさか……」

一琉の口から、ため息交じりに声が出た。身体から、何かが抜け落ちていく感覚。

不安定さに、足元がぐらつく。

太陽が、遠く輝いている。あっけらかんと、生まれ変わった一琉たちを照らしている。

しばらくの間、動くことができなかった。

あの文明人は、とんでもないお土産を置いていったものだ。

まだ、夢を見ているようで、感覚が追いつかない。

生まれながらにして、自分を押さえつけていたもの。

太陽が——俺たちを傷つけないなんて。

身体に不思議な温かいものが流れ込んできて、そして、——何かが消えていく。

「滝本くんー！」声が聞こえる。

「委員長……」

「ちるちるーっ！　たいへんたいへーん！」

顔を上げれば、見慣れた一班のメンバーがぞろぞろと走ってくる。「有河……」

「おーい滝本ォ」

「天変地異が起きた」

「加賀谷に棟方……」

一琉に頷き返して、委員長が巫女服の長い袂をまくりながら頷いて言う。

「本当に……一体なにが起きたのかしら？　これは歴史を変える瞬間よ」

「そうだな……」

一琉の手を、有河が両手でがしっと摑む。

「あーりぃなんか怖くなっちゃった!! はあっ。とりあえず、みんな無事だねっ!?」

「でも俺たち、どうなっちまうんだぁ？」

「まずは、情報を仕入れることが先決」ラジオを突き出される。

『「神の御子」の指示で、太陽光線銃の真の使い方が判明!! 信じ難いことが起きています!! 死獣が消え——そして、夜生まれが、日光の害を受けないように、変化しているとのことです！ 継続時間など詳細は未だ不明！ 繰り返します！ 日食中、異常発生していた死獣は全て消失！ そして、夜生まれに変化が——!!』

最終章 空

「ったく、なんで学校なんか通わなきゃいけないんだよー、いつからこんなんなっちゃったんだよー」

教室の中央で、加賀谷が机の上にぐったりと寝そべる。

「そりゃ今の時代、学歴は大事でしょ？」

その横で委員長が得意げに笑う。

「そう」棟方が同意した。「大事」

委員長は今、国立の難関大を狙っているらしい。受かってから得意にしろ。棟方も委員長と同じところを狙っているらしいが、どうも余裕のようだった。あいつはもっと上行けるんじゃないか？　ま、委員長と同じならどこでもいいんだろう。一琉は単語帳を片手に、何気なく加賀谷の愚痴に耳を貸していた。

「あーあ、滝本はいいよなー。だって俺の狙ってるとこ、もうA判定だったんだろー？」

加賀谷に羨ましがられ、ふんと鼻を鳴らす。

「あんなとこは勉強さえしていれば誰でもAなんだよ。だいたい、俺たちは夜勤という横槍を入れられたせいで、昼生まれに比べるとスタート時点から出遅れてしまったのをだなー……」

「はいはい、お兄さんたち、お利口さんだから、あーりぃといっしょに、静かにおべんきょうしましょうねー！」

割って入ってくる有河。子供扱いするな。あと、おまえはもう少し勉強しないとまずいぞ。加賀谷以上にまずいぞ。

「いーじゃんいーじゃん！　憧れの高校生活だよぅ、これって☆　あーりぃもしかして女子高生？　てへへっ」

有河が相変わらず短いスカートをひるがえしてうきゃうきゃ言っている。

戦闘のために硬化素材の黒ストッキングを身につけなくてもよくなったのは、女子たちにとってかなり嬉しかったらしく、今じゃそれぞれみんな、好きな靴下をはいてきている。

加賀谷も「ついに……女子の生足が見られる日が来るとは！　オレ、別に黒タイツフェチじゃなかったんだよねー！」などと喜んでいた。

窓ガラスを鏡代わりに使うやつはもういない。そこは今、さんさんと光り輝く太陽によって明るく照らされ、教室内のわずかな光などちっとも反射しない。

あの日。あの歴史に残るあの日は、『日蝕事変』と今では呼ばれていた。

まひるがその身と引き換えに残していったあの方法がもたらしたものは、二つあった。

一つは、この世界から死獣を消し去ったこと。

もう一つは、夜生まれが太陽の下にいられるようになったこと。

それまでは、夜に生まれた者は、太陽光が猛毒だった。直射日光を浴びれば皮膚はただれ、内臓の調子は悪くなり、寿命が縮まる。しかし太陽光線銃を日食の月に向けて放ってからというもの、それがまるで悪夢だったかのように、すっかりと消えた。かつて太陽光線を大量に受けた棟方だって、今はすっかり傷も治ってぴんぴんしている。あの場にいなかった者でも同じだ。生まれてくる赤ん坊も、もう昼に生まれても、夜に生まれても、なにも変わらない。どうしてそのようなことが起きたかは盛んに論じられたが、はっきりと解明はされなかった。死獣を一気に消滅させた「太陽光線銃とセットで作られた月の鏡」は、目下調査中。月面にその鏡装置があること、地球から月の鏡へと向けられた光線銃の光にのみ反応することがわかり、反射して返ってくる光には、魂と物体の歪な連結を絶つ効果があったのではないかと言われている。おそらく、月の鏡は、太陽からの光に邪魔されぬ闇夜の中、光線銃からの光が純粋であればあるほど死獣を消し去る効果が高く、日食のあの瞬間にあのような規模で行えたことは、神がかった奇跡的なタイミングだったのではないかとのことだ。また、それを受けて太陽光線銃も新たに解析が進められた。天候や時間に反応していた、と表面に並ぶランプの明滅の意味の一部が解析されたり、また月の軌道に対応する精緻な補正機能が備えられていたりなど。だが、それら月の鏡や太陽光線銃は製造法不明のロストテクノロジーに外ならない。月の鏡をもっと知ろうとして月まで行って下手に触って壊したりしたら、二度とその手段を使えなくなると、反対意見が強い（夜勤会、新夜勤会も、「それ以上は月夜見様の領域に踏み込みすぎる」と反対の声を上げている）、もう死獣に生活が脅かされることはなくなったのだから、そっとしておきましょうという世論が大半を占めていた。

そして、夜生まれが太陽の下で生活できるようになったことに関しては――かつて、大戦の後に大規模な太陽嵐によってオゾン層が破壊され、地球が燃えた。それにより全人類がほとんど滅び、その際、太陽光の毒性に対する抗体を持っていた生き残りの中でも、夜にしか生きられない者と、昼も夜も両方平気な者とで、世界が分かれていった。だがあの日、膨大な数の太陽光線銃を空中に向けて照射したことで空気中の酸素が反応し、失われていたそのオゾン層が再生成された。それでもう太陽光が万人にとって無害なものとなった――とする説が有力となって、一応の収束をみせた。他の説を唱える学者は多くいるが、だが、そもそも現代は、ロストテクノロジーの代表格である太陽光線銃を製造できないなどころか、使いこなせてすらいなかったのだ。死獣ではなく月に向けるなんて発想した者は一人もいなかったし、あんな大層なシロモノだったなんて想像もしなかった。昔の技術の結晶だ。諦めたように、神からの恩恵だと言ってほとんどの民には受け入れられていった。

その後の世界はもちろんいろいろと大変だった。死獣が消えたことと、夜生まれと昼生まれの住み分けが不要になったことで、大きく社会は変動した。昼の研究組織との癒着を指摘された丈人はじめ夜勤の上層部は皆、責任を追及され総辞職したが、そもそも死獣が消滅したことと環境の変化で夜生まれの兵役義務が解除され、夜勤軍は解散の運びとなった。もう戦う必要はなく、生産的な仕事に再就職だ。夜勤軍に替わる軍事組織は、〝国衛隊〟と名前も新たに、小規模に組織された。一琉たちの立場は、未成年ということを理由に、危うくもならなかった代わりに、特別もてはやされたりもしなかった。委員長は、いまやかなり大きな勢力となった新夜勤会の教祖で、棟方はその補佐官なのだが、不思議と一琉たちの元に人が押し寄せてきたりすることはなかった。委員長は、いつかみんなの話を信徒に聞かせてあげてほしいと言っている。新夜勤会には、佐伯も出入りしているとも。過去の経験と技術を生かして今でも裏で何かやっていて、委員長とも組織同士の今後の付き合いがいろいろあるらしい。あの人は今も昔も、どこで何をしているのかよくわからないが、一琉たちが邪魔されないように、何かと手を打ってくれたのだということまでは聞いた。それと滅んだとされている世界が実は存在していることについては、まだ国民には明かされていないが、夜生まれが普通に太陽の下で過ごせるようになった体質変化を日本の功績として引っ提げて、外国と和解してから、これから国民に開示していく、と時江がこっそり教えてくれた。

委員長と棟方は、家を出て今は二人暮らしだというが、大学受験をしながら新夜勤会の活動も両立してやっていく気らしい。しかし、丈人と不仲になったわけではなく、支え合う関係を新たに築けているとのこと。丈人は、改めて国衛隊に入隊し、部下思いの上官として活躍しているそうだ。加賀谷は先の通り勉強に苦悶し、有河はルーズソックスを穿いて女子高生を満喫している。そんな感じだ。

「ちるちる！　聞いてるー？　将来のことについて聞いてるんだよーぉ！」

「ああ、聞いてる」

有河にせっつかれ、一琉は顔を元に向けた。加賀谷がぼやいている。

「あーあ、戦場に戻りてぇ～」

「戻りたいなら、戻ればいい」

端的な棟方の言葉に、

「んー……」

加賀谷は少し考えると、はっきりとした口調で返した。「――今は、昼だ」

振り向けば変わらないメンバーがそこにいて、元から昼生まれの連中の方が進学の具合が良いことに文句を言う一琉がいて。念願の昼の世界になったのに、結局はこれだ。

朝日で一日がはじまって、学校に行き、椅子に腰かけ机に向かって授業を受ける。身体を張って死獣と戦うことは、もうない。学校から帰れば、バイトへ。レジ打ちにも最近ようやく慣れてきたけれど、無愛想な作り笑顔で客を送り出していると、何似合わないことやってんだろうと戸惑いを覚える。

喪失していくものと、変わる世界。受け入れるには、強すぎる光。毎日が、日常が、将来が、人生が、変わっていくと。待ち望んだ光も、暗闇に慣れた目には暴力のようで。

受け入れるには、長い時間がかかる。

夜生まれながらにエリート出世コースを歩みつつあった若い士官や、勤続何十年の職を失った老兵は、死獣がいなくなった今も、再び戦争地へと戻った。その気持ちが、一琉にも不思議とよくわかった。こんなに、夜勤を嫌って、向き合ってこなかった一琉でさえ、怖いのだ。夜勤としてのみ生きてきたのは、事実だから。それ以外に、自分なんてなかったから。

太陽、青空、雲、小鳥、死獣のいない平和な世界、生産的な社会、文化的な生活。

それよりも。

月。

夜空。

夜勤。

死獣。

八九式小銃に太陽光線銃。

起床のラッパ。

暗闇の窓の教室、仲間の死さえ。

戻りたいとは思わない。決して、決して、思わないけど――

消えていくのが、怖かった。望むと望まざるとにかかわらず、俺を、形作ってきたもの。

夜に囲まれて生きてきた俺自身。憎しみ、妬み、そんな感情さえ、今はもう失われた、過去のものになるなんて。そんな日が来るなんて。

そう感じた時に流した涙の理由が、一琉にはすぐにはわからなかった。

ただ、後から後からあふれてきて、止まらなかった。

待ってほしいと、声になりそうだった。

夜勤の軍服を着た俺が、重い小銃を両手に抱え、憮然とした表情で立っている。こんな世界で、笑うものかと――俺は、そんな顔ばかりしていた。佐伯の言うとおり、自分を殺して、死んだように……。

スカした調子で銃を磨いている加賀谷、バカみたいに敵に突っ込んでいく委員長、それに乗じて大ケガする棟方、いつもバカな有河。

みんながきょとんと、こっちを振り向いて。昼の時間の俺を振り向いて。何食わぬ顔で太陽の下、高校なんか通っている俺を、不思議そうに、「何やってんの？」って尋ねてくる。

御骨場の野並の骨がカタカタと鳴っている。

――行くの……？

初めて見た第Ⅲ死獣から接ぎ木されたように生えた手が、拳銃を一琉に突きつけてくる。日差しが強烈にまぶしくなる。体中が粟立つ感覚に襲われる。日にあぶられた時のあの気が狂いそうになる感覚が蘇ってくる。

何してんだろうな俺。こんな真っ昼間から……。

太陽光は、体に毒で、皮膚は焼けただれて熱傷を引き起こすし、寿命にも影響がある。

夢でも見てたか？

こんなところにいるべきじゃないんだ。ああ、これだから夜生まれは厭なんだよ。昼か夜か。コインの裏表のように。裏を引いてしまったから、俺は暗い世界から出られず――

「先へ……」

懐かしい響きの声が聞こえる。

「まひ……る……？」まひるなのか？

夜の残滓を、追い求めるように、その姿を探す。

「おーいっ、ちるちる、どーしたあ？」という有河の声にも、すぐに返事が返せない。がたっと、椅子を蹴って立ち上がる。

「怖がらないでください」

「まひるの、声が――！　おい！　聞こえないか!?」

出てきてくれ。だって、不安だ。これから、俺は、どうなるんだ。夜生まれとして生きてきて、こんな、急に――

「泣いても、いいから……」

教室を見回しても、廊下に出ても、まひるの姿は見当たらなかった。注目を集めながら、一琉が教室に戻ると、また声が聞こえてきた。

「その気持ちは、何も不思議じゃないです」

一琉は窓に近寄って、天空を見上げた。

「夜は、夜に生きた人の、そのものですから」

空は晴れて澄み渡っていて、一瞬胸がすく。青空というものがあまりに綺麗で、かなしくなってくる。こんな空を見つめられる、新しい身体も。

「でも、あなたは、あなた。どこでも」

抱擁するような、穏やかな感触が、春風とともにふわりと一琉を包み込んだ。

「まひる……」

まひるは、もうどこにもいない。

軍服を着たあの自分自身や、暗闇の中の一班メンバー、死獣に取り込まれた野並も、もちろんもういない。

本当に……終わったんだな、と。

夜が、明けるように。共に生きてきた闇が、太陽にかき消されていくんだ。

青い空に、星はない。しかし、思えば太陽も星の一つ。

昼は太陽がひたすらに明るくて、他の星の存在をかき消しているだけで、実は昼の空だって星空だ。どこにいたって同じ空の下にいるようなものじゃないか。

「俺は、――過去技術を研究できる学部を受けるよ」

「ええーっ！　それ、倍率超～高いんだよ～」

「知ってる」

〝最高峰レベルに倍率が高いからこそ、昼生まれの受験生だらけで圧倒的に不利なんだ〟

なんて。その事実に嫉妬して、妬んで――おそらく今までの自分ならそれで終わっていた。

自分を殺して死なせて、終わらせていた。欲しいものが手に入ったって、また、俺は。

でも。

「――だったらまた戦うだけの話だ」

あの日得たものは、そう言える、自分自身。

残酷でしかない世界を生き抜いたことを、加賀谷のように誇りに思える。なくしたくない人たちがいること、守れた自分を、有河のように素直に喜べる。

「うひゃ～。ちるちる、言うねえ」

自分を殺さずに、ここにある今を、俺自身と。

「今度の期末、カンニングさせてくれっ！　たのむっ」

「自分でやれ」

「そうよ加賀谷くん。不正して得られるものなんて、まひるちゃんの記憶ぐらいのものよ」

「うわ、光線銃改造したこと、委員長にバレてんじゃん！」

「改造なんて、見たらわかる」

「あーわかった棟方！　おまえが委員長に告げ口したんだなー！」

「そう」

「こらー！　そこで委員長にキスしたら許してやる！」

「……」

「ちょ、ちょっと、加賀谷くんが法子を許す許さないとかじゃないでしょ、ちょっと法子」

「ええ～っ!?　のりＰといいんちょって、そういう関係ー!?」

どこにいたって、変わらないこいつらと。

だからきっと、この新しい街でも、生きていける。

あとがき

この度は、『夜勤 ～夜に産まれた者だけが戦う世界～』を手に取っていただき、ありがとうございます。この物語を、あなたにお届けすることができて、とても嬉しく思います。

先にあとがきから読む方もいらっしゃると思いますので、ネタバレにならない程度に内容を少し紹介させてください。本作は、ハードボイルド・バトルアクション小説となっております。ハードボイルドってよく聞くけどなんだろう?と思われた方、つまりは、残酷で無慈悲で理不尽な世界をそのまま描いた、という感じです。本作では、夜に産まれた者だけが、夜になると出現する敵である死獣と戦わなければなりません。昼に産まれた者は、令和の現代と何も変わらない生活を送れるのに――。そんな夜生まれの滝本一琉が、記憶をなくした昼生まれらしき少女と出会い、そこから運命が大きく変わっていきます。本作を読まれる前に、自分が夜に産まれたか昼に産まれたかを確認して、どちらか一方の立場で楽しまれるのもいいかもしれません。夜生まれだった方は、おめでとうございます。死獣と戦う「夜勤」として兵役義務がありますので、本書で八九式小銃や太陽光線銃の使い方を学んでおいてくださいね。

本作を初めて発表したのは、二〇一三年、今は消滅したとある小説投稿サイトの片隅でした。私の主義として、自分の限界で作品の幅を決めない、というものがあり、無限の可能性を胸に、果敢に制作に挑みました。当時は、知識の無さや経験の少なさで、形になっているのかも怪しいほどボロボロで、さすがに悔しい&恥ずかしい気持ちで出したものでしたが、その勇気を買ってか、「私がやりたかったこと」を実現するために、本当に多くの方にご協力いただき、結果としてこうして私の力以上の『夜勤 ～夜に産まれた者だけが戦う世界～』が、九年越しに誕生するに至りました。お力添え本当にありがとうございます。特に幼馴染のSちゃんには、友浦乙歌のアシスタントとして推敲作業をみっちりビシバシやっていただきまして、私の限界を何倍にも高めてくれました。また、高校時代の元生徒会仲間、中でも元生徒会副会長のDr．HORIさんには化学的な知識の面で助けていただきました。それからカバーイラスト及び挿絵、試し読み用コミカライズまでをも躍動感いっぱいに描いてくださった瑠翔光様、また同人時代に魅力的なキャラクターデザインをしてくださった八咫烏様、そしてインパクトのあるタイトルロゴを考案してくださった北村友美様にも心からお礼申し上げます。

自分の限界を作品の限界にしない、ということは、誰かの限界を借りることでもあります。クラウドファンディングやFANBOXや配信で応援してくださるファンの皆様、寄贈を受け入れてくださった図書館の方、宣伝・販売の方をサポートしてくださっている天久様のおかげで、今これをお読みのあなたの手元まで届けることができました！

もしこれをお読みになった方で、何か力になってもいいよと思ってくださったなら、「友浦乙歌」で検索していただきますと公式ホームページが出てきますので、その中で「これなら力を貸してあげられる！」と思ったことを無理のない範囲でやっていただけると助かります。本当に助かります。

私が目指すのは、何よりも「面白い」を優先させて、読者一人一人に格別な体験を届けることです！　この身が砕けようとも、ワクワク面白いことをお届けします。砕けるとそこで終わってしまうので、砕けないようにしますが、そんな私の限界なんて本当にちっぽけなので、ぜひあなたの力を貸してください。特に、あなたの大切な誰かに、あなたの言葉で、この本をすすめていただけますと大変有難いです。一人でも多くの読者に届きますように。

友浦乙歌

著者プロフィール

友浦 乙歌（ともうら おとか）

「無我夢中になる物語」を届けるために活動している小説家。
面白さに共感し、応援してくれる仲間を一人でも増やすため、毎日LIVE配信を行っている。
著書：『四次元の箱庭』（2020年、文芸社）
　　　『雨の庭』（2021年、文芸社）

イラスト：瑠翔 光（るりかけ ひかる）
キャラクターデザイン：八咫烏（やたがらす）、瑠翔 光
タイトルロゴ：北村 友美（きたむら ともみ）

夜勤 ～夜に産まれた者だけが戦う世界～

2022年12月15日　初版第１刷発行

著　者　友浦 乙歌
発行者　瓜谷 綱延
発行所　株式会社文芸社
　　　　〒160-0022　東京都新宿区新宿1－10－1
　　　　　　　　　　電話　03-5369-3060（代表）
　　　　　　　　　　　　　03-5369-2299（販売）

印刷所　株式会社暁印刷

ISBN978-4-286-26080-8

友浦乙歌「キャラクター小説」シリーズ既刊書好評発売中!!

四次元の箱庭

文庫判・300頁・本体価格700円・2020年
ISBN978-4-286-21873-1

“優しい看護師”を理想とする加藤白夜。医大を辞めて名家に男性看護師として転職するが、「三次元の肉体・精神を壊せば四次元の感覚を手に入れられる」と語る邸の住人が人体実験を始めると、使用人達に奇妙な精神症状が現れる。物語に夢中になりたい人へ贈るサイコサスペンスキャラクター小説。

友浦乙歌「キャラクター小説」シリーズ既刊書好評発売中‼

雨の庭

文庫判・372頁・本体価格800円・2021年

ISBN978-4-286-22824-2

「アマゾウ」という通販サービスを通して何でも無料で手に入る楽園のような世界。仕事も学校も試験もない。「でも、なんで無料なの？」ふとこの世界に疑問を感じた律歌と北寺が好奇心に任せて探索し、触れてはいけない領域に辿り着いた時、次第に明らかになっていく謎。ディストピアの中の人間ドラマを描いた小説。読む人によって全く異なる感情を抱き、そして読む度に感じ方が変わる。あなたは何を思う。